_ㅂ오년부터 이천이십일년까지의 작품들

아홉 번째 묶음

이강백 희곡전집

이천십오년부터 이천이십일년까지의 작품들

아홉 번째 묶음

평민사

이강백 희곡전집
아홉 번째 묶음
차례

지은이의 머리글 _ 7

여우인간 _ 23

심청 _ 121

어둠상자 _ 181

신데렐라 _ 287

지은이의 머리글
2015년부터 2022년까지의 작품들에 대하여

　여기, 아홉 번째 희곡집을 내놓는다. 2015년부터 2021년까지 써서 공연한 작품인 「여우인간」 「심청」 「어둠상자」 「신데렐라」를 담았다. 이것이 나의 마지막 희곡집이다. 내 소원은 살아있는 동안 모두 10권짜리 희곡전집을 내는 것이었는데…… 이젠 노년기의 쇠약한 몸, 식어가는 마음이 마지막 10권을 채울 수가 없다. 이렇게 1권 부족한 9권으로 멈춘 꿈, 완전히 이루지 못한 꿈은 아쉽다. 하지만 여덟 번째 희곡집을 낼 때, 더 이상은 몸과 마음이 안 될 것 같다고 느꼈다. 그러니까 아홉 번째 희곡집은 덤인 것이다. 내 삶이 끝나기 전 희곡집 한 권이 덤으로 생겼으니 얼마나 기쁜가. 좀 더 솔직히 말한다면, 지금까지 내놓은 희곡집 9권도 어느 것 하나 덤 아닌 것이 없다.

　「여우인간」은 〈서울시극단〉이 2015년 3월 27일부터 4월 12일까지 세종문화회관 M씨어터에서 김광보 씨 연출로 공연하였다. 이 작품은 등장인물들이 많다. 〈서울시극단〉 단원으로는 이창직, 강신구, 김신기, 주성환 씨, 연수단원인 조용진, 김근영, 허재용, 신해은, 장석환, 한정옥, 이지연, 유미선, 정예림, 김동석 씨가 여러 배역을 맡았고, 객원 배우로는 한동규, 이철희, 박세기, 박진호, 김유민, 유연수, 문경희, 김정환, 문호진, 유영욱, 하인환 씨가 출연, 그리고 정상기 선생이 특별 출연하여 무대가 풍성해졌다.

　희곡 「여우인간」을 탈고한 나는 난감했다. 이 희곡을 공연할 극단이 없을 것 같았다. 우선 등장인물들의 수효가 너무 많다. 배우들이

1인 다역을 해도 30명은 필요해서, 웬만한 극단이 공연하기에 적합하지 않았다. 등장인물들이 많으면 배우들도 많아야 하고, 이에 따른 인건비 및 연습비 등 제작비가 크게 늘어난다. 오죽하면 등장인물 다섯 명이 넘는 공연은 무엇을 하든 적자라는 우스갯소리가 생겼겠는가. 더구나 「여우인간」은 등장인물의 수효만이 문제가 아니었다. 또 하나 문제는 작품 내용이다. 우리 사회가 여우한테 홀려 있다는 것이다. 광우병 소고기 수입 반대 촛불 시위, 노무현 전 대통령 죽음, 세월호 침몰, 국정원 선거개입 댓글사건 등등, 도저히 제정신이라고 할 수 없다. 옛날부터 여우는 사람을 홀려 얼빠지게 만드는 악명 높은 존재다. 더구나 요즘처럼 성형수술이 발달한 시대에는, 꼬리를 자르고 사람처럼 얼굴 고친 여우들이 득실거린다. 제정신으로 살기 불가능한 곳에서는 비정상적인 일들이 계속 벌어진다…….

그런데 등장인물의 수효와 내용보다 더 큰 문제가 또 있었다. 그러니까 2013년, 「여우인간」을 쓴 바로 두 해 전에 〈국립극단〉에서 공연한 그리스 희극 「개구리」가 연극계는 물론 문화 예술계 전반에 걸쳐 엄청난 영향을 주었다. 아리스토파네스 원작을 연출가 박근형 씨가 우리 시대를 반영하여 각색한 「개구리」는 박정희 전 대통령을 등장시켜 희화적으로 풍자했다고 박근혜 정부의 분노를 샀다. 그것이 계기로 소위 '블랙리스트'가 만들어졌다. 이 상황 속에서 「여우인간」을 공연할 극단이 있다면, 진짜 여우한테 홀려 제정신이 아닌 것이다.

나는 「여우인간」을 공연할 극단은 오직 〈서울시극단〉밖엔 없다고 생각했다. 왜 그렇게 생각했는지는 나도 모른다. 여우한테 홀렸으리라. 나는 무턱대고 〈서울시극단〉을 찾아갔다. 단장은 부재중이어서 안면 있는 배우에게 희곡을 전해 달라 부탁했다. 그런 후 몇 주일 기다렸는가, 나를 만나자는 단장의 전화가 왔다.

그 당시 〈서울시극단〉의 단장(예술총감독)은 김혜련 선생이었다. 극단 사무실 한쪽을 칸막이로 나눈 곳이 단장 방인데, 벽에는 이런 글이 붙어 있었다. '연극은 시대의 거울이다' 너무 흔하다고 할까, 진부할 것 같은 글이 묘하게 내 심금을 울렸다. 김혜련 선생의 첫 인상은 강직한 여장부였다. 외모는 작고 연약하지만, '블랙리스트' 태풍이 불어도 흔들릴 것 같지 않았다. 김혜련 선생이 나에게 말했다. "예술총감독을 맡고서 공연한 작품들이 시대를 비춰보는 것이었어요. 「나비잠」은 조선시대의 역사를, 「봉선화」에서는 일제 강점기의 역사를 비춰봤습니다. 이번엔 「여우인간」으로 지금, 여기, 우리를 비춰보고 싶군요."

〈서울시극단〉과 공연 계약서에 서명할 때 양윤석 씨를 만났다. 직함이 수석 단원인데, 기획, 홍보, 드라마터그, 연습 진행 등 공연에 관한 모든 일을 총괄하고 있었다. 나는 양윤석 씨가 우리 연극계 사정을 훤히 알고 있음을 직감했다. 그래서 「여우인간」을 계약하자마자 공연 결과가 어떻게 될 것 같으냐고 물었다. 양윤석 씨는 잠시 침묵하더니, 세종문화회관에는 관객들로 구성된 '세종시민평가단'이 있는데, 「여우인간」의 공연 다음 그들의 평가서를 보면 좋은 참고가 될 거라고 했다. 처음 만난 자리여서 자신의 의견을 직접 말하기보다는 간접적으로 에둘러 말한 것이리라.

「여우인간」은 연습 과정에서 상당한 갈등이 있었다. 연출가 김광보 씨는 〈국립극단〉의 「개구리」 사건이 〈시립극단〉에서 재현되지 않도록 노골적인 몇 장면의 위험도를 줄였다. 예술총감독 김혜련 선생은 그것 때문에 애매모호한 작품이 된다고 불만이었다. 김광보 씨는 지혜로웠고, 김혜련 선생은 강직했다. 만약 지혜만 있고 강직이 없었다면, 반대로 강직만 있고 지혜가 없었다면, 「여우인간」은 공연 못했으리라. 나는 공연이 끝난 뒤 '세종시민평가단'의 평가서를 유심히 살펴보았다. 모두 17명이 제출한 평가서였다. 여러 가지 평가 중에 긍정적인 것은 빼고 부정적인 것만 골라 간단히 요약하면 이렇다. "이 작품의 사건들을 모르는 관객은 없다, 이미 현실에서 지겹도록 겪은 것이다, 그것을 풍자와 해학의 희극으로 포장했다고 해서 새삼스럽게 보이거나 감동할 수 있을지는 의문이다." 내 짐작이지만, 수석 단원 양윤석 씨는 「여우인간」을 계약할 때 이 의문을 말하고 싶었을 것이다.

　「심청」은 극단 〈떼아뜨르 봄날〉의 연출가 이수인 씨가 두 번 공연했다. 첫 공연은 2016년 4월 7일부터 5월 22일까지 대학로 나온씨어터에서 하였고, 재공연은 두산아트센터의 초청으로 2017년 3월 3일부터 3월 19일까지 스페이스 111(두산아트센터 소극장)에서 하였다. 첫 공연에서는 간난 역을 정새별 씨와 박인지 씨가 더블 캐스트였는데 재공연은 정새별 단독 출연이었다. 그밖의 배우들은 두 공연 동일하다. 선주(船主) 송흥진, 장남 이 길, 차남 신안진, 삼남 윤대홍, 경리 박창순 씨가 각각 등장인물을 맡아 열연하였다. 배우들의 뛰어난 앙상블과 더불어 악기 연주와 노래를 맡은 코러스 김승언, 강명환, 김솔지, 김재겸 씨의 솜씨가 탁월했다. 그리고 마임이스트 이두성 씨도 출연하였는데, 희곡에는 없는 등장인물을 연출가 이수인 씨의 아이디어로 추가된 것이다. 말 없는 몸짓이 얼마나 우아하고 의미심장했는지, 이두성 씨 출연은 '신(神)의 한 수'였다. 「심청」에서 드라마터그로 참여한 우수진 씨는 공연 팸플릿에 이렇게 썼다.

> "이강백의 작품은 쉽지 않다. 관념적으로 쓰여진 문어체 대사들과 전형적인 등장인물들, 그리고 군더더기 없이 설정에 따라 전개되는 사건들과 그것들이 빚어내는 여백의 미…… 이는 문학으로 읽기에는 수월해도 연극으로 무대 위에서 보여주기에는 결코 만만치 않다. 잘못될 경우 문어체의 대사들은 피상에 그쳐 어색하기 그지없고 등장인물들과 플롯은 작위적으로 보이기 쉬우며 여백은 지루함으로 이어지기 십상이다.
>
> 이수인의 이강백은 사뭇 다르다. 「심청」 안에서는 이강백 특유의 등장인물들과 언어들이 그대로 살아있으면서도 〈떼아뜨르 봄날〉 특유의 연극성이 새롭게 더해져 있다. 그 안에서 이강백의 관념적인 언어는 깊이를 얻고 전형적인 인물들은 생기를 띠며 형해적(形骸的)인 플롯은 인간과 삶의 본질을 꿰뚫는다. 그리고 〈떼아뜨르 봄날〉의 음악성과 움직임은 유쾌하면서도 발랄하게, 때로는 서정적이면서도 은밀한 방식으로 이강백이 남겨놓은 여백을 채우고 비우며 생동감 있게 연주한다."

우수진 씨는 팸플릿에 쓴 글로는 만족 못 했던 모양이다. 아예 작심하고 한 편의 논문을 써서 발표했다. '이강백의 「심청」 연극제작과정 연구 – 드라마터지 작업을 토대로'(『한국극예술연구』 제52집, 2016년)

누구나 알고 있듯이 「심청전」은 효(孝) 이데올로기를 권장한다. 그런데 아무도 「심청전」을 지어낸 사람이 누구인지 모른다. 자식은 목숨 바쳐 부모를 섬겨라, 도대체 누가 이런 이야기를 만들었을까······ 나는 선주(船主)라고 생각한다. 해마다 인당수에 처녀를 제물로 바쳐야 하는 선주로서는 제물을 쉽게 구할 방법이 필요했다. 그래서 그는 「심청전」을 만들어 이 세상에 널리 퍼트린 것이다.

내가 쓴 「심청」에는 심청이 없다. 물론 심학규도 없고 뺑덕어멈도 없다. 제물로 팔려온 가난한 시골 처녀 간난이, 아홉 척의 배를 가진 선주, 선주의 아들 장남, 차남, 막내, 그리고 무역 업무에 능숙한 경리가 있다. 간난이는 효녀가 아니다. 아버지에 대한 원망과 증오가 가득하다. 그녀의 아버지는 노름꾼이며 오입질을 일삼고 아내와 자식을 돌보지 않는다. 그는 겉보리 스무 가마에 딸을 팔았다. 어찌 순순히 제물이 되고 싶겠는가. 바다에 빠져 죽느니 차라리 굶어 죽겠다며 간난이는 식음을 끊고 완강히 저항한다. 선주의 아들들이 꾸짖고, 달래고, 온갖 감언이설로 회유하지만 아무 소용없는 짓이다. 그런데 선주의 태도가 달라졌다. 제물을 강압적으로 배에 태워 보내던 것과는 다르게 망설이다가 출항을 연기한다. 선주는 이제 늙었다. 자신의 죽음이 가까이 왔음을 알고 있다. 그래서인가, 제물 간난이의 죽음과 자신의 죽음을 분리 못 하고 자꾸만 연계시킨다.

「심청」의 선주와 나는 서로 닮았다. 나도 이제 늙었다. 선주는 가까이 다가온 자신의 죽음을 보았는데 자기 모습이었다고 했다. 나도 그렇다. 나에게 다가오는 죽음이 나 자신과 같은 모습임을 보았다. 즉, 죽음이란 내가 나를 만나는 것, 그리고 죽음이란 내가 나를 등 떠밀어 저 알지 못할 허공 밑으로 떨어뜨리는 것이리라. 선주의 아홉 척 배도 내 희곡집 아홉 권과 같다. 선주가 아홉 척 배의 항해를 위해 수많은 제물을 무서운 바다에 바쳤듯이, 나 역시 아홉 권 희곡집을 내놓기 위해 수많은 작품들을 두려운 무대의 제물로 삼았다. 선주는 제물 되기를 각오한 간난이에게 간절히 말했다. "마마께서 바다에 뛰어내리실 때 소인을 기억해 주십시오!" 나도 제물 된 내 작품들에게 똑같이 간절한 심정으로, 부디 나를 기억해 달라고 했다.

「어둠상자」는 예술의전당 개관 30주년 기념 연극 시리즈 중 하나로 자유소극장에서 2018년 11월 7일부터 12월 2일까지 공연하였다. 기획과 제작은 예술의전당이 맡았으며. 극단은 「심청」을 공연했던 〈떼아뜨르 봄날〉, 연출은 이수인 씨가 맡았다. 30주년 기념 연극 시리즈의 또 하나인 「인형의 집」(유리 부투소프 연출)이 11월 6일부터 25일까지 토월극장에서 공연되어서, 우연히 기간이 겹친 것이겠지만, 뭔가 두 공연이 우열을 다투는 것 같았다. 어쨌든 극작가로서 나는 헨릭 입센의 적수가 되지 않는다. 하지만 연출가 이수인은 유리 부투소프에게 패했다고 할 수 없다. 「어둠상자」는 「인형의 집」 못지 않게 공연이 좋았기 때문이다.

「어둠상자」의 출연진은 다음과 같다. 고종황제 역 송홍진, 황실 사진사 김규진 역 이 길, 김석연 역 장한새, 김만우 역 이현호, 김기태 역 윤대홍, 독일공사 역 백익남, 이등박문 역 신안진, 시종무관 역 김승언, 강윤아 역 고애리, 포주 역 이춘희, 엘리스 역 김치몽, 원혜영 역 장승연, 조원재 역 강지완, 장상일 역 박창순 씨가 열연하였다. 이 연극에는 최 상병, 미군 신부, 미술관 직원 등 다양한 장면마다 여러

인물들이 등장하는데, 배우들이 1인 2역, 또는 1인 3역을 했다. 악기 연주에는 기타 엄태훈, 드럼 김솔지 씨였다.

사진기는 본래 어둠상자다. 빛을 차단한 어둠상자 전면에 작은 구멍을 뚫으면, 한 줄기 들어온 빛이 외부 모습을 상자 후면에 비춘다. 이런 원리를 응용해서 사진기가 발명된 것이다. 처음 사진기는 크고 무거워서 두 사람이 맞들어야 했다. 지금은 어떤가. 호주머니에 들어가는 소형 카메라는 흔하고, 거의 눈에 띄지 않는 극소형 카메라도 쉽게 살 수 있다. 사진기의 변화 과정을 따라가면 사진의 역사와 함께 현대 역사를 보게 된다.

대한제국 고종황제는 서양문물에 관심이 컸다. 임금 모습을 그리는 어진화가(御眞畵家) 김규진을 일본 동경으로 보내 2년 동안 사진술을 배우도록 하고, 황실에서 사용할 사진기를 구매해 오도록 한 것을 보면, 사진에도 관심이 매우 컸음을 알 수 있다.

1905년, 고종황제는 미국 사절단과 함께 온 시어도어 루스벨트 대통령의 딸 앨리스에게 황실 사진사 김규진이 촬영한 사진을 선물로 준다. 그 사진을 갖고 미국에 돌아가면 대통령이 자신의 모습을 보게 될 것이고, 1882년에 맺은 조미수호통상조약을 기억해서, 미국이 풍전등화처럼 위태로운 대한제국을 보호해 주기를 바란 것이다. 하지만 앨리스는 21살 발랄한 처녀, 아직 성숙하지 않은 나이 탓인가, 주변 사람들이 선물 받은 고종황제 사진의 인상을 묻자 이렇게 대답했다. "황제다운 존재감은 거의 없고, 애처롭고 둔감한 모습이군요." 만약 그 말을 전해 들었다면 고종황제는 엄청난 충격을 받았으리라. 또 그 사진을 촬영한 황실 사진사 김규진도 굉장히 충격 받기는 마찬가

지다. 그래서 나는 상상한다. 고종황제는 임종할 때 김규진에게 그 치욕적인 사진을 되찾아 없애달라 유언했다, 김규진은 반드시 유언을 지키겠다고 맹세하였으며, 자신이 못 지키면 자손 대대로 지키도록 하겠다…… 이런 상상이 희곡 「어둠상자」를 쓰게 된 결정적 계기가 있다. 2012년, 덕수궁 석조전(현대미술관 분관)에서 열린 '대한제국 황실의 초상' 사진 전시회다. 이 전시회의 하이라이트는 앨리스에게 줬던 고종황제의 사진인데, 미국 스미스소니언 박물관의 소장품을 빌려온 것이다. 그러니까 「어둠상자」는 치욕적인 사진에 관한 107년간의 이야기, 황실 사진사 김규진, 아들 김석연, 손자 김만우, 증손자 김기태, 4대에 걸친 가족사이며 우리나라 현대사이다.

예술의전당이 매달 발간하는 『SAC』(2018년 12월호)에는 「인형의 집」과 「어둠상자」의 리뷰가 나란히 게재되어 있다. 「어둠상자」 리뷰는 연극 평론가 이상란 선생이 썼는데 결말 부분을 인용한다.

"이강백은 우리 역사의 상처의 근원을 모욕당한 황제의 사진이라는 하나의 메타포로 포착하면서, 김규진가(家) 4대에 걸친 사진 찾기와 파괴라는 치열한 나선형의 반복구조를 형상화한다. (중략) 이수인 연출은 이 긴 역사적 과정의 반복되는 장면들을 매끄럽게 오버랩 시키면서 배우들의 잘 훈련된 앙상블과 악사들의 연주가 호응하도록 구성하여 흥미로운 리듬을 이루어냈다. (중략) 희곡과 공연 텍스트 모두를 보면서 남는 애석함은 우리 역사의 정체성을 탈환하기 위해 자신을 내던진 남성들만 부각하다 보니 여성들의 존재가 철저히 부차적이거나 아예 지워져버렸다는 점이다. 갑자기 홀로된 김규진의 부인이 지난하게 딸들과 아들을 키워낸 흔적도, 김석연이 칠흑 같은 절망을 뚫어낼 소리를 주었던 첼리스트 윤혜영의 삶도 전혀 부각되지 않았다. 게다가 그 인정 많고 성실한 김만우는 가문의 과업을 이을 아들을 낳기 위해 대리모라는 비인간적 착취 구조를 이용하게 되면서도 그에 대해서는 어떤 죄책감도 없다. 남성 중심의 탈식민의 몸부림이 억압받는 성(性)과 또 다른 유형무형의 착취에 대한 의식의 열림으로 이어질 수는 없는가.”

나는 이상란 선생의 지적에 깊이 공감한다. 더구나 「어둠상자」와 동시에 공연한 작품이 「인형의 집」이다. 여성을 부차적 존재로만 여기는 잘못된 인식을 바꿔놓는 획기적인 작품과 공연 기간이 겹치더니 리뷰도 겹쳤다. 내가 얼마나 남성 중심적인지 확연하게 드러나 부끄럽다.

「신데렐라」는 2021년 9월 2일부터 9월 12일까지 대학로 아트원씨어터 3관에서 공연하였다. 극단은 〈공연배달 탄탄〉. 출연한 배우는 김화영 선생, 강애심 씨, 박소영 씨. 연출은 정범철 씨가 맡았다. 김화영 선생은 경험이 풍부한 연륜 있는 배우이고, 다재다능한 중견 배우 강애심 씨는 연출가들이 함께 작업하기를 바라는 배우로 손꼽는다. 그리고 박소영 씨는 오디션에서 275대 1의 경쟁을 뚫고 뽑힌 신인 배우이다. 연출가 겸 극작가인 정범철 씨는 나하고 사제지간이다. 나는 그가 서울연극제 연출상, 오늘의 극작가상 등, 여러 연극상을 받는 때마다 기뻤고, 내 희곡을 연출해서 흐뭇했다.

「신데렐라」 공연 결과는 어떠했는가. 그것을 말하기 전에 「신데렐라」의 기구한 운명을 말하고 싶다. 처음에 「신데렐라」는 예술의전당에서 공연할 계획이었다. 2016년 새해가 시작할 무렵이었다. 고학찬 예술의전당 사장이 나에게 신작 희곡을 의뢰하고 싶다면서 뭔가 재미있고 유머러스한 희곡이기를 바랐다. 그래서 난 마침 쓰고 있는 희곡이 있는데, 신데렐라의 구두에 관한 에피소드를 21개의 장면으로 구성할 것이다. 그 내용을 요약하면 이렇다. 신데렐라는 왕자와 춤출 때 빨간색 가죽 구두를 신었다. 유리 구두를 신고서는 춤은커녕 한 걸음도 걷지 못 한다. 신데렐라가 서둘러 궁전을 떠난 것은 자정이 되면 마법이 풀려서가 아니다. 맞지 않는 구두를 신고 춤추느라 발이 너무 아팠기 때문이다. 궁전 계단을 내려가면서 빨간 구두는 홀렁 벗겨졌다. 왕자는 그 구두가 맞는 사람이 신데렐라인 줄 믿고 세상 모든 여자에게 신어보도록 한다. 하지만 발에 맞는 여자는 없다. 사실 그 구두는 신데렐라가 신어도 맞지 않는다. 지금도 그 빨간 구두는 신데렐라를 찾아 온 세상을 돌아다니고 있다……

　고학찬 사장은 내 이야기를 흥미롭게 듣더니 배우가 몇 명 나오는지 물었다. 나는 여배우만 3명인데, 빨간 구두가 세상을 돌아다니며 만난 21명의 여자들로 다양하게 변신(變身)한다고 했다. 그리고 나는 연출은 임영웅 선생, 배우는 박정자 선생과 손 숙 선생과 윤석화 씨를 추천하였다. 임영웅 선생의 산울림 소극장은 한국 여성연극의 메카였으며, 박정자 선생과 손 숙 선생과 윤석화 씨는 여성연극의 트로이카였다. 그분들이 다시 모인 연극을 보고 싶어 하는 관객들도 많다. 내 말에 설득력이 있었는지 고학찬 사장은 그런 연극이라면 예술의전당에서 공연하겠다고 했다. 난 먼저 임영웅 선생의 연출을 승낙

받았다. 그래야 모든 것이 순조롭게 될 것 같았다. 하지만 1년이 지난 후「신데렐라」희곡이 완성되자 사태가 달라졌다. 임영웅 선생의 건강이 연출을 할 수 없게 된 것이다. 예술의전당은「신데렐라」를 다른 작품으로 대체하였고, 따라서 트로이카 여배우 출연 섭외도 하지 않았다.

　신데렐라의 구두가 발에 맞는 사람을 찾아다니듯이,「신데렐라」는 공연할 사람을 찾아다녀야 했다. 다음 해 2018년이다. 나는 윤석화 씨를 만났다, 윤석화 씨는 대학로의 소극장 정미소를 운영하고 있었다.「신데렐라」가 발에 맞는 사람 찾는 구두처럼 되었다고 했더니, 윤석화 씨는 자기 발에 맞는지 신어보겠다고 했다. 그리고 그 결과는 매우 긍정적이었다. 임영웅 선생이 못 하신 연출을 자신이 하고, 박정자 선생과 손 숙 선생의 출연을 자신이 맡아 섭외하며, 자신도 당연히 출연한다고 했다. 이렇게 윤석화 씨가 적극 나서자 트로이카 여배우 출연이 쉽게 성사 되었다. 여기에 행운까지 더해졌다. 한국연극협회가 주최하는 제3회 '원로연극제'(2018년)에 박정자 선생이 선정되어서 출연하는「신데렐라」가 제작비를 지원 받은 것이다. 또 제작비만이 아니라 공연할 극장도 지원 받아 소극장 정미소에서 규모가 큰 아르코 극장으로 옮겼다. 이젠 정말 모든 것이 순조로웠다. 그런데 '원로연극제' 개막을 공식 발표하기 직전이었다. 한국연극협회 정대경 이사장의 전화가 왔다. 그는 다급한 목소리로 윤석화 씨가 갑자기「신데렐라」공연을 취소해서 몹시 당황스럽다고 했다. 나는 윤석화 씨 말을 직접 듣기 전엔 믿을 수 없었다. 미안하다, 미안하다, 윤석화 씨는 나에게 말하였다. 갑작스런 개인 사정 때문에…… 그 사정이 무엇인지는 설명하지 않았다. 하지만 처연한 얼굴 표정이 「신데렐라」의 연출도 출연도 못 할 만큼 심각한 상황임을 말해 주고 있었다.

「신데렐라」 공연이 두 번이나 무산되고, 기대가 컸던 여배우 트로이카 출연도 가망 없어지자 나는 실망에 빠졌다. 그렇게 세월은 지나갔다. 2020년이 끝날 무렵이었다. 〈극단 실험극장〉 대표 이한승 씨가 나를 만나자고 했다. 서울문화재단의 연극 지원에 신청할 희곡을 찾아다니고 있지만 헛걸음이라면서, 숨겨둔 내 희곡을 달라는 것이었다. 숨겨둔 희곡이라니…… 무심히 그냥 해본 말일 텐데도 내 귀엔 꼭 알고 하는 말로 들렸다. 내가 「신데렐라」 공연할 사람을 찾아다니지 않으니까 거꾸로 공연할 사람이 「신데렐라」를 찾아온 것 같았다. 나는 이한승 대표에게 숨겨둔 희곡을 꺼내 줬다. 그리고 연출가와 배우들은 이한승 대표가 정하기로 했다. 하지만 결국 신데렐라의 구두는 〈극단 실험극장〉의 발에 맞지 않았다. 당연히 받을 줄 믿었던 서울문화재단의 연극 지원에서 탈락한 것이다.

「신데렐라」의 세 번째 공연도 좌절되자 나는 완전히 포기했다. 그런데 공연할 기회가 또 「신데렐라」를 찾아왔다. 2021년 봄, 내 휴대전화기가 울렸다. 여배우 김화영 선생이었다. 내 희곡 「진땀 흘리기」를 공연하고 싶다며 전화한 것이다. 나는 지원금 받아 공연할 거라면 안 하겠다며 거절했다. 김화영 선생의 낭랑한 웃음소리가 들렸다. 자기는 지원금을 받은 적이 없다면서, 제작비는 자신이 맡을 것이라고 했다. 나중에 안 사실이지만, 김화영 선생은 오히려 문화예술위원회에 연극을 위해 써달라고 기부금을 여러 차례 냈다.

나는 이미 공연했던 「진땀 흘리기」보다는 신작 공연이 더 좋겠다면서, 김화영 선생에게 「신데렐라」 희곡을 보냈다. 물론 공연되리라고 기대하지는 않았다. 온 세상을 다녀도 신데렐라의 구두가 발에 맞는 사람이 없는 것처럼, 「신데렐라」 공연 희망은 언제나 실망으로 끝났기 때문이다. 실망할 이유는 또 있다. 코로나 전염병이 급속히 퍼지고 있었다. 극장은 거리 두기 대상이어서 두 좌석 건너 한 좌석을 비워야 했다. 이런 상황에서는 지원금을 받은 공연도 적자인데, 지원금 없는 공연은 적자가 너무 컸다. 바보가 아니고서야 그 적자를 고스란히 떠안을까…… 그러나 김화영 선생이 떠안았다. 마침내 「신데렐라」 공연이 이뤄진 것이다.

「신데렐라」에 놀라운 변화가 생겼다. 「신데렐라」는 트로이카 여배우를 염두에 두고 썼던 작품이었기에 3개의 1인극을 모아놓은 극 구조였다. 예를 들자면 1부 윤석화 씨, 2부 손 숙 선생, 3부 박정자 선생이다. 물론 등장 순서는 바뀔 수 있다. 하지만 1부의 여배우는 오직 1부에 나오는 인물들만 맡아 연기할 뿐, 2부 혹은 3부의 인물은 단 한 명도 맡는 것이 불가능하다. 그런데 트로이카 여배우 집착에서 벗어나자 칸막이가 사라졌다. 1부, 2부, 3부 구분 없이, 배우는 자기가 연기하고 싶은 인물을 자유롭게 선택할 수 있게 된 것이다. 이 놀라운 변화는 극작가, 연출가, 배우들이 연습을 시작하기 위해 모두 모인 첫날 일어났다. 우리는 「신데렐라」 1부, 2부, 3부, 21명의 인물들과 장면들을 읽었다. 그리고 마치 약속한 듯이 이구동성으로 말했다. "배우가 하고 싶은 대로 고릅시다!' 강애심 씨는 소경인 소녀가 빨간 구두를 신고 모차르트의 피아노 연주를 상상하며 춤추는 장면을 골랐다. 김화영 선생은 빨간 구두를 너무 많이 사서 이혼 법정에 서게 된 여성을 선택하였다. 박소영 씨는 대조적인 두 장면을 함께 골랐다. 빨간 구두를 만나 행복했다는 칠공주파 새침한 여학생을 연기한 다음, 그 구두를 만나지 못해 항의하는 십자매파 말괄량이 여학생으로 곧 변신하고 싶다고 했다. 이렇게 시작한 배우들의 장면과 인물 고르기는 각자 삼등분씩 나눠 가지며 모두 만족하게 끝났다. 만약 「신데렐라」를 또 공연한다면, 굳이 배우 3명이어야 할 필요는 없다. 배우 1명이 모든 등장 인물들로 변신해도 좋고, 배우 2명이 해도 좋으며, 4명이나 5명, 6명, 7명이 해도 좋다. 이런 자유로운 극 구조는 이 세상에서 드물 것이다.

　「신데렐라」의 기구한 운명을 말하였더니 길어졌다. 공연 결과는 짧게 말하겠다. 우선 두 좌석 건너 한 좌석을 비워둬야 하는 거리두기 덕분에 매번 공연마다 관객들이 가득 찼다. 관객들 중에는 극작가 김수미 씨, 연출가 조광화 씨, 연극평론가 최영주 씨도 있었는데, 자유로운 극 구조와 배우의 변신 연기가 돋보이는 유의미한 공연이었다고 했다. 연극학과 대학생임을 밝힌 한 관객은 「체르니」가 피아노를 배우는 사람의 교본이듯이, 다양한 인물들로 변신하는 「신데렐라」가 연기를 배우는 학생의 교본이 될 것 같다고 하였다.

　나는 「신데렐라」의 성공적인 공연에 한껏 고무되었다. 그래서 「신데렐라」가 여배우 버전이라면, 똑같은 극 구조의 남배우 버전도 있어야 한다고 생각했다. 불쑥 내 머리 속에서 희극이면서 비극인 아이디어가 떠올랐다. 주인에게 인간 대우를 요구했다가 거절당한 돼지 이야기다. 돼지는 더 이상 돼지우리에 머물지 않고 탈출했다. 신데렐라 구두가 발에 맞는 사람을 찾아다닌 것처럼, 돼지는 자기를 인간으로 대해 줄 사람을 찾아 온 마을을 다니면서 다양한 남자들을 만났다. 그러나 그들은 돼지를 잡아먹으려 하였고, 도살장에 팔아넘기려 하였으며, 염소나 닭 등 다른 가축과 바꾸려고 하였다. 실망한 돼지는 예전 주인에게 돌아갔다. 주인은 대환영이었다. 화려한 옷을 입혀주고 맛있는 음식으로 환영잔치를 했다. 하지만 돼지는 슬펐다. 주인이 자기를 잡아먹으리라는 것을 알고 있기 때문이다…… 쓰기만 하면 곧 희곡이 완성될 것 같았다. 그런데 나는 노년기, 몸과 마음은 활력을 잃었다.

지금 내놓는 희곡집이 마지막이다. 첫 희곡집부터 마지막 희곡집까지 9권, 47편의 작품들이 담겨 있다. 10권을 채우지 못해 아쉽다고 하기에는 작품들이 많다. 1971년 처음 공연한 「다섯」부터 2021년 마지막 공연인 「신데렐라」까지, 햇수로는 50년이다. 그러니까 50년간 47편의 희곡을 쓴 것이다. 평민사는 내가 살아 있는 동안 쓴 모든 작품을 출판하겠다며 평생계약을 했다. 만약 그 평생계약이 없었다면, 나는 부지런히 쓰지 않았고, 희곡도 공연이 끝난 후 어디론가 흩어졌을 것이다. 극작가로서 나는 진심으로 평민사에 감사한다.

여우인간

- **등장인물**
  여우 사냥꾼
  영일번
  영이번
  영삼번
  미정
  엄마
  아빠
  구미호
  대한엽사협회 사무국장
  김명준 대표
  박 간사
  정 간사
  황 간사
  전경대장
  색안경 남자
  청년 변비환자
  그림책 해설자
  택시기사
  선거관리원
  전경대원들
  구경꾼들
  합창단
  정치평론가들

- **시간**
  현대

- **장소**
  월악산, 서울 등 여러 곳

• 일러두기

이 연극의 등장인물들은 일인일역 인물과 일인다역 인물로 나뉜다. 여우 사냥꾼, 영일번, 영이번, 영삼번, 미정, 구미호, 사무국장, 김명준 대표 등은 일인일역이고, 그 밖의 인물들은 일인다역이다. 그러나 배우들이 많은 경우 굳이 일인다역을 할 필요는 없다. 무대는 기본적으로 텅 빈 공간이다. 소도구와 대도구는 물론 규모가 큰 구조물까지 이동 가능해야 한다. 장면 전환은 끝과 시작이 겹치듯이 빠르게 진행된다.

제1부

프롤로그

막이 오른다. 이 연극의 모든 등장인물들이 무대 가운데에 모여 있다. 조명, 점점 밝아진다. 등장물들이 여우놀이를 시작한다.

등장인물들 여우야, 여우야, 뭐하니?
술래 잠잔다.
등장인물들 잠꾸러기!
술래 (침묵)
등장인물들 여우야, 여우야, 뭐하니?
술래 밥 먹는다.
등장인물들 무슨 반찬?
술래 개구리 반찬.
등장인물들 살았니? 죽었니?
술래 죽었다!

등장인물들, 움직이지 않는다. 사이. 여우 사냥꾼이 움직인다.

술래 야, 움직였어!

등장인물들, 까르르 웃는다. 술래에게 지적받은 여우 사냥꾼이 관객석 앞쪽으로 나온다. 그는 어깨에 엽총을 메고, 등에는 배낭을 짊어졌으며, 손에는 기다란 여우 꼬리가 걸린 덫을 들고 있다.

사냥꾼   여러분, 나는 여우 잡는 사냥꾼입니다. 덫을 들고 나타났다고 밀렵꾼으로 의심하지 마세요. (배낭에서 여러 가지 증명서를 꺼내 보여준다.) 이건 경찰청이 나에게 발급한 사냥 허가서, 또 이건 내 엽총 등록증, 그리고 대한엽사협회 회원증도 있습니다. 엽사협회가 뭐냐구요? 세상에는 전문가들끼리 모여 협회를 만들어요. 의사들이 모여 만든 협회는 의사협회, 약사들의 협회는 약사협회, 전문 사냥꾼들의 협회는 엽사협회죠!

등장인물들, 여우놀이를 계속한다.

등장인물들   여우야, 여우야, 뭐하니?
술래   잠잔다.
등장인물들   잠꾸러기!
술래   (침묵)
등장인물들   여우야, 여우야, 뭐하니?
술래   밥 먹는다.
등장인물들   무슨 반찬?
술래   개구리 반찬.
등장인물들   살았니? 죽었니?
술래   살았다!
등장인물들   와, 달아나!

등장인물들, 술래에게 잡히지 않으려고 도망 다니면서 웃고 떠든다. 여우 사냥꾼이 그들을 향해 외친다.

사냥꾼 조용히 해요! 시끄러워 말을 할 수 없잖아! (관객들에게) 어쨌든 난 정식 허가 받은 사냥꾼입니다. 그런 사냥꾼이 왜 밀렵꾼처럼 덫을 들고 있느냐, 여우를 잡으려면 총보다 덫이 더 좋습니다. 여러분도 잘 아시듯이 여우는 매우 영악합니다. 총 든 사냥꾼이 나타나면 재빨리 눈치 채고 달아나 버립니다. 그래서 무성한 덤불 속에 덫을 감춰놓고 여우를 잡는 것이죠. 요즘 환경론자들은 여우가 완전히 멸종돼서 볼 수 없다고 주장하는데, 그건 정말 뭘 모르고 하는 소리예요. 사실은 그 어떤 환경에서도 가장 잘 적응해서 왕성하게 번식하는 것이 여우입니다.

등장인물들, 여우놀이를 계속한다.

등장인물들 여우야, 여우야, 뭐하니?
술래 잠잔다.
등장인물들 잠꾸러기!
술래 (침묵)
등장인물들 여우야, 여우야, 뭐하니?
술래 밥 먹는다.
등장인물들 무슨 반찬?
술래 개구리 반찬.
등장인물들 살았니? 죽었니?
술래 살았다!
등장인물들 뛰어! 뛰어! 달아나!

등장인물들, 웃으면서 뛰어다닌다. 여우 사냥꾼, 어깨에 멨던 사냥총을 들고서 허공에 대고 방아쇠를 당긴다. 요란한 총성. 등장인물들이 비명을 지르며 무대 밖으로 달아난다.

사냥꾼　이제 좀 조용하군! (관객들에게) 지금부터가 아주 중요합니다. 나는 여우 잡는 덫을 월악산 계곡의 덤불 속에 숨겨 놓았습니다. 월악산 계곡은 굴이 많아서 여우들이 살기 좋은 곳이죠. "잡았구나, 잡았어!" 덫을 놓은 지 사흘 만에, 나는 기뻐서 외쳤습니다! 그런데…… 덫에는 꼬리만 있고 몸통이 없어요, 몸통이. 도대체 몸통은 왜 없을까요? 이 중대한 의문을 풀기 위해서, 나는 덫에 남아 있는 꼬리를 면밀하게 살펴봤습니다.

여우 사냥꾼, 덫에서 꼬리를 빼내 유심히 살펴본다.

이건 여우 꼬리가 확실합니다. 그렇다면 숫여우 꼬리냐, 암 여우 꼬리냐…… 수컷과 암컷은 몸통의 크기가 달라요. 그래서 꼬리의 크기도 다르죠. 이건 길고 굵어서 숫여우의 꼬리입니다. 그리고 꼬리털에 탈모 증세가 없다는 점에서, 늙은 숫여우가 아닌 젊은 숫여우가 분명하구요. 덫에 걸렸을 때, 격렬하게 몸부림친 흔적도 없습니다. 만약 몸부림쳤다면, 꼬리의 피부가 군데군데 벗겨졌거나 살점이 떨어졌겠지요. 그러니까 이렇게 말끔한 건, 젊은 숫여우가 절박한 상황에서 달아나기 위해, 뭔가 예리한 도구로 자신의 꼬리를 싹둑 잘랐다는 증거입니다!

여우 사냥꾼, 관객석으로 다가가 관객들에게 여우 꼬리를 보여준다.

보세요, 여우 꼬리를! 그런데 여러분, 꼬리 없는 여우는 어디로 달아났을까요? 아시는 분은 말씀하세요. 네? 여우 굴속으로 갔다구요? 처음엔 여우들이 사는 굴로 가겠죠. 그러나 결국, 꼬리 없는 여우들은 사람들이 사는 곳으로 갑니다. 그래서 서울 같은 대도시에는 꼬리 없는 여우들이 득실거립니다!

여우 사냥꾼, 무대 위로 올라간다.

여우는 정말 교활한 존재입니다. 온갖 못된 짓을 다하죠. 그런데 어찌나 사람 흉내를 잘 내는지 누가 사람이고 누가 여우인지 분간하기가 어렵습니다. 조용했던 우리 사회가 아수라장으로 변한 것은, 여우들이 사람들과 뒤섞여 살면서 그렇게 된 것입니다.
여러분, 나는 여우 잡는 전문 사냥꾼입니다. 이 엽총은 그저 들고 다니는 장난감이 아니에요. 자, 기대하세요! 꼬리 없는 여우를 쫓아가 반드시 잡을 겁니다!

여우 사냥꾼, 사냥총을 허공에 대고 방아쇠를 당긴다. 요란한 총소리. 무대 조명, 암전한다.

1장. 여우 가족

월악산 계곡. 한 여우 가족이 돌아오지 않는 아들을 기다리고 있다.

엄마	들었죠, 총소리?
아빠	걱정 마. 어리석은 사냥꾼이 나 여기 있다, 알려주려고 엽총을 쏘는 거야.
엄마	그런데 참 이상해요. 아침 먹고 나간 우리 아들, 점심 먹을 때도 오지 않고, 저녁 먹을 때도 오지 않아요.
아빠	그건 좀 이상하군. 하루 세 끼 꼬박꼬박 챙겨 먹던 놈이 두 끼를 안 먹다니……
엄마	무슨 사고가 생긴 건 아닐까요?
아빠	두 끼 안 먹었다고 죽지는 않아. 그저 식욕이 없거나 살 빼려고 굶었겠지.
엄마	(딸에게 묻는다.) 넌 오빠가 어디 갔는지 알고 있지?
딸	몰라요.
엄마	몰라?
딸	네.
엄마	거짓말.
딸	(침묵)
엄마	넌 자꾸만 나를 속여.
딸	엄마, 미안해요. 오빠가 부탁해서, 그때 딱 한 번 속인 거예요.
아빠	뭘 속였는데?
딸	(침묵)
아빠	속인 게 뭐야?
엄마	당신은 몰라도 돼요.
아빠	난 이 집안의 가장이야!
엄마	알면 골치 아픈 일이죠. 우리 아들은 연애할 때마다 상대를 임신시켜요. 배가 잔뜩 불러서 울고불고 찾아온 암 여

우가 벌써 스무 마리도 넘는 걸요.

아빠 하하, 하하하! 그놈이 나를 닮았군!

딸 오빠는 숫여우 중에서 자기 꼬리가 가장 멋있다며 뽐내고 다녀요.

아빠 숫여우의 매력은 꼬리야, 꼬리! 내 꼬리 역시 젊은 시절엔 멋있었지. 꼬리를 깃발처럼 흔들고 지나가면, 모든 암여우들이 홀딱 반해 정신을 잃었거든.

딸 오빠 애인들은 다 바보예요.

아빠 그건 무슨 소리냐?

딸 머리가 아닌 꼬리에 반하니까 그렇죠.

엄마 네 말이 맞아. 멍청한 것들이 머리에는 관심 없고 꼬리만 쳐다보지. (한숨을 쉬며) 처녀 때 내가 그랬어. 이제 후회한들 아무 소용없구나.

아빠 뭐, 후회해? 난 머리도 좋았어!

엄마 다행히 내 아들은 머리도 좋아. (딸에게) 애야, 솔직히 말해주렴. 네 오빠가 또 연애하지?

딸 엄마, 내가 아는 건…… 오빠는 애인에게 매일 선물을 해요. 토끼도 잡아주고, 다람쥐, 너구리, 고라니도 잡아줘요.

엄마 그래?

딸 난 그런 선물은 징그러워 못 받아요. 오히려 꽃 한 송이가 훨씬 낫죠. 엄마는 어때요? 엄마도 꽃 선물이 더 기분 좋죠?

엄마 네 아빤 나한테 꽃 한번 안 줬어. 선물이라고 갖다 준 것이 동물의 시체였지!

아빠 그건 숫여우가 암 여우에게 자신의 능력을 보여주는 거야. 결혼하면 내가 가족을 먹여 살리겠다, 걱정 말고 함께 살자, 그런 능력을 잡은 먹이로 과시하는 거라구!

엄마 네 오빠가 이번에는 진짜 결혼 상대를 만났으면 좋겠다. 그런데 해가 저물어도 왜 집에 오지 않을까…… 불안해서 견딜 수가 없구나!

아빠 연애할 땐 시간 가는 줄 몰라. 우리도 그랬잖아. 거의 날마다 밤을 꼬박 지새우고 해 뜰 때가 되어서야 집에 들어갔거든.

엄마 그런 소리 말아요. 난 밤이 되면 집에 들어갔죠.

아빠 당신은 앙큼한 암 여우였어. 이젠 자식 걱정하는 어미가 되어 옛 처녀시절을 다 잊었군.

아들 여우, 주춤주춤 등장한다.

아들 나, 왔어요…….

엄마 어서 오렴! 저녁밥은 먹었니?

아들 (침묵)

엄마 내가 곧 차려주마!

아들 괜찮아요, 안 먹어도…….

아빠 어쩨 목소리가 우울하다. 애인하고 싸웠냐?

아들 아뇨.

엄마 굶으면 기운 없어. 엄마가 맛있는 것 줄 테니 먹어라.

아들 먹고 싶지 않아요, 지금은…….

딸 오빠는 아픈가 봐요.

엄마 그래, 얼굴이 창백해!

아들 엄마, 아빠…… 오늘 난 심각한 고민을 했어요. 죽느냐, 사느냐, 그게 문제였죠.

아빠	아들아, 네가 그런 고민을 했다니 이 애비는 흐뭇하구나!
엄마	흐뭇하다니요?
아빠	심각한 고민을 했다는 건 정신적으로 성장한 증거야!
엄마	(아들에게) 그래도 너무 깊은 고민은 하지 마라. 건강에 해로워. 언제나 씩씩하던 내 아들이 기운도 없고, 핏기도 없고…….
딸	오빠 모습이 이상해요…… 꼬리가 없어요!
엄마	(아들을 자세히 살펴본다.) 맙소사, 꼬리가 없구나!
아빠	도대체 이게 어찌된 거냐?
아들	너무 놀라지 마세요. 오늘이 내 애인 생일입니다. 그래서 생일 선물로 예쁜 토끼를 잡아주려고 사냥을 갔죠.
딸	오빠는 여자 마음 몰라.
아들	넌 조용히 해. 한참 헤매다가 예쁜 토끼를 만났는데요, 나를 보자 깜짝 놀라 무성한 덤불 속으로 달아나는 거예요. 나는 놓치지 않으려고 급히 쫓아갔어요. 그런데 어떤 고약한 인간이 덤불 속에 덫을 숨겨놓았더군요. 철컥, 내 꼬리가 덫에 걸렸습니다. 정말 심각한 고민을 했죠. 꼬리를 달고 죽느냐, 꼬리를 자르고 사느냐…… 나는 침착하게, 이성적으로 판단했어요. 이 세상 모든 것을 다 얻는다 해도 목숨을 잃으면 무슨 소용 있느냐, 꼬리를 자르고 살기로 하자…… 아빠, 내가 산 것이 잘못 됐나요?
아빠	아니…… 잘했다.
아들	엄마는요?
엄마	(울음을 터뜨리며) 그래, 잘했어.
아들	그런데 왜 울어요?
엄마	네 꼬리…… 너무나 멋진 꼬리가 없다니…… 너에게 반

하는 암 여우는 단 한 마리도 없을 거야. 이제 넌 연애도 못하고 결혼도 못해!

아빠 네 장래가 암담하다. 너와 친했던 숫여우들도 꼬리 없는 너를 멸시할 테고…….

딸 오빠 애인은 뭐라고 했어?

아들 아직 내 모습 못 봤어. 해 저문 다음에, 누구 눈에도 띄지 않게 돌아왔거든.

엄마 암 여우는 눈치가 빨라. 이미 알고 있을 거야.

아빠 그래, 암 여우는 입이 가벼워. 벌써 모든 여우들에게 네 꼬리 없다고 떠들어댔겠지.

아들 다 알아도 난 괜찮아요.

아빠 (관객석을 가리키며) 저것 봐라! 모든 여우들이 너를 보려고 몰려와 있다!

조명, 관객석을 환하게 비춘다.

엄마 정말 월악산 여우들이 다 모였네!

아빠 아들아, 넌 어디 숨어라!

엄마 (관객들에게) 나가요, 나가! 우리 아들 꼬리 없는 걸 보면서 웃고 있다니!

아들 엄마, 진정하세요.

엄마 어서 나가! 나가라구요!

아들 (관객들에게) 여러분, 이렇게 모여 주셔서 감사합니다. 일일이 찾아다니면서 보여드리려고 했는데, 모두 모였으니 잘 됐군요. (꼬리 없는 자신의 뒷모습을 보여주며) 자, 실컷 보세요! 꼬리 없다는 것, 전혀 부끄럽지 않습니다! 오히려 꼬리가 없으면 좋은 점이 많아요! 우선 사냥할 때 꼬리가 덫에 걸리지 않습니다. 우리가 죽는 원인은 거의 대부분이 기다란 꼬리 때문에 발생합니다. 농담이 아닙니다. 꼬리가 없다면 죽을 염려도 없어요!

여러분, 진실을 더 말할까요? 꼬리 때문에 우리의 주거환경은 너무나 비위생적입니다. 하루 종일 기다란 꼬리로 흙먼지를 묻혀서 들락날락거리니까, 쓸고 닦고, 아무리 청소를 해도 깨끗하지 않습니다. 비가 오거나 눈이 오는 날은 더 극심하죠. 꼬리에 잔뜩 진흙탕을 묻히고 들어와서는 사방을 더럽혀 놓거든요.

여러분, 우리는 꼬리 때문에 소중한 사생활을 보호받지 못합니다. 사생활 보호를 위해서는 문이 필수적인데 우리는 문을 닫지 못해요. 문 닫을 때, 아무리 조심해도 기다란 꼬리가 끼어서 너무 아픕니다! 문 열어놓고 대소변을 봐야하니, 여우 체면이 말이 아닙니다. 그것보다 더 민망한 건…… 사랑할 때이지요. 문을 닫지 않고 사랑을 한다는 건, 누가 볼까봐 불안해서 얼른 끝내야 하고…… 경험한 분들은 그게 얼마나 스트레스가 심한지 아실 겁니다!

여러분, 마지막으로 가장 중요한 진실을 말하겠습니다. 원숭이는 꼬리를 자르고 인간이 됐어요! 그런데 우리 여우들은 뭡니까? 원숭이보다 훨씬 월등한 우리가 꼬리를 달고 있어서 진화가 안 되는 거예요! 이젠 꼬리를 자릅시다! 우리 모두 쓸데없는 꼬리를 자르고 인간으로 진화합시다!

아들, 커다란 가위를 꺼내든다. 관객석에서 숫여우들이 일어선다.

숫여우1   네 말이 옳아!

숫여우2   전적으로 동감이야!

숫여우1   난 꼬리 자르고 인간이 되겠어!

숫여우2   나도 그래! 이런 산 속에서 여우로 살기 싫다구!

아들   이리 와! 내가 꼬리를 잘라 줄게!

숫여우들, 무대로 올라온다. 아들이 커다란 가위로 숫여우들의 꼬리를 싹둑싹둑 자른다.

아들   또 누구 없어요?

딸   (관객들에게) 오빠 말 듣지 마세요! 오빠는 지금 꼬리 없는 자기를 위해서 여러분의 꼬리를 자르라고 하는 거예요!

아들   뭐야?

딸   사실이 그렇잖아!

아들   나쁜 년! 네 꼬리를 자르겠다!

아들, 화가 나서 딸의 꼬리를 움켜잡더니 커다란 가위로 잘라버린다.

딸   아악! 내 꼬리!

딸, 잘린 꼬리를 가슴에 끌어안고 울음을 터뜨린다. 무대 조명, 암전한다.

2장. 추적

어둠. 여우 사냥꾼, 손전등을 비추면서 등장. 그는 여우들의 잘린 꼬리들을 발견한다.

사냥꾼　여기, 이게 뭐야? 꼬리 자르고 달아난 여우를 쫓아왔더니 꼬리 두 개가 더 있어! (꼬리들이 있는 곳을 주의 깊게 살펴본다.) 덫도 없는데 꼬리가 잘려있다……? 피 흘린 자리는 셋…… 그럼 꼬리 하나는 왜 없지? (잠시 생각한다.) 하지만 중요한 건 꼬리가 아냐. 몸통들이 어디로 갔느냐가 더 중요해. 우선 헷갈리지 않도록 번호를 붙여야겠어. 처음 덫에 걸려서 꼬리를 자른 여우가 번호 영일번, 덫에 걸리지도 않았는데 꼬리를 자른 여우 둘은 영이번, 영삼번, 자른 흔적은 있지만 꼬리를 발견 못한 여우는 번호 미정, 그러니까 모두 네 마리군!

여우 사냥꾼, 손전등으로 핏방울이 떨어진 흔적들을 찾는다.

그래…… 저쪽이야. 몸통들이 핏방울 흘리면서 모두 같은 방향으로 갔어.

여우 사냥꾼, 배낭에서 나침반과 지도를 꺼낸다. 그는 여우들의 핏방울이 떨어진 방향으로 나침반을 놓고 지도를 펼친다.

방향은 북북서…… 고속도로야, 고속도로. 월악산 너머 북북서쪽으로 경부 고속도로가 지나가. 역시 여우들의 최종 목적지는 서울이군! 그놈들을 잡으려면 어서 서울로 가야겠어!

여우 사냥꾼, 다급하게 퇴장한다.

3장. 트럭

사회변혁운동연합의 박 간사와 정 간사, 등장한다. 그들은 의자 여덟 개를 이열종대로 붙여놓는다. 트럭이다. 맨 앞줄 의자들 양쪽에 불 켜진 전조등이 달려 있다. 박 간사, 맨 앞줄 좌측 의자에 앉아서 트럭 핸들을 잡는다. 정 간사는 우측 조수석에 앉는다. 둘째 줄과 셋째 줄 의자에는 상자들이 수북하게 쌓여있다. 맨 뒷줄 의자에는 영일번, 영이번, 영삼번, 미정이 자리가 비좁아 몸을 바짝 붙이고 앉아 있다. 고속도로를 달리는 트럭 소리가 효과음으로 들린다. 사이. 박 간사의 바지 호주머니 속에서 휴대전화기가 울린다. 정 간사, 휴대전화기를 꺼내 박 간사에게 준다. 전화기를 통해 황 간사의 화난 목소리가 크게 들린다.

황 간사   (목소리) 왜 안 와?
박 간사   미안해. 가고 있어.
황 간사   (목소리) 도대체 왜 이렇게 늦는 거야?
박 간사   로드 킬!
황 간사   (목소리) 로드 킬?
박 간사   (정 간사에게 휴대전화기를 주며) 난 운전할 테니, 자네가 설명해.

정 간사	(휴대전화기를 받는다.) 고속도로에서 재수 없게 덜컥 쳤어!
황 간사	(목소리) 그래서……?
정 간사	멧돼지 아니면 노루겠지 하고 지나가려다가, 그래도 사람인지 몰라 확인하려고 갓길에 멈췄지. 그랬더니 마치 기다렸다는 듯이, 우리 트럭에 우르르 올라타는 거야. 그것도 한 명이 아니라 네 명이나!
황 간사	(목소리) 정말이야?
정 간사	그렇다니까!
황 간사	(목소리) 빨리 와! 빨리! 지금 대표님께서 시청 앞 광장에서 기다리고 계셔!
정 간사	알았어!

정 간사, 휴대전화기를 박 간사에게 되돌려준다. 박 간사, 가속페달을 밟는다. 트럭이 흔들린다. 뒤쪽에서 꼬리 없는 여우들이 비명을 지른다.

영일번	여봐요, 천천히 좀 갑시다!
영이번	속이 울렁울렁 토할 것 같아요!
영삼번	머리가 어지러워요!
미정	멈춰요! 난 서울 가기 싫어요!
정 간사	조용히 해! 공짜로 탄 것들이 떠들고 지랄이야!
영삼번	저 사람 성질 더럽네.
영이번	사람은 다 성질 더러워.
정 간사	뭐라구?
영일번	아뇨. 우린 아무 말도 안 했어요.

박 간사의 휴대전화기가 다시 울린다.

황 간사   (목소리) 지금 트럭 어디야?

박 간사   이젠 서울 왔어!

황 간사   (목소리) 서울 어디?

박 간사   톨게이트 지나서 반포 입구. (휴대전화기를 정 간사에게 주며) 또 재촉 전화야!

정 간사   (휴대전화기에 대고) 지금은 반포대교 지났어!

황 간사   (목소리) 정말이야?

정 간사   그래. 저기, 남산타워의 불빛이 보여!

영일번, 영이번, 영삼번, 남산타워를 보며 탄성을 지른다.

영삼번   우와, 굉장한데!

영일번   (미정에게) 너도 고개 들고 봐라!

영이번   반짝반짝, 저 높은 꼭대기에서 별들이 반짝거려!

박 간사   진짜 촌놈들이군! 흥분 말고 가만있어!

영삼번   저 사람도 성질 더럽네.

영이번   내가 말했잖아. 사람은 다 성질 더럽다고.

황 간사   (목소리) 벌써 시청 앞 광장에 사람들이 잔뜩 모였어! 일분 일초가 급해!

정 간사   일분은 한 사람, 일초는 초 하나!

황 간사   (목소리) 지금 농담하는 거야?

정 간사   농담 아냐! 일분일초의 사자성어를 풀이하면 뜻이 그렇다구!

황 간사   (목소리) 빨리 와! 빨리!

박 간사 지금 2호 터널 빠져서 시청 앞으로 가고 있어!

박 간사, 트럭의 가속페달을 밟는다.

4장. 시청 앞 광장

밤. 군중들의 함성. 황 간사, 한 손에 확성기를 들고 다른 손에는 경광봉을 들고 있다. 그는 트럭을 향해 경광봉을 흔든다.

황 간사 여기야, 여기!
박 간사 드디어 시청 앞 광장에 도착했군!

박 간사와 정 간사, 트럭에서 내린다.

정 간사 (황 간사에게) 우리 대표님께 트럭 왔다고 해!
황 간사 (확성기에 대고 외친다.) 사회변혁운동연합 김명준 대표님, 양초 실은 트럭이 왔습니다!

김명준 대표, 등장한다. 그는 몹시 상기된 모습이다.

김명준 오늘밤에도 수십 만 명이 모였소! 촛불 켤 초가 모자라오, 초가! 지금 신고 온 건 몇 개요?
박 간사 한 상자에 오백 개, 오십 상자니까…… 이만 오천 개입니다.
김명준 겨우 이만 오천 개?

정 간사	부산 지역의 초는 다 긁어온 겁니다.
김명준	당장 광주 쪽에 가서 가져오시오! 초가 없어서 촛불 집회를 못한다면 광우병 걸린 소가 웃겠소!
정 간사	네, 대표님.
박 간사	저희는 곧 광주로 가겠습니다.
황 간사	우선 짐부터 내려놔야지!
정 간사	(트럭의 안쪽을 향해) 당신들, 상자 내려!
영일번	우리가요……?
정 간사	공짜로 타고 왔으니까 그 정도 일은 해야지!
영이번	내가 그럴 줄 알았어. 사람은 늘 대가를 요구하거든.
영삼번	슬쩍 달아나 버릴까?
영일번	글쎄…… 시키는 대로 하면서 상황을 보자구.
황 간사	그 상자들, 어서 내려놔!

영일번, 영이번, 영삼번, 트럭의 상자들을 내려놓는다. 박 간사와 정 간사, 트럭에 올라탄다.

박 간사	그럼 다녀오겠습니다!
김명준	동지들, 수고하오!

시동 켜는 소리, 곧이어 트럭이 달려가는 소리가 효과음으로 들렸다가 사라진다. 박 간사와 정 간사, 의자들을 들고 무대 밖으로 옮긴다.

영일번	그런데 뭣 좀 물어봐도 될까요?
황 간사	좋아, 뭐든지!

영일번   사람들이 촛불을 들고 뭘 하는 겁니까?

황 간사   정말 몰라서 묻나?

영일번   네…….

황 간사   텔레비전에서 피디수첩도 못 봤어?

영일번   피디수첩이라뇨?

황 간사   광우병 걸린 미국 소! 뇌가 스펀지처럼 숭숭 구멍 나서
         비틀거리더니 푹 쓰러졌잖아! 그리고 아레사 빈슨이란
         미국 사람도, 광우병 쇠고기 먹고 똑같은 병에 걸려 죽
         었어!

김명준   정말 천인공노할 일이오! 그런 미국 쇠고기를 우리나라
         사람들 먹이려고 수입하다니 어찌 민중이 가만있겠소?
         주부들이 유모차 끌고 나오고, 어린 학생들, 대학생, 직장
         인, 모두 몰려나와 촛불 들고 반대 시위를 하고 있소!

영일번   도대체 누굽니까? 누가 그런 쇠고기를 사람들한테 먹여요?

김명준   그들은 여우요!

영삼번   여우……?

영이번   설마 여우가……?

김명준   그렇소. 교활한 여우들이 음모를 꾸민 것이오!

         황 간사, 확성기를 들고 관객들에게 외친다.

황 간사   여러분, 우리 모두 갑시다!
         촛불 들고 갑시다!
         광화문으로 갑시다!

         영일번, 김명준 대표에게 묻는다.

영일번　광화문은 또 뭐죠?

김명준　경찰이 촛불시위 막으려고 컨테이너 박스로 성벽을 쌓은 곳이오. 사람을 보호해야 할 경찰이 거꾸로 여우를 보호하다니, 뭔가 잘못 돼도 엄청나게 잘못 됐소!

황 간사, 뒷걸음으로 걸어가며 외친다.

황 간사　우리 모두 갑시다!
촛불 들고 갑시다!
광화문으로 갑시다!

군중들의 함성이 높아진다.

영일번　난 광화문으로 가겠어.

영삼번　왜……?

영일번　성벽 너머 여우들을 보려구.

영삼번　난 안 가. 여우 보려고 서울 온 게 아니잖아?

영일번　그럼 뭘 할 건데?

영삼번　서울을 돌아다니며 구경부터 해야지!

영이번　(김명준 대표를 슬쩍 가리키며) 나는 저 사람과 함께 있고 싶어. 뭔가 굉장한 거물 같거든.

영일번　(미정에게) 넌 뭘 할 거냐?

미정　몰라…… 난 몰라……

영일번　어쨌든 서울 왔으니 너도 재주껏 잘 해봐.

영이번　그럼 우리는 각자 헤어지겠군.

영일번　하지만 한 달에 한 번씩 만나는 건 어때?

영이번	좋아. 언제?
영일번	음…… 보름달이 뜨는 밤!
영삼번	어디에서?
영일번	남산타워!
영삼번	알았어! 보름달 밤, 남산타워!
황 간사	우리 모두 갑시다!
	촛불 들고 갑시다!
	광화문으로 갑시다!

황 간사, 무대 뒤쪽으로 퇴장한다. 영일번, 황 간사를 따라간다. 영이번, 김명준 대표 옆에 붙어 있다. 영삼번, 슬그머니 빠져나간다. 미정, 당황한 모습으로 엉거주춤 서 있다.

5장. 대한엽사협회

대한엽사협회 사무국장실. 여우 사냥꾼, 등장. 사무국장이 반갑게 여우 사냥꾼을 맞이한다.

사무국장	어서 오십시오!
사냥꾼	안녕하십니까, 사무국장님!
사무국장	오랜만입니다. 그동안 월악산에 계셨습니까?
사냥꾼	네.
사무국장	여우를 많이 잡으셨어요?
사냥꾼	아직 잡지는 못했지만 여우 꼬리를 세 개나 확보했죠.

여우 사냥꾼, 배낭에서 여우 꼬리들을 꺼내 보여준다.

사냥꾼　나는 달아난 여우 몸통들을 쫓아 서울에 왔습니다!

사무국장　집념이 대단하십니다!

사냥꾼　엽사협회에 도움을 청하고 싶은데, 회장님을 만나 뵐 수 있겠지요?

사무국장　회장님은 검찰에 가셨습니다.

사냥꾼　검찰엔 왜요?

사무국장　우리 엽사협회 회원이 오발 사고를 냈거든요. 여우인 줄 알고 총을 쐈는데 사람이 죽었어요. 검찰에서는 고의적 살인사건으로 우리 회원을 구속했고, 회장님은 참고인으로 조사받으러 가신 겁니다.

사냥꾼　여우들이 만든 함정이죠, 오발사고는. 우리 엽사협회를 곤경에 빠뜨리려고 꾸민 짓입니다.

사무국장　벌써 많은 사냥꾼들이 여우잡기를 포기했습니다. 여우 잡으려다가 사람 잡는 일이 자꾸만 생겨서…….

사냥꾼　교활한 놈들!

사무국장　요즘은 성형수술이 대유행입니다. 그래서 여우들도 얼굴을 다 뜯어 고쳐요. 쌍꺼풀은 기본, 치켜 올라간 눈 모양을 살짝 내리고, 툭 튀어나온 광대뼈와 턱뼈는 깎아내고, 움푹 들어간 뺨이나 이마는 보톡스 주사를 맞아 도톰하게 부풀리죠. 그뿐이 아닙니다. 작은 유방은 실리콘을 집어넣어 커다랗게 만들고, 뱃살과 허벅지 살은 잘라내 날씬하게 만듭니다. 이젠 모습만 보고는, 누가 사람이고 누가 여우인지 알 수가 없어요.

사냥꾼　그러니까 여우 사냥에는 확실한 증거가 필요해요. 잘린 꼬리를 몸통과 대조해보면, 사람인지 여우인지 분명히 알 수 있습니다.

사무국장 물론 그 방법이 가장 좋지만, 일일이 대조해 본다는 게 쉽지 않아서…… 아참, 회장님께 도움을 청하고 싶다고 하셨는데, 사무국장인 나에게 말씀하세요. 내가 할 수 있는 것이라면 도와드리겠습니다.

사냥꾼 서울 같은 대도시에 숨은 여우들을 나 혼자 잡기가 어려워요. 그래서 우리 협회 회원들이 동참해 주시기를 바랍니다.

사무국장 글쎄요…… 요즘 빈번한 오발 사고 때문에 회원들이 얼마나 동참할지는…….

사냥꾼 엽사협회 회원들 수효가 삼만 명이 넘는데, 그 중에서 십분의 일은 참여하지 않을까요?.

사무국장 삼천 명이나……?

사냥꾼 네.

사무국장 (침묵한다.)

사냥꾼 그럼 아주 작게 백분의 일, 삼백 명은요?

사무국장 (고개를 흔든다.)

사냥꾼 설마 그것도 안 됩니까?

사무국장 아무래도 그건…… 회장님과 협회 임원들이 의논해야 할 것 같습니다.

사냥꾼 물론 의논은 해야겠지요.

사무국장 미안합니다, 즉각 돕는다고 답변 못 해서. 다만 한 가지, 사무국장으로서 여우 잡는 힌트를 드립니다.

사냥꾼 힌트라니요?

사무국장 여우의 습성을 이용해 잡는 것이죠. 꼬리를 자른다, 얼굴을 뜯어고친다, 그렇게 모습은 바꿔도 습성은 못 바꿔요. 여우는 육식을 합니다. 채소라든가 과일 같은 섬유질을 안 먹으니까 지독한 변비에 걸려요. 화장실에 들어가 오래 앉아 있는 변비환자일수록 여우 가능성이 높습니다.

사냥꾼 정말 그렇군요!

사무국장 우리나라 제약회사들이 변비약을 만들어 떼돈을 법니다. 그만큼 우리나라에 여우들이 많은 것이죠.

사냥꾼 그런데 문제는 집집마다 다니면서 화장실 문을 열어볼 수는 없고……

사무국장 슈퍼마켓, 공원, 지하철역 등 공중화장실은 큰 문제가 아닙니다. 화장실 문 밖에서 기다리는 척하며 누가 변비환자인지 지켜볼 수 있거든요. 여우가 있는 곳을 알아야 여우를 잡습니다. 그걸 모르면 수천 명의 사냥꾼을 동원해도 잡기가 쉽지 않죠.

사냥꾼 맞는 말씀입니다! 달아난 여우들을 뒤쫓아 오긴 했지만, 이 넓은 서울 어디에 있는지 몰라 막막했는데, 화장실 힌트는 굉장한 도움이 됐습니다!

여우 사냥꾼, 꺼냈던 여우 꼬리들을 배낭에 담는다.

사무국장 참고삼아 이것도 보고 가세요.

사냥꾼 뭡니까?

사무국장 구미호라는 자가 우리 협회로 보내온 영상 메시지입니다.

사무국장, 리모컨의 버튼을 누른다. 천정에서 대형 스크린이 내려오고 비디오 재생기가 작동한다. 늙은 철학자 모습의 구미호가 스크

린에 나타난다. 구미호가 앉아 있는 의자 뒤쪽에는 꼬리 아홉 개 달
린 여우를 만화 캐릭터로 묘사한 걸개그림이 걸려 있다.

구미호　존경하는 대한엽사협회 회장님, 그리고 회원 여러분, 먼
저 허리 숙여 정중히 인사 올립니다. (의자에서 일어나 허리
굽혀 인사한다.) 저는 여우들의 정신적 지도자 구미호입니
다. 원래 제 몸엔 꼬리가 아홉 개 달려있었습니다만, 제
손으로 직접 잘라버려 꼬리 없는 여우가 됐습니다.

구미호, 뒤돌아서서 자신의 몸을 보여준다. 그리고 다시 의자에 앉
는다.

구미호　저는 회장님과 회원 여러분께 진심으로 호소합니다. 저
희 꼬리 없는 여우들을 박해하지 마십시오. 저희가 무슨
잘못을 저질렀습니까? 사람들은 잘못된 일이 생길 때마
다 여우 탓이라고 둘러댑니다. 이번 광우병 쇠고기도 그
렇습니다. 여우가 미국에서 수입했다고 하는데 전혀 사실
이 아닙니다. 그리고 촛불 시위를 주도한 것도 여우라고
합니다. 그것 역시 악의적인 모함이지요. 이쪽도 여우 탓,
저쪽도 여우 탓, 제발 우리 탓은 마십시오. 간곡히 호소해
도 모함과 박해를 계속 한다면, 우리는 안전을 위해 특별
한 보호장치를 만들겠습니다. 제 경고를 가볍게 듣지 마
십시오. 그 보호장치가 만들어지면 사람들은 반드시 후회
하게 될 것입니다.

구미호, 스크린에서 사라진다.

사냥꾼　하하, 당장 보복할 듯이 말하는군요!

사무국장　조심하세요. 뭔가 느낌이 안 좋아요.

사냥꾼　난 여우 사냥에 경험이 많아서 구미호를 잘 알아요. 꼬리 아홉 달린 구미호는 둔갑도 잘 하고 요술도 잘 부려서 매우 위험한 존재입니다. 하지만 꼬리 없는 구미호는 그냥 평범한 존재에요. 그러니까 저렇게 말로만 공갈 협박을 하는 겁니다. 안녕히 계십시오, 국장님. 화장실 변비환자 힌트는 정말 고맙습니다.

여우 사냥꾼, 퇴장한다.

6장. 지독한 놈

시위 진압 전경들, 실신 상태인 영일번을 들것에 담아 들고 등장한다. 그들은 기다리고 있던 전경 대장 앞에 들것을 내려놓는다.

전경대장　바로 이놈인가? 엄청난 물대포를 맞고도 악착같이 기어오른 놈이……?

전경들　넷, 대장님.

전경대장　지독한 놈!

전경대장, 들것에 누워 있는 영일번을 바라본다.

전경대장　그런데…… 죽은 것 아냐?

전경들　살아 있습니다.

전경대장　살아있다……?

전경들　맥박도 뛰고, 숨도 쉽니다.

전경대장　그럼 물대포에 맞아 뇌진탕이 된 거야?

전경들　저희는 잘 모릅니다.

전경대장　나 역시 몰라! 온갖 시위를 다 겪었지만 이런 놈은 처음 이라구!

한 전경　대장님, 전기 충격봉을 쓸까요?

전경대장　전기 충격봉?

한 전경　네. 정신 차리도록 전기 충격을 가하는 겁니다.

전경대장　귀관은 전기 충격으로 정신 잃은 자를 깨워본 적이 있나?

한 전경　아뇨, 없습니다.

전경대장　한 번도 안 한 짓을 했다가 잘못 되면 책임질 거야?

한 전경　(침묵)

전경대장　만약 잘못 돼 죽어버리면, 촛불 시위에 기름 붓는 꼴이 될 걸!

　　　　검은 색안경을 쓴 남자, 손가방을 들고 등장한다. 그는 전경대장에 게 신분증을 꺼내 보여줬다가 얼른 집어넣는다.

색안경　저, 이런 사람입니다.

전경대장　수고 많으십니다.

색안경　지독한 시위자가 있다는 정보를 입수하고 왔습니다.

전경대장　(들것에 누워 있는 영일번을 가리키며) 바로 이놈입니다.

색안경　이젠 저에게 맡겨 주시죠.

전경대장　좋습니다. 하지만 언제 깨어날지는 모릅니다.

색안경　나는 깨우는 방법을 압니다.

전경대장   그럼 잘 됐군요!

전경대장과 전경대원들, 퇴장한다. 색안경 남자, 손가방에서 휴대용 부탄가스 버너와 포장된 쇠고기를 꺼낸다. 그는 버너 위의 불판에 쇠고기를 올려놓고 불을 붙인다. 쇠고기 굽는 냄새가 사방으로 퍼진다. 색안경 남자, 잘 익은 쇠고기 한 점을 젓가락으로 집어 영일번의 코앞에 대고 흔든다. 영일번, 상반신을 벌떡 일으킨다.

영일번   아, 맛있는 냄새……!

색안경   이제야 정신 차렸군요.

영일번   여기가 어디에요?

색안경   어디라고 생각합니까?

영일번   컨테이너 성벽 너머…… 여우들이 있는 곳…….

색안경   여긴 쥐가 있는지는 몰라도 여우는 없습니다.

영일번   여우들이 없다니요?

색안경   여우들은 이쪽 아닌 저쪽에 있죠.

영일번   저쪽……?

색안경   네. 지금 저쪽에서 촛불 시위를 선동하는 자들이 여우입니다. 그들은 순진한 사람들에게 미국 쇠고기를 먹으면 죽는다고 말하죠. 삶아 먹어도 죽고, 구워 먹어도 죽고, 튀겨 먹어도 죽는다구요. 그들 말이 사실이라면, 미국 쇠고기를 먹는 미국 사람들은 벌써 다 죽었을 겁니다.

색안경 남자, 구운 쇠고기를 맛있게 먹는다.

색안경   이게 바로 미국산 쇠고기죠. 정육점이나 슈퍼마켓에서 싸게 살 수 있어요. 생긴 모양이나 맛은 국산 쇠고기와 별차이 없습니다. 그래서 양심불량한 상인은 미국산 쇠고기를 한우 쇠고기라고 속여 비싸게 팔기도 하죠.

영일번 저도 좀 먹고 싶은데요…….

색안경 아, 얼마든지 먹어요.

색안경 남자, 영일번에게 젓가락을 준다. 영일번, 불판 위의 쇠고기를 집어 먹는다.

영일번 정말 맛이 좋군요!

색안경 여우들이 사람들을 선동한 이유는 다른 목적이 있습니다.

영일번 네……?

색안경 정부를 무너뜨리고 권력을 빼앗으려는 것이죠!

영일번 저런 나쁜 놈들!

색안경 나하고 함께 일합시다.

영일번 일이라뇨……?

색안경 여우 잡는 일이죠. 물론 쉬운 일은 아닙니다. 양지 바른 곳에서 공개적으로 할 수 있는 일도 아니구요. 하지만 국가와 국민을 위해서라면, 음지에서 일하는 것도 보람이 있습니다.

영일번 하지만 저는…….

색안경 (영일번의 어깨를 두드리며) 앞으로 기대가 큽니다! 물대포를 맞고도 물러나지 않는 불굴의 정신이, 여우 잡는 일엔 꼭 필요합니다!

무대 조명, 암전한다.

7장. 사회변혁운동연합

사회변혁운동연합 회의실. 박 간사, 정 간사, 황 간사를 비롯한 여러 명의 간사들이 기다란 탁상에 앉아 있다. 김명준 대표, 영이번을 데리고 들어온다.

김명준   동지들, 새 동지를 소개하겠소. 매일 밤 촛불집회마다 열성적으로 수고한 동지요. 자, 환영의 박수를!

간사들, 열렬히 박수 친다.

영이번   감사합니다! 더욱더 열심히 일하겠습니다!

박 간사   (악수를 청하며) 반갑네. 우린 구면이지?

영이번   네.

정 간사   잘 됐군!

영이번   많이 도와주십시오.

김명준   새 동지의 직책은 내 비서요. (영이번에게 탁상 가운데의 옆자리를 가리키며) 바로 내 옆에 앉도록. 그리고 오늘은 중요한 회의니까 각자의 발언을 빠짐없이 기록하게.

영이번   네, 대표님.

김명준   동지 여러분, 모두 기뻐합시다! 우리의 적들은 치명상을 입고 궁지에 몰렸소!

간사들, 열렬히 박수친다. 황 간사는 박수치면서 꾸벅꾸벅 졸기 시작한다.

영이번	졸고 있는 것도 기록할까요?
김명준	그건 못 본 척해. 매일 밤 촛불집회 때문에 잠을 못 자서 조는 걸세.
영이번	알겠습니다, 대표님.
김명준	동지들, 바로 이때 국회의원 선거, 대통령 선거를 한다면 반드시 우리가 이길 것이오!

간사들, 열렬히 박수친다. 황 간사는 탁상에 엎드려 깊은 잠에 빠진다.

김명준	하지만 유감스럽게도 선거는 아직 멀었소. 그때까지 매일매일 촛불집회가 계속 된다면 좋겠는데…… .
정 간사	시간이 지날수록 점점 뜸하겠지요.
박 간사	더구나 궁지에 몰린 적들이 온갖 간교한 술책으로 반격할 겁니다.
김명준	그렇소, 그들은 여우요!
정 간사	지금이 가장 좋은 기회입니다. 여우들을 일망타진, 모두 다 때려잡아야 합니다!
간사들	(열렬히 손뼉 치며 외친다.) 일망타진! 일망타진!
김명준	동지들, 진정하시오! 민주주의 국가에서 폭력은 용납되지 않소. 결국 방법은 한 가지, 우리가 선거에서 이기는 것이오!
박 간사	하지만 대표님이 말씀했듯이 선거가 멀다는 게 문제 아닙니까?
김명준	그렇소. 광우병 쇠고기 같은 대형 사건이 중간에 한번만 더 터지면, 우리 걱정은 사라질 거요. 동지들, 언제 그런

촛불 시위가 다시 일어날지, 우리 모두 머리를 맞대고 생각해 봅시다!

정 간사   심사숙고! 심사숙고!
박 간사   쉿, 생각할 때는 조용히.

간사들, 침묵. 사이. 잠들었던 황 간사가 벌떡 일어나 외친다.

황 간사   부엉이다, 부엉이!
김명준   도대체 그게 무슨 소리요?
황 간사   부엉이가 앉아 있는 높다란 바위에서 누군가 떨어졌어요! 그러자 수많은 사람들이 촛불을 들고 모였습니다!
김명준   촛불을 들고……?
황 간사   네. 우리가 지켜주지 못해 미안하다면서, 촛불 든 사람들이 통곡했죠!
영이번   이 꿈도 기록할까요?
김명준   글쎄…… 뭔가 의미심장한 꿈같기는 한데…… 길몽인지, 흉몽인지 알 수가 없군.

무대 조명, 암전한다.

8장. 남산타워

남산타워 전망대. 구경꾼들이 밖을 바라보고 있다.

구경꾼1   우와, 정말 높군요! 여기 남산타워에 올라오니까 서울 시

내가 한눈에 다 보여요!

구경꾼2 서울만이 아닙니다. 날씨 맑은 날엔 인천 앞 바다가 보이고, 저 멀리 휴전선 너머 개성 송악산도 보입니다!

구경꾼3 그런데 나는 강렬한 충동을 느껴요!

구경꾼들 네……?

구경꾼1 갑자기 무슨 충동이죠?

구경꾼3 이 높은 곳에서 확, 뛰어내리고 싶어요!

구경꾼2 뭔가 억울한 일이 있으십니까?

구경꾼3 아뇨…….

구경꾼1 그럼 인격모독을 당해서 자존심이 상하셨어요?

구경꾼3 아뇨…….

구경꾼2 솔직히 털어놓고 말씀하세요. 나도 사실은…… 이런 높은 곳에 올라오면, 저 아래로 뛰어내리고 싶은 심정이 됩니다.

구경꾼1 나도 그래요. 내가 뛰어내려 죽으면, 그건 내 자존심을 짓밟은 자들이 죽인 거예요!

구경꾼3 아무리 아니라고 부정해도 충동을 억누를 수 없군요!

구경꾼들, 침통한 표정으로 전망대 아래를 바라본다. 미정, 등장한다.

미정 모두 뭘 저렇게 바라볼까……?

미정, 구경꾼들에게 다가가서 묻는다.

미정 누가 저 아래로 떨어졌나요?

구경꾼들 (미정을 힐끗 쳐다보더니 장난스럽게 고개를 끄덕인다.) 네, 방금 전에!

미정 누구죠?

구경꾼들 (웃는다.)

미정 제발 말씀해 주세요!

구경꾼들 (더욱 크게 웃는다.)

미정 우리 오빠를 이곳에서 만나기로 했는데…… 오빠는 전혀 조심성이 없어요. 토끼 잡으러 갔다가 덫에 걸리고, 서울 와서도 무슨 성벽인가를 혼자 넘어가고…….

구경꾼2 저 밑 떨어진 곳에 가서 확인해 봐요.

구경꾼1 가서 봐도 모를 겁니다. 형체가 뭉개져 온전하지 않을 테니까요.

미정 (절망해서 주저앉는다.) 오빠…….

구경꾼3 어휴, 순진한 아가씨네!

구경꾼2 우린 갑시다!

구경꾼들, 퇴장한다. 미정, 혼자 남아 흐느낀다. 전망대 구내의 스피커를 통해 매니저의 목소리가 들린다.

매니저 (목소리) 여봐, 거기 앉아 울면 안 돼!

미정 (사방을 두리번거린다.)

매니저 (목소리) 울려거든 화장실에 들어가서 울어!

미정 화…… 화장실요?

매니저 (목소리) 나, 매니저야, 남산타워 매니저. CCTV 카메라로 보고 있지.

미정 (주춤주춤 일어선다.)

매니저 (목소리) 청소부 되고 싶어?

미정	네……?
매니저	(목소리) 마침 화장실 담당 청소부가 그만 뒀거든. 정규직은 아니고 임시 계약직이야. 의료보험 없고, 퇴직금 없어. 청소할 때는 사람들과 말을 하면 안 되고, 웃거나 노래하면 안 되고, 피곤하다고 의자에 앉아 쉬면 안 돼. 없는 거 많고, 안 되는 거 많지만, 그래도 청소부 하겠다는 사람은 많아. 어때, 할 거야? 안 할 거야?
미정	하겠어요, 제가.
매니저	(목소리) 그럼 왼쪽으로 가!

미정, 일어나서 오른쪽으로 간다.

매니저	(목소리) 왼쪽! 왼쪽! 화장실은 왼쪽이야!

미정, 방향을 바꿔 왼쪽으로 간다.

9장. 보름달

거대한 보름달이 떠오른다. 영일번, 남산타워 전망대에 등장. 잠시 후 영이번, 영삼번, 등장. 그들은 반갑게 서로 악수한다.

영일번	잘 지냈어?
영이번, 영삼번	잘 지냈지! 너는?
영일번	당근!
영삼번	뭐, 당근? 당나귀가 좋아하는 당근이라니?

영일번	당연하다는 걸 사람들은 그렇게 말해.
영삼번	넌 벌써 사람물이 들었구나!
영이번	야, 달을 봐라! 남산타워에 올라오니까 보름달이 손에 잡힐 듯 가깝게 보여!
영삼번	(달을 향해 짖는다) 켕! 켕!
영일번	네가 늑대냐? 왜 달 보고 짖어?
영삼번	외로운 여우도 달 보면 짖어! 켕! 켕! 켕!
영일번	우리 다시 만났으니 맛있는 것 실컷 먹자. 내가 잔뜩 준비해놨어.
영이번	좋아! 좋다구!
영삼번	벌써 입에 군침이 고이는군. 먹을 거 잔뜩 준비해둔 곳이 어디야?
영일번	내가 사는 오피스텔.
영삼번	오피스텔……?
영일번	응.
영이번	나는 고시텔 산다.
영삼번	고시텔은 또 뭐야?
영이번	오피스텔보다 한 단계 낮은 곳이야. 너는?
영삼번	그냥 거리에서 살아.
영일번	거리에서……?
영삼번	아까 말했잖아, 난 외로운 여우라고. (달을 향해 짖는다.) 켕! 켕!
영일번	짖지 마. 사람들이 이상하게 쳐다봐.
영이번	(영일번에게) 네 동생 안 온다. 설마 남산타워를 못 찾는 건 아니겠지?
영일번	글쎄…….

영이번 그동안 연락 없었어?

영일번 응.

영삼번 내가 짖었으니까 그 소리 듣고 찾아올 거다. (화장실 쪽을 가리키며) 저기 온다! 내 말이 맞지?

미정, 청소부 차림에 대걸레를 들고 등장한다.

미정 오빠…… 살아있었네!

영일번 그래, 너도!

미정 (영이번과 영삼번에게) 안녕하세요?

영이번, 영삼번 안녕!

영일번 너, 이게 무슨 복장이냐?

미정 난 이곳 청소부야.

영일번 그러니까…… 취직했구나!

영이번 놀랍다, 놀라워! 사람들도 취직 못해 안달인데 넌 참 쉽게 했다!

영일번 (미정에게) 너도 내 오피스텔에 가자!

미정 오빠, 난 못 가.

영일번 왜? 가기 싫어?

미정 청소 아직 안 끝났어. 화장실 벽에 누군가가 혈서를 써놨는데 아무리 지워도 안 지워져.

영일번 혈서라구?

미정 "나도 인간이다. 인간 취급해 달라!" 그렇게 썼어.

영이번 꼬리 없는 여우가 썼나……?

영일번 지워도 안 지워지는 건 스프레이로 쓴 거야.

미정 (퇴장하며) 난 화장실로 갈게!

영일번	그렇다면 할 수 없지. 다음 보름달이 뜰 때 다시 오마.
영이번	잘 있어!
영삼번	안녕!
미정	오빠들도 안녕!

영일번, 영이번, 영삼번, 퇴장한다.

10장. 생선

오피스텔. 실내 한가운데 하얀 천이 덮인 정사각형 식탁이 있다. 식탁의 측면마다 접시, 식칼, 포크가 놓여있다. 영일번, 영이번, 영삼번, 등장한다.

영일번	여기가 내 오피스텔이다.
영삼번	신기하다, 신기해! 네가 손가락을 살짝 대니까 잠긴 문이 스르륵 열려!
영일번	지문인식장치야.
영이번	특수한 곳 같다, 이곳은.
영일번	(식탁을 가리키며) 그런 소리 말고 식탁에 앉아라.
영삼번	어, 안 보인다. 아까 남산타워에서는 보름달이 보였는데…….
영이번	그렇군. 창문을 완전히 가려놨어.
영삼번	햇볕도 안 들겠다, 하루 종일.
영일번	난 이런 음지에서 일해.
영이번	무슨 일을?

영일번	사회 안전을 위한 일.
영이번	하하하, 농담 마라!
영일번	농담 아냐.
영이번	나는 사회변혁을 위해 일한다.
영일번	하하하, 농담이겠지!
영이번	진담이다. 난 사회변혁운동연합 대표님의 비서라구!
영일번	시청광장에서 만났던 그 사람?
영이번	그래, 바로 그 거물의 비서가 됐지. 너는 그때 광화문의 컨테이너 성벽을 넘어가 여우들을 만난다더니 어떻게 된 거야?
영일번	여우들은 그쪽이 아니라 이쪽에 있다.
영이번	제발 농담은 그만 해라!
영일번	(영삼번에게) 넌 서울구경 많이 했냐?
영삼번	구경이야 실컷 했지. 하지만 시끄럽고 복잡할 뿐, 내 마음에 드는 곳은 한 군데도 없었어.
영일번	배고플 텐데, 이젠 먹으면서 이야기하자!

영일번, 식탁에 덮인 하얀 천을 벗긴다. 커다란 참치 한 마리가 통째로 놓여 있다.

영삼번	우와, 이건 뭐야?
영일번	참치라고 아주 비싼 생선이야.
영삼번	참치……?
영일번	응. 사람들이 그냥 날것인 회로 먹어.
영이번	나도 횟집에서 먹어본 적 있지.
영일번	어땠어, 맛이?

영이번 비릿한 맛이 토할 것 같았지만…… 여우가 생선 먹어야 사람처럼 보여.

영일번과 영이번, 식칼로 참치 살을 잘라내 접시에 담아 먹는다.

영삼번 난 생선 절대로 안 먹어!

영이번 왜?

영삼번 (구토하며) 우윽, 보기만 해도 역겨워!

영일번 그래도 사람처럼 먹어라!

영삼번 이 생선, 네가 직접 바다에서 잡은 거냐?

영일번 아니, 돈 주고 샀어. 여긴 돈 주면 무엇이든 살 수 있는 자본주의 사회야.

영삼번 자본주의…… 난 실감이 안 나.

영일번 실감이 안 난다니?

영삼번 직접 잡아먹는 실감 말이야. 먹잇감을 발견하고 쫓아갈 때의 박진감, 잡아먹히지 않으려고 온힘을 다해 달아나는 먹잇감에 대한 놀라운 감탄, 마침내 그것을 잡았을 때의 벅찬 기쁨, 그리고 내가 살도록 자신을 희생한 먹이를 먹으면서 느끼는 가슴 뭉클한 고마움…….

영이번 맞아. 바로 그런 감동을 느낄 수 없는 것이 자본주의야.

영일번 걱정이다, 너희들. 자본주의 사회에 적응해야 살 수 있을 텐데…….

영삼번 (벌떡 일어나며) 난 야생으로 살 거야!

영일번 야생으로……?

영삼번 응.

영이번 하지만 서울에서 그게 가능할까?

영삼번 난 이미 그렇게 살고 있어! 모터사이클. 흔히 오토바이라고 하지. 나는 오토바이 타고 신나게 달리면서 여자들의 핸드백을 사냥해! 박진감, 기쁨, 고마움, 다 느껴. 난 돈지갑만 꺼내고 핸드백과 신분증은 감사의 편지와 함께 여자 주소로 보내!

영일번 감사편지를 보낸다구?

영삼번 응. 내가 먹고 살도록 돈지갑을 줘서 고맙다고 쓴 거야.

영일번 정말 위험한 짓 한다. 차라리 고향으로 돌아가라!

영삼번 꼬리 자르고 떠난 곳을 다시 돌아갈 수는 없지.

영이번 그건 나도 그래.

영삼번 내 걱정 마. 난 내 삶에 만족한다. 강남역 부근이 내 영역이야. 그곳에는 내 오줌냄새가 진동해. 영역표시로 내가 매일 오줌을 누거든.

영일번 그 냄새 때문에 넌 여우 사냥꾼에게 잡혀 죽는다. 제발 오줌은 길거리에 누지 말고, 화장실의 수세식 변기에 누어라!

영삼번 잔소리 듣기 싫다. 나 먼저 간다!

영삼번, 식탁에서 일어나 나간다. 영이번도 일어선다.

영이번 나도 가야해.

영일번 참치 많이 남았다. 더 먹고 가라.

영이번 구토를 참으며 잔뜩 먹은 걸.

영일번 너, 구미호 선생을 만났지?

영이번 응. 너는?

영일번 나도 만났어.

영이번 구미호 선생 말씀이, 너는 인간으로 변신해서 보수꼴통이 됐다더라.

영일번 보수꼴통······?

영이번 보수꼴통은 무조건 미국 편을 들어.

영일번 그럼 넌 미국 편 아니야?

영이번 난 아냐!

영일번 알겠다. 넌 진보깡통이 됐구나!

영이번 진보깡통?

영일번 속 빈 깡통이 요란한 소리를 내지!

영이번 너는 꽉 막힌 꼴통!

영일번 그리고 너는 속 빈 깡통!

영일번과 영이번, 서로 바라보며 웃는다.

영이번 잘 있어. 다음 보름달이 뜨는 날 만나자!

영일번 응, 잘 가!

영이번, 퇴장한다. 영일번, 관객석 앞으로 다가온다.

영일번 관객 여러분, 제1부가 끝났습니다. 스크린의 영상을 보신 다음 곧 제2부가 계속 됩니다!

무대 조명, 암전한다. 대형 스크린에 구미호가 나타난다.

구미호 존경하는 대한엽사협회 회장님, 회원 여러분, 여우들의 정신적 지도자 저 구미호가 두 번째 인사드립니다. 지난

번 저는 꼬리 없는 여우들을 박해하지 말라고 간곡히 호소했습니다. 그런데도 사태는 더욱 악화되어서, 저희 여우들에 대한 증오가 극도에 달했습니다. 여우들은 이쪽에서도 비난 받고 저쪽에서도 욕을 먹습니다. 그래서 제가 미리 경고했듯이, 신변을 보호하기 위한 안전장치를 만들었지요. 그것이 어떤 장치인지 보여드릴까요?

구미호, 종이로 만든 뫼비우스 띠를 보여준다.

뫼비우스 띠입니다!

구미호, 양손에 뫼비우스 띠를 끼워 돌린다.

안과 밖이 계속 뒤바뀌는 뫼비우스 띠. 여우가 사람이 되고, 사람이 여우가 되고, 여우는 사람이 되고, 사람은 여우가 되고…… 하하, 하하하, 이게 무슨 안전장치냐구요? 여우가 사람이 되고, 사람이 여우가 되는데, 어떻게 사람이 여우를 잡을 수 있겠습니까? 이 완벽한 안전장치는 여우들의 아이디어가 아닙니다. 놀랍게도 사람들이 만든 것입니다. 소설가 조세희 씨는 「난장이가 쏘아올린 작은 공」에서 뫼비우스 띠의 특성을 아주 잘 표현했지요. 가해자는 피해자가 되고, 피해자는 가해자가 되는 반복구조…… 저희 안전장치도 그렇습니다. 반복구조 속에서, 여우가 된 사람은 절대로 사람이 된 여우를 잡지 못 합니다!

구미호, 스크린에서 사라진다.

제2부

1장. 변비환자

남산타워 남자용 화장실. 다섯 개의 입식 소변기와 한 개의 좌식 대변기가 일렬로 놓여있다. 입식 소변기와 좌식 대변기 사이에는 칸막이가 되어 있고, 앞에는 문이 달려 있다. 조명을 비추면 문이 투명해지면서 내부가 보인다. 청소부 미정, 고개 숙인 채 대걸레로 화장실 바닥을 닦는다. 남자들이 화장실에 들어왔다가 나간다. 그들은 미정의 존재가 없는 것처럼 행동한다. 여우 사냥꾼, 등장한다.

사냥꾼　　아가씨!

미정　　(침묵)

사냥꾼　　여봐요, 아가씨!

미정　　(침묵)

사냥꾼　　(미정에게 다가간다.) 아가씨, 내 말 안 들려?

미정　　(침묵)

사냥꾼　　왜 대답 않는 거야?

미정　　(작은 목소리로) 규칙 있어요.

사냥꾼　　규칙?

미정　　화장실 청소부는 말하면 안 돼요.

미정, 고개 숙인 채 뒷걸음질로 물러선다.

사냥꾼　　아가씨!

미정　　(침묵)

사냥꾼	나 좀 쳐다 봐!
미정	(침묵)
사냥꾼	나를 보라니까!
미정	규칙 있어요.
사냥꾼	또 무슨 규칙?
미정	청소할 때 청소부는 사람을 쳐다보면 안 돼요.
사냥꾼	그런 규칙은 잠깐 어겨도 괜찮아.
미정	(숙인 고개를 가로젓는다.)
사냥꾼	그럼 말하지도 말고, 쳐다보지도 말고, 내가 하는 말을 듣기만 해. 그럼 되겠지?
미정	(숙인 고개를 끄덕인다.)
사냥꾼	나는 누구냐, 제약회사 홍보원이야. 우리 회사가 변비에 특효인 신약을 개발했어. (호주머니에서 약병을 꺼낸다.) 바로 이 약이지. 이 약을 한 알만 먹으면, 그 어떤 꽉 막힌 변비도 시원하게 확 뚫려. 그래서 화장실마다 찾아다니며 선전하는 거라구. 아가씨, 내 말 듣고 있어?
미정	(고개를 끄덕인다.)
사냥꾼	변비환자들의 고통을 아가씨는 잘 알 거야. 매일 화장실 청소하면서, 변비환자 신음소리를 들을 테니까. 그렇지?
미정	(고개를 끄덕인다.)
사냥꾼	변비 때문에 죽는 경우도 많아. 끙-끙- 힘을 쓰다가 뇌혈관이나 항문 혈관이 터져 죽는 거지. 여기, 이 화장실에서 그런 일이 생겨 봐. 청소하는 아가씨 입장이 난처할 걸. 엄청난 신음소리를 듣고도 왜 그냥 죽게 됐느냐, 가족들이 몰려와서 항의하면 아가씨는 어떻게 할 거야?
미정	(고개 숙인 채 가만히 있다.)

사냥꾼   살짝 고개 들고 이 약병을 바라봐!

미정   (고개를 든다.)

사냥꾼   내가 아가씨를 위해 이 변비약을 주지! 그러니까 아가씨
         는 이 약병을 갖고 있다가, 위급한 변비환자들에게 한 알
         씩 나눠주는 거야.

         사냥꾼, 약병을 미정에게 내민다. 미정, 약병을 받는다.

사냥꾼   그런데 한 가지 조건이 있어. 우리 제약회사는 영업상 이
         유로 누가 변비환자인지 알고 싶어 해. 그걸 알아야 더 좋
         은 약을 개발할 수 있거든.

         사냥꾼, 호주머니에서 조그만 사진기가 달린 목걸이를 꺼낸다.

사냥꾼   이게 뭐냐, 극소형 목걸이 사진기야. 변비환자에게 약을
         주면서 슬쩍 사진기를 누르면, 그 변비환자 모습이 찍혀.

         사냥꾼, 목걸이 사진기를 미정에게 내민다. 미정, 받지 않고 고개 숙
         인다.

사냥꾼   아가씨, 받아.

미정   (고개 숙인 채 침묵)

사냥꾼   (목걸이 사진기를 미정의 목에 걸어주며) 이건 잠시 빌려주는 거
         야. 내가 다시 올 때 돌려줘.

미정   (침묵)

사냥꾼   알았거든 고개 끄덕여!

미정   (숙인 고개를 끄덕인다.)

사냥꾼   우리 제약회사는 약 팔아서 좋고, 아가씨는 죽을 사람 살려서 좋고, 매부 좋고 누이 좋은 거지!

여우 사냥꾼, 퇴장한다. 미정, 대걸레로 화장실 바닥을 닦는다. 사이. 청년 변비환자, 다급하게 등장. 그는 좌식 대변기가 놓인 곳으로 들어간다. 그리고 변기에 앉아서 신음소리를 내며 힘을 쓴다.

청년   으으-우 우윽-!

미정   (바닥 닦기를 멈추고 신음소리 나는 곳을 바라본다.)

청년   으. 윽윽- 윽윽윽-!

미정   어쩌지……?

청년 변비환자, 더욱 격한 신음소리를 낸다. 미정은 점점 걱정스런 표정이 된다.

청년   흑! 으흐흑-! 악악-!

미정   저러다간 죽겠네!

미정, 대변 부스의 문을 두드린다.

미정   여보세요…….

청년   으윽- 누구십니까?

미정   변비약 드세요!

미정, 약병에서 약 한 알을 꺼내 문 밑의 좁은 공간으로 내민다. 청년 변비환자, 약을 집어 든다.

미정   잠깐만요. 약 드실 물을 가져오죠.
청년   물 필요 없어요.
미정   특효약이라는데…… 안 드실 거예요?
청년   그냥 삼킬 겁니다.

청년 변비환자, 변비약을 입에 넣고 삼킨다. 사이. 청년 변비환자는 다시 신음소리를 낸다.

청년   욱. 욱. 으악-!
미정   한 알 더 드세요.

미정, 변비약을 문 밑으로 내민다. 청년 변비환자, 약을 받아 삼킨 다. 사이. 미정, 초조하게 반응을 기다린다.

청년   욱- 훅- 으으윽-!
미정   두 번 먹었는데도 안 돼요?
청년   네, 안 됩니다!
미정   정말 지독한 변비군요.
청년   이 고통을 견디면서 사느니 차라리 속 시원하게, 남산타 워에서 뚝 떨어져 죽는 게 낫죠!
미정   제발 죽지 마세요! 약 한 알 더 드릴게요!

미정, 약통에서 변비약 한 알을 꺼내 문 밑으로 넣는다. 청년 변비 환자, 받지 않는다.

청년	약은 소용없어요. 이 약 저 약 온갖 약을 다 먹어봤지만, 내 변비는 심리적 문제여서 약으로는 치료가 안 돼요!
미정	심리적 문제라뇨?
청년	그러니까 마음의 상처, 트라우마 때문입니다.
미정	(침묵)
청년	그런데 당신은 누구십니까?
미정	(침묵)
청년	가톨릭 신부인가요? 마치 고해성사를 들어주는 것 같아서 신부냐고 물었습니다.
미정	신부 아니에요.
청년	그럼 수녀입니까?
미정	수녀도 아니에요.
청년	신부도 아니고 수녀도 아니면 누구죠?
미정	죄송해요. 저는 이곳 청소부…….
청년	청소부요?
미정	네. 정말 죄송해요. 규칙을 어기고 말을 걸어서…… 저는 이만 가겠어요.
청년	가지 말아요! 지금 내 고백을 듣지 않고 가버리면, 나는 당장 떨어져 죽겠습니다!
미정	(침묵)
청년	거기 있습니까?
미정	네…….
청년	나는 어린 시절부터 사랑받지 못했습니다. 식사할 때, 채소 반찬은 절대 안 먹고 오직 고기반찬만 먹어서, 가족들이 나를 싫어했죠. 어머니는 매일 나에게 잔소리를 퍼부었어요. "콩 먹어라! 시금치 먹어! 고기만 먹으면 변비에

걸려!" 그때 걸린 변비는 초등학교, 중학교, 고등학교 다니면서 더욱 더 심해졌습니다. 학교 친구들이 모두 나를 미워했는데, 그건 내가 화장실에 들어가 너무 오래 있었기 때문입니다.

미정 그래서요⋯⋯?

청년 내 변비는 군대 가서 더 악화됐습니다. 변기에 앉아있는 시간이 점점 길어져서 집합할 때 항상 늦었지요. 소대장이 나에게 말했습니다. "똥만 싸는 인간은 인간이 아니다!" 중대장도 나를 불러 말하더군요. "너는 인간이 아니므로 군인이 아니다!" 대대장이 말했습니다. "너는 군인이 아니니까 전투 훈련을 면제한다. 대신 우리 부대의 변소는 모두 네가 청소해라!" 흑- 흑- 으흐흑-! 지금 내 말 듣고 있습니까?

미정 네⋯⋯.

청년 내가 얼마나 비인간적 취급을 당했는지 알겠죠?

미정 듣는 제 마음이 아파요.

청년 하지만 내 변비는 군대가 끝이 아닙니다. 욱, 욱, 으으흑-! 제대 후 취직한 회사에서 더욱 고질적인 변비환자가 됐습니다!

미정 그것도 말해주세요.

청년 회사 일이 너무 힘들어요. 근무시간도 무척 길고, 공휴일에도 일할 때가 많고⋯⋯ 그래서 퇴근 후엔 쉬고 싶은데, 부장이란 사람이 꼭 회식하자고 붙드는 겁니다. 매일 밤 포장마차에서 돼지 삼겹살 구워 놓고 소주와 맥주를 마셔야 했죠. 부장도 과장도 계장도 대리도 삼겹살 먹을 때는 상추에 싸서 먹었지만, 나는 상추 빼고 삼겹살만 먹었

습니다. 그런 나를 부장이 노려보고 있다가 버럭 고함을
지르더군요. "야, 너 혼자 삼겹살 다 먹는구나!" 난 아니
라고, 상추를 안 먹어서 오해 하신 거라고 대답했습니다.
그랬더니 과장과 계장도 버럭 고함을 질러댑니다. "거짓
말! 삼겹살은 너 혼자 다 먹었어! 우린 겨우 상추만 먹었
다!" 그리고 대리가 이런 모욕적인 말을 했습니다. "넌 인
간성이 전혀 없는 놈이야! 언제나 고기로 잔뜩 제 뱃속을
챙기고, 여우같이 슬그머니 빠져나가는 놈이지!" 으흑-
흑-! 매일 밤 그런 모욕을 당했더니…… 으으윽- 흑흑-!
나는 정말 높은 곳에서 확 뛰어내려 죽고 싶을 뿐입니다!

청년 변비환자, 신음소리를 내며 흐느껴 운다. 미정, 안절부절 하지
못한다.

미정   저어…… 말씀 다 하셨어요?
청년   아뇨. 아직 많이 남았습니다.
미정   미안하지만…… 저는 여자 화장실 청소하러 가야해요.
청년   좋습니다, 가세요!
미정   제가 간 다음 뛰어내리면 안 돼요.
청년   내 말을 들어주니까 마음의 상처가 낫는 것 같고, 변비의
         고통도 좀 덜한 것 같군요. 내가 며칠 후 또 올 테니, 그때
         도 내 말을 들어줘야 합니다.
미정   (침묵)
청년   왜 대답 않는 겁니까?
미정   (침묵)
청년   대답 안 하면 난 떨어져 죽겠습니다!

미정   네…… 또 오세요…….

무대 조명, 암전한다.

2장. 애도의 노래

합창단, 검은 상복을 입고 등장한다.

합창단   높은 곳에 올라가지 말아요
         아래로 떨어지면 안 돼요

         음- 음- 으음-
         흑- 흐흑- 흑-

         높은 자리 오르려고 말아요
         아래로 내려오기 위험해요

         음- 음- 으음-
         흑- 흐흑-

         미안 미안 미안합니다
         위험한 높은 곳에 올라갈 때
         우리가 지켜주지 못해 미안합니다

         미안 미안 미안합니다

높은 자리 위태롭게 내려올 때
우리가 지켜주지 못해 미안합니다

음- 음- 으음-
흑- 흐흑- 흑-

높은 곳에 올라가지 말아요
아래로 떨어지면 안 돼요

음- 음- 으음-
흑- 흐흑- 흑-

높은 자리 오르려고 말아요
아래로 내려오면 위험해요

음- 음- 으음-
흑- 흐흑-

무대 조명, 암전한다.

3장. 꿈

사회변혁운동연합 회의실. 김명준 대표와 간사들이 기다란 회의용
탁상을 무대 가운데 옮겨 놓고 있다. 영이번, 발언들을 기록한다.

김명준 　동지 여러분, 기뻐하시오! 세상 민심이 완전히 우리 편으로 돌아섰소!

간사들 　(웃으며 박수 친다.) 하하하, 국민 모두가 우리 편입니다!

영이번 　(김명준 대표에게) 기뻐하라를 슬퍼하라로 고쳐 쓰겠습니다.

김명준 　왜……?

영이번 　지금은 표정관리를 잘 해야 합니다.

김명준 　그래, 알겠어. 동지들, 너무 노골적으로 기뻐하지 맙시다.

박 간사 　하하, 하하하! 여우들이 얼마나 실망할까요!

김명준 　이젠 안심해도 좋소. 그 어떤 선거를 해도 우리는 반드시 이길 것이오!

정 간사 　백전백승! 백전백승!

간사들 　(손뼉을 치며) 백전백승! 백전백승!

영이번 　다들 표정관리를 안 하는군요.

간사들 　우리끼리 있을 때는 맘껏 기뻐하자구!

김명준 　동지들, 야당에서 아주 기쁜 제안을 했소. 국회의원 선거 때, 사회운동 몫으로 나에게 비례대표 한 자리를 주겠다는 거요. 앞자리가 당선 확률이 높지만, 지금 같은 유리한 상황에서는 뒷자리도 당선이 확실하오.

정 간사 　당선축하!

간사들 　(박수 치며 환호한다.) 당선축하! 당선축하!

김명준 　국회의원은 공식 비서를 네 명까지 쓸 수 있소. 모두 국가 공무원에 해당되는 지위와 급여를 받는 자리요. 그래서 나는 지금까지 수고한 동지들 중에서, 미리 네 명의 비서를 정하겠소. 먼저 박 간사!

박 간사 　네!

김명준 　내가 박 간사를 국회로 데려가겠소.

박 간사　하하, 고맙습니다!

김명준　그리고 정 간사!

정 간사　네, 대표님!

김명준　정 간사도 함께 갑시다.

정 간사　감사합니다!

김명준　(영이번에게) 자네도 데려가지!

영이번　저도 포함됩니까?

김명준　싫은가?

영이번　아뇨, 좋습니다!

황 간사　저는요?

김명준　글쎄, 어떨지…….

황 간사　대표님, 잊으셨습니까? 제가 꿈을 꿔서 모든 것이 이렇게 된 겁니다!

김명준　꿈이라니……?

황 간사　부엉이 바위에서 떨어지는 꿈이요! (간사들에게) 내가 그 꿈 꿨잖아! 모든 것이 내 꿈대로 됐다구요!

김명준　그래, 기억나오! 길몽인지 흉몽인지 몰랐는데…… 네 번째 비서는 황 간사요!

황 간사　하하하, 고맙습니다!

선택받지 못한 간사들은 실망한 표정이 역력하다.

간사들　그럼 우리는요?

김명준　동지들, 대통령 선거도 있소! 대통령 선거에서 이기면 국회의원 비서보다 더 좋은 자리가 수두룩하오!

간사들　하하하, 그렇군!

갑자기 오토바이 달리는 소리가 요란하다. 곧이어 여자의 비명이 들린다. 박 간사, 의자에서 일어나 창으로 다가가 밖을 내다본다.

박 간사   오, 맙소사!

간사들   무슨 일이야?

박 간사   오토바이 탄 놈이 여자 핸드백을 낚아채서 달아났어!

영이번   오토바이요……?

김명준   우리가 정권을 잡으면, 저런 나쁜 놈부터 없애야겠소!

무대 조명, 암전한다.

4장. 여우 사랑

미정, 커다란 쓰레기통을 끌고 등장. 빗자루로 바닥을 쓸어서 모은 것들을 쓰레기통에 담는다. 여우 사냥꾼, 등장한다.

사냥꾼   아가씨, 잘 있었어?

미정   (고개 숙인 채 침묵. 바닥을 빗질하면서 물러선다.)

사냥꾼   아참, 말하면 안 되는 규칙이 있다고 했지? 그럼 내가 묻는 말을 듣고 맞으면 고개를 끄덕끄덕, 틀리면 절레절레 흔들어.

미정   (침묵)

사냥꾼   변비환자, 있었나?

미정   (침묵)

사냥꾼   없었어?

미정   (침묵)

사냥꾼   (미정에게 바짝 다가간다.) 아가씨, 내가 준 약병 내 놔!

미정, 앞치마 주머니에서 변비약병을 꺼내 여우 사냥꾼에게 준다.
여우 사냥꾼, 약병을 살펴본다.

사냥꾼   약병 뚜껑을 땄잖아? 오랫동안 변기에 앉아 끙끙 댄 변비
환자가 분명히 있었지?

미정   (고개를 끄덕인다.)

사냥꾼   몇 명이야?

미정   (침묵)

사냥꾼   몇 명이냐구!

미정   (빗자루로 바닥에 1자를 그어 보인다.)

사냥꾼   겨우 한 명?

미정   (고개를 끄덕인다.)

사냥꾼   사진 찍었어?

미정   (고개를 가로젓는다.)

사냥꾼   내가 사진기 줬는데, 왜 안 찍었지?

미정   (침묵)

사냥꾼   말을 해, 말을!

미정   문이요…….

사냥꾼   문?

미정   문이 닫혀 있어서 못 찍어요.

사냥꾼   약은 어떻게 줬는데?

미정   문 밑으로요.

사냥꾼   사진도 그렇게 찍으면 되는 거야! 변비환자가 약을 받으

려고 변기에서 일어설 때, 문 밑으로 사진기 슬쩍 밀어 넣어 엉덩이를 찍으라구!

미정   왜 엉덩이를 찍죠?

사냥꾼   꼬리 자른 여우는 엉덩이에 흔적이 남아 있거든.

미정   (침묵)

사냥꾼   이 약 먹은 변비환자는 효과 때문에 다시 올 거야. 그때는 꼭 사진 찍어봐. 내가 아가씨한테 그 보답은 하지!

여우 사냥꾼, 미정의 앞치마 호주머니에 변비약병을 집어넣고 퇴장한다. 미정, 약병을 꺼내 쓰레기통에 넣는다. 그리고 목걸이 사진기를 벗겨 그것도 쓰레기통에 넣는다. 청년 변비환자, 등장. 그는 미정을 보고 반갑게 다가온다.

청년   안녕하세요! 내가 또 왔습니다!

미정   (침묵)

청년   내 고백을 들어주기로 약속한 청소부 맞죠?

미정   네…….

청년   으흑, 으흐흑- 오늘은 죽기로 결심하고 왔습니다!

미정   죽으면 안 돼요!

청년   아무도 나를 사랑하지 않는데, 왜 내가 살아야 합니까? 정말 솔직히 고백하면 나는 아직도 총각입니다. 흑흑, 으흐흑-! 이 나이 되도록 여자하고 사랑 한번 못한 놈. 으으흑, 흑- 난 내가 변비환자라는 것보다 총각이라는 것이 더 부끄럽습니다!

미정   부끄러워 마세요. 제가 사랑해 드리죠.

청년   어떤 사랑을요?

미정	네……?
청년	정신적 사랑인지, 육체적 사랑인지, 흑흑- 분명하게 말해 줘요!
미정	(침묵)
청년	정신적 사랑이라면 사양하겠습니다.
미정	(침묵)
청년	대답 못하는 건 나를 사랑하지 않기 때문입니다.
미정	사랑해요.
청년	그럼 우리 러브호텔에 갑시다!
미정	제 방에 가요.
청년	아가씨 방으로요?
미정	네. 저기 남산 밑 연립주택 지하실에 제가 사는 작은 방이 있어요.

미정, 청소부의 머릿수건과 앞치마를 벗어 쓰레기통에 넣는다. 스피커에서 매니저의 목소리가 들린다.

매니저	(목소리) 규칙위반! 규칙위반! 너는 해고다!
미정	해고해도 좋아요!

미정과 청년 변비환자, 손을 잡고 걸어간다. 무대 정면 오른쪽, 그림책 해설자가 커다란 그림책과 이젤 같은 설치대를 들고 등장. 그는 설치대 위에 그림책을 펼쳐놓고 한 장씩 넘기면서 관객들에게 말한다.

해설자	이 그림책의 제목은 「여우 사랑」입니다. 사랑이란 참 아

름답죠. 그래서 이 그림책의 그림들도 아름다워요. 지금 첫 장엔 연인들이 손을 잡고 나란히 걸어갑니다. (다음 장으로 넘긴다.) 아, 하늘에는 일곱 색깔 무지개가 떠 있어요! (관객석 뒤쪽의 조명실을 향해 외친다.) 여봐요, 조명 기사님! 여기 무대 위에 무지개를 비춰주세요!

무대 조명, 무지개를 비춘다. 미정과 청년 변비환자는 계속 걷고 있다.

자, 다음 장으로 넘깁니다. 장미꽃들이 가득하군요!

그림책에 빨간 장미꽃들이 그려져 있다. 미정, 걸음을 멈추고 청년 변비환자에게 말한다.

미정   저에게 꽃 한 송이 선물해 주세요.
청년   꽃을요?
미정   네. 사랑하는 이의 장미꽃을 받고 싶어요.
청년   그걸 꼭 받아야 합니까?
미정   네.
청년   왜요?
미정   어린 시절부터 꿈이었어요.
청년   그런데 꽃집이 어디 있나……?
미정   저기요, 저기.

그림책 해설자, 장미꽃들이 가득 그려진 그림책에서 마술처럼 꽃 한 송이를 집어 든다.

해설자　　장미꽃 사세요, 장미꽃!

청년　　　(해설자에게 다가온다) 꽃 한 송이 얼마입니까?

해설자　　오백 원짜리 동전 두 개입니다!

　　　　　　청년 변비환자, 호주머니에서 동전 두 개를 꺼내 장미꽃을 사서 미
　　　　　　정에게 준다. 그림책 해설자, 다음 장으로 넘긴다. 다음 장에는 환하
　　　　　　게 웃는 얼굴에 눈물이 방울방울 그려져 있다.

해설자　　빨간 장미꽃을 받고 기뻐하는 표정을 보세요! 산토끼 백
　　　　　　마리, 너구리 오십 마리, 고라니 열 마리를 선물로 받는
　　　　　　것보다 꽃 한 송이 받고 더 행복할 수 있습니다!

청년　　　(미정에게) 왜 울먹이는 표정이죠?

미정　　　행복해서요.

청년　　　내가 보기엔 우는 것 같은데요?

미정　　　행복하면 눈물이 나요.

청년　　　이해할 수 없군요, 여자 마음을.

해설자　　(관객들에게) 여러분은 이해하실 겁니다. 하늘엔 무지개가 떠
　　　　　　있고, 손에는 장미꽃이 있고, 곁에는 사랑하는 이가 있다면,
　　　　　　마음 깊은 곳에서 기쁨의 눈물이 샘처럼 솟아납니다!

　　　　　　미정과 청년 변비환자, 나란히 서서 걷는다. 그림책 해설자, 마지막
　　　　　　장을 펼친다. 어두컴컴한 방, 좁은 침대 밑에 작은 상자가 있는 그
　　　　　　림이 그려져 있다.

　　　　　　이젠 마지막 장입니다. 연립주택 지하의 작은 방, 아주 작
　　　　　　은 방이어서 겨우 침대 하나가 놓여 있을 뿐입니다. 아,

아닙니다. 침대 밑에 상자 하나가 있군요. 그 속에 무엇이 있는지는…… 뚜껑을 열어봐야 알 게 됩니다. (그림책을 덮는다.) 어쨌든 내 역할은 끝났으니, 나는 이만 퇴장합니다!

그림책 해설자, 커다란 그림책과 설치대를 들고 퇴장한다. 무대 조명, 바닥에 사각형을 나타낸다. 침대가 놓여 있는 작은 방이다.

미정　　들어오세요.
청년　　(주춤주춤 들어와서 둘러보며) 정말 작은 방인데요…….
미정　　의자가 없어서…… 침대에 앉으세요.
청년　　(침대에 앉는다.) 지하실 방이라 창문도 없고…… 꼭 굴 속 같군요.
미정　　네…….
청년　　공기도 통하지 않고…….
미정　　(침묵)
청년　　답답해서…… 옷 좀 벗겠습니다.

청년 변비환자, 웃옷과 바지를 벗는다.

청년　　그쪽도 답답할 텐데 옷을 벗어요.
미정　　벗기 전에…… 고백할 게 있어요.
청년　　고백요……?
미정　　네.
청년　　그럼 어서 해요.
미정　　저는 여우예요.
청년　　여우……?

미정	네.
청년	하하, 하하하. 농담이겠죠!

미정, 침대 밑에서 상자를 꺼낸다. 그리고 상자를 열어서 청년 변비 환자에게 보여준다.

청년	이게 뭡니까?
미정	제 꼬리요.
청년	꼬리……?

미정, 상자에서 꼬리를 꺼내 자신의 엉덩이에 대고 흔든다.

미정	오빠가 제 꼬리를 강제로 잘랐어요.
청년	하하하, 나를 놀리는군요!
미정	꼬리 보고 믿지 못하신다면 제 가슴을 보세요.

미정, 블라우스 단추를 풀어 자신의 가슴을 보여준다. 작은 유방들이 가슴 양쪽에 줄지어 있다.

미정	사람 가슴엔 큰 유방이 두 개 있지만, 여우 가슴에는 작은 유방이 여러 개 있어요.
청년	하하…… 아아…… 악……!

청년 변비환자, 벗었던 웃옷과 바지를 주워들고 벌떡 일어선다.

청년	여우다! 여우!

미정	가지 말아요.
청년	여우가 사람 잡는다!

청년 변비환자, 비명을 지르며 다급하게 달아난다. 무대 조명, 암전한다.

5장. 강남역

어둠. 오토바이 달리는 요란한 소리가 들렸다가 사라진다. 무대 왼쪽, 부분 조명이 공중전화 부스를 비춘다. 잠시 후 무대 오른쪽에서 대한엽사협회 사무국장이 등장한다. 그는 휴대전화기를 꺼내 들고 번호판을 누른다. 신호음이 들린다. 부분 조명, 무대 뒤쪽을 비춘다. 배낭을 등에 짊어지고 엽총을 어깨에 멘 여우 사냥꾼, 휴대전화기로 통화하며 등장한다.

사무국장	납니다, 나예요! 대한엽사협회 사무국장!
사냥꾼	국장님, 웬일이십니까?
사무국장	내가 봤습니다!
사냥꾼	뭐를요?
사무국장	여우요, 여우!
사냥꾼	여우를…… 어디에서요?
사무국장	지하철 2호선 강남역 근처입니다. 그러니까 강남역 4번 출구 앞에 공중전화 부스가 있는데요, 그 부스 옆쪽 빌딩 사이로 좁은 골목이 있어요. 지금 내 말 듣고 있습니까?
사냥꾼	네, 국장님!

사무국장　그 골목 안에 〈함부르크 호프〉라고 독일식 맥주집이 있는데, 대학 동창들하고 맥주 마시고 나오다가 보니까, 어떤 놈이 오토바이를 타고 달려오더군요.

사냥꾼　오토바이요?

사무국장　글쎄, 처음엔 미친놈인 줄 알았어요. 좁은 골목을 그렇게 오토바이 타고 쏜살같이 달려오는 놈은 처음 봤습니다. 골목 끝 건물 벽에는 가위가 큼직하게 그려져 있어요. 가위, 아시죠? 벽에다 오줌 누면 고추 자른다, 방뇨 금지 표시 말입니다!

사냥꾼　물론 잘 알지요.

사무국장　글쎄, 그 가위 그린 벽에 오토바이 탄 놈이 멈춰 서서, 바지를 내리고 아주 자연스럽게 오줌을 눴어요. 정말 어이없어서…… 그런데 바라보니까 그놈 엉덩이에 꼬리 자른 흔적이 있는 거예요!

사냥꾼　확실합니까, 흔적이?

사무국장　내가 똑똑히 봤습니다. 동그랗고 큼직한 흉터였어요! 그리고 그놈이 싼 오줌에서 어찌나 심한 노린내가 나는지, 사람 오줌 냄새하곤 전혀 달라요! 건물 관리인이 그놈을 잡으려고 뛰어나왔지만, 그놈은 잽싸게 오토바이 타고 달났습니다!

사냥꾼　그게 언제예요?

사무국장　십 분 전입니다! 바로 십 분 전의 생생한 사실을 전화 드린 겁니다!

사냥꾼　고맙습니다, 국장님! 그곳이 강남역 4번 출구라고 하셨죠?

사무국장　네. 4번 출구 앞 공중전화 옆 골목이요.

사냥꾼　내가 꼭 그놈을 잡겠습니다!

무대 오른쪽, 부분 조명이 꺼진다. 여우 사냥꾼, 관객석 앞으로 다가와서 말한다.

사냥꾼 여러분, 나는 곧 지하철을 타고 역삼역에 도착해서 4번 출구로 나왔습니다. 아, 그런데 궁금하시죠? 여우는 왜 가위가 그려진 곳에 오줌을 눌까요? 첫째 이유는, 영역 표시를 하는 겁니다. 여긴 내 구역이다, 다른 놈들은 들어오지 말라는 것이죠. 둘째 이유는, 심리적 현상입니다. 꼬리 없는 여우는 오줌을 누면서 꼬리를 잘랐을 때를 회상합니다. 이 두 가지 이유 때문에, 꼬리 없는 여우들은 다른 곳에 오줌을 누지 않고, 꼭 가위 그린 곳에다 오줌을 눕니다. 여러분도 스스로 테스트 해보세요. 맥주나 소주를 거나하게 마시고 어디에 방뇨하는지 테스트해보면, 자기가 사람인지 여우인지 알게 됩니다!

오토바이 달려오는 소리가 요란하다. 곧이어 여자의 날카로운 비명이 들린다. 오토바이는 그 비명을 남기고 사라진다.

여러분, 저 소리 들으셨죠? 나에게 이곳을 알려준 대한엽사협회 사무국장은, 꼬리 없는 여우가 오토바이 탄 놈이라고 했습니다!

여우 사냥꾼, 어깨에 멨던 엽총을 손으로 든다.

난 이 엽총을 들고, 가위 그려진 골목에 있는 건물 위로 올라갈 겁니다. 그놈은 반드시 가위 표시의 벽에 오줌을 누겠지요. 나는 건물 위에서 그놈 다리를 겨냥해 방아쇠를 당깁니다. 내 사격은 정확합니다. 머리나 가슴에 총 맞으면 즉사하지만, 다리에 맞으면 곧 죽지는 않죠. 그래서 다른 여우들에게 자기를 살려 달라 구조요청을 할 테고, 나는 여우들이 몰려들 때를 기다렸다가 몽땅 다 잡을 겁니다!

여우 사냥꾼, 배낭에서 여우 꼬리들을 꺼낸다.

여러분, 이 꼬리들을 기억하시죠? 내가 번호 붙인 여우 꼬리들입니다. 영일번, 영이번, 영삼번,…… 여우들을 다 잡아놓고 몸통에 꼬리를 붙여보면, 내가 추적했던 놈들이 맞는지 확인할 수 있습니다. 자, 기대하시라! 곧 기다리던 그 순간이 다가옵니다!

여우 사냥꾼, 공중전화 부스 옆으로 퇴장한다. 사이. 오토바이 달리는 굉음이 요란하게 들리다가 멈춘다. 침묵. 한 발의 총성이 울린다. 영삼번, 무대 왼쪽 구석에서 기어 나온다. 다리가 피투성이다. 그는 공중전화 부스 안으로 기어들어간다. 그리고 간신히 몸을 반쯤 세워 수화기를 잡고, 번호판을 누른다.

영삼번　나, 다리에 총 맞았어! 제발 살려줘! 여기…… 여기는 강남역 4번 출구, 공중전화야!

영삼번, 쓰러진다. 급하게 달려오는 자동차 소리. 영일번, 영이번, 미정, 등장. 그들은 의자 네 개를 들고 와서 이열종대로 놓는다. 그

리고 재빠른 동작으로 공중전화 부스에서 영삼번을 끌어내 뒷줄 의
자에 태운다. 영일번, 앞줄 왼쪽 의자에 핸들을 잡고 앉는다. 영이
번, 오른쪽 의자에 앉는다. 미정, 뒷줄 의자에 앉아 무릎 위에 영삼
번의 상반신을 눕힌다. 여우 사냥꾼, 등장. 그는 자동차를 향해 엽총
을 쏜다. 급출발하는 자동차 소리가 효과음으로 들린다.

미정	오빠, 빨리 병원으로!
영이번	방금 총 쏜 놈이 누구야?
미정	출혈이 너무 심해! 어서 가!

택시 기사, 의자 두 개를 들고 등장한다. 의자 등받이 위에는 'TAXI'
라는 명패가 달려있다. 여우 사냥꾼, 택시를 향해 손을 들고 외친다.

사냥꾼	택시! 택시!
택시기사	(사냥꾼 옆에 정차한다.)
사냥꾼	(택시에 올라탄다.) 저 차를 쫓아갑시다!
택시기사	저 차요……?
사냥꾼	요금은 따블로 낼 테니 어서 쫓아가요!

음향 효과, 택시 출발하는 소리.

영일번	우리를 쫓아오네!
영이번	도대체 저놈이 누구지?
영일번	몰라!
미정	난 알아!
영이번	안다구?

미정	여우 잡으러 다니는 사냥꾼이야!
영일번	끝까지 쫓아오겠군!

음향 효과, 요란한 두 대의 자동차 소리. 액션 영화의 자동차 추격전을 연상시킨다. 두 줄기 강렬한 서치라이트 불빛이 무대 위를 이리저리 훑고 다닌다.

미정	저 앞에 병원 있어!
영일번	안 돼! 지금 병원에 멈췄다간 우리가 잡혀!
영이번	통과! 통과!
영삼번	나 좀 살려줘!
영일번	걱정 마! 우리가 살려줄게!
영이번	유턴해, 유턴!

영일번과 영이번, 앉아 있던 의자들의 방향을 반대쪽으로 바꾼다. 여우 사냥꾼, 택시기사에게 외친다.

사냥꾼	저놈들이 유턴했어요!
택시기사	나도 봤습니다! 완전히 신호를 무시하는군요!

여우 사냥꾼과 택시기사, 의자들의 방향을 바꾼다.

사냥꾼	저놈들은 여우입니다! 절대로 놓치면 안 돼요!
택시기사	요금 따따불로 주세요!
사냥꾼	따따불!
택시기사	오라잇, 따따불!

택시기사, 가속페달을 밟는다. 두 대의 자동차 달리는 소리, 더욱 격렬하다.

영일번 큰 길은 피할 데가 없어!

영이번 다시 유턴해서, 저기 좁은 길로 들어 가!

영일번과 영이번, 방향을 바꾼다. 택시도 방향을 바꿔 쫓아간다.

영일번 여긴 일방통행 길이야!

영이번 이런 제기랄!

영일번 우린 역주행하고 있어!

미정 오빠, 앞에서 엄청난 트럭이 달려와!

영일번 어떻게 하지?

영이번 벽에 바짝 붙여, 바짝!

대형 트럭의 경적 소리, 자동차가 건물 벽을 스치면서 드르륵 긁히는 소리, 곧이어 트럭과 택시가 맞부딪히는 쾅 소리가 들린다. 여우사냥꾼과 택시기사는 비명을 지르며 의자 밑으로 쓰러진다.

영일번 야호, 우리는 용케 트럭과 벽 사이를 빠져 나왔어!

영이번 박살났어, 택시는!

영일번 우리를 쫓아오던 자들이 죽었군!

영이번 이젠 병원으로 가자구!

미정 늦었어, 흔들어도 움직이지 않아!

미정, 자신의 무릎 위로 눕혀진 영삼번을 껴안고 흔든다. 경찰 순찰

차, 요란한 경적을 울리면서 사고 현장으로 달려가는 소리가 들린다.

영이번　경찰은 언제나 뒷북을 쳐!

무대 조명, 암전한다.

6장. 들판에서

둥근 보름달이 떠오른다. 들판. 영일번, 영이번, 미정, 죽은 영삼번을 땅에 묻고 있다. 가끔씩 바람 소리와 풀벌레 우는 소리가 들린다. 영일번, 삽으로 무덤의 흙을 다독인다.

영일번　잘 자라, 친구야.
영이번　안녕. 편히 쉬어라.
미정　　미안해…… 병원 가지 못해서…….
영일번　아마 병원에 갔어도 살 수는 없을 거다.
영이번　그건 그래. 너무 많은 피를 흘렸어.

긴 침묵. 영일번, 밤하늘을 바라본다.

영일번　보름달이 떴다…….
영이번　보름달 뜨는 밤엔 우리 넷이 만났는데…… 이젠 한 친구가 영원히 빠지겠군.
미정　　우리 고향으로 돌아가.
영이번　고향……?

영일번 월악산의 여우굴로?

미정 응.

영일번 난 안 간다.

영이번 나도 안 가.

미정 그때는 행복했었잖아?

영일번 넌 지금 불행하냐?

미정 응.

영일번 적응을 못했구나, 아직도! 빨리 적응해라! (삽으로 무덤을 가리키며) 그렇지 않으면 죽게 된다!

미정 오빠, 우린 여우야. 여우는 여우답게 살아야 해.

영일번 난 여우 아냐! (호주머니에서 주민등록증을 꺼낸다.) 이것 봐라. 주민등록증이다, 주민등록증!

미정 그게 뭔데?

영일번 사람이라는 신분증!

영이번 (주민등록증을 꺼내며) 나도 있다, 주민등록증. 여우 신분을 세탁해서 사람 같이 만들었어.

영일번 이것이 있어야 은행 계좌, 운전면허, 여권, 의료보험을 받을 수 있지.

영이번 그리고 가장 중요한 권리, 선거 때 투표의 권리를 행사할 수 있어.

영일번 그래, 투표! 국회의원 선거, 대통령 선거, 흥미진진한 정치적 게임이 우리를 기다려!

영이번 내가 여우였을 때는 정치에 아무 관심 없었어. 그런데 인간이 되면서 달라졌지. 정치에 부쩍 관심이 생겼거든.

영일번 인간은 역시 정치적 동물이야.

영이번 (흙을 한 움큼 집어 무덤 위에 뿌리며) 이 친구는 야생 여우, 비

정치적 동물로 살려다가 목숨을 잃은 거라구.

영일번   (미정에게) 너도 주민등록증 갖고 싶지?

미정   아니…….

영일번   왜 아냐?

미정   난 여우로 살 거야.

영일번   선거 날 투표하는 걸 보면 네 생각이 달라질 거다.

미정   오빠들은 먼저 가! 오늘밤은 무덤 곁에서, 월악산 살던 때 생각하며 혼자 있겠어!

바람 소리, 풀벌레 소리, 멈춘다. 보름달이 서서히 사라진다.

7장. 선거(1)

국회의원 선거 투표일. 무대 뒷면, 기표소 여섯 곳이 일렬로 설치되어 있다. 기표소 사이에는 칸막이가 있으며, 앞에는 문 대신 헝겊으로 만든 가림막이 달려있다. 얼핏 보면 미정이 청소부로 일했던 화장실을 연상시킨다. 무대 가운데 투표함이 있다. 무대 뒤쪽에 선거 관리원이 탁상을 놓고 앉아 신분증을 확인하고 투표용지를 배부한다. 여러 명의 등장인물들, 선거 관리원에게 신분증을 제시하고 투표지를 받아 각각 기표소로 들어간다. 그리고 날인한 투표용지를 접은 다음 투표함에 넣고 퇴장한다. 정치평론가 세 명이 무대 앞쪽에 등장한다.

정치평론가1   (관객들에게) 여러분, 우리는 정치평론가입니다.

정치평론가2   (관객들을 둘러본다.) 우린 얼굴만 봐도 누가 투표했고 안 했는지 다 압니다. (앞줄에 앉아 있는 한 관객을 가리키며) 아직 이분이 안 하셨네.

정치평론가3 (뒤쪽의 한 관객을 가리키며) 저분도 안 하셨어.

정치평론가1 자, 투표하고 오세요!

정치평론가1 그런데 오늘이 무슨 선거인지 아십니까?

정치평론가3 모르는 모양이군!

정치평론가1 국회의원 선거입니다!

정치평론가2 마감시간 되기 전에 어서 투표하세요!

청년 변비환자, 등장. 그는 선거 관리인에게 신분증을 보여주고 투표용지를 받아 기표소로 들어간다. 사이. 청년 변비환자, 기표소에서 신음소리를 내면서 나오지 않는다.

정치평론가1 왜 저렇게 머뭇거릴까요?

정치평론가2 글쎄요…… 들어간 지 꽤 오래 됐는데…….

정치평론가1 신음소리도 내는 것 같습니다.

정치평론가3 아, 드디어 나옵니다!

청년 변비환자, 기표소에서 나와 접은 투표용지를 투표함에 넣는다. 정치평론가들이 투표를 마치고 나가려는 청년 변비환자에게 묻는다.

정치평론가1 투표하니까 소감이 어떻습니까?

청년 속 시원합니다! 오랫동안 배 속에 꽉 찼던 변비를 싼 것처럼요!

청년 변비환자, 퇴장한다.

정치평론가3 아니, 무슨 말을 저따위로 품위 없게 할까?

정치평론가2 정치적 행위는 생리적 행위입니다. (무대의 기표소들을 가리키며) 우선 기표소를 보세요. 화장실과 구조가 같습니다. 옆 사람과 못 보게 칸막이가 되어 있고, 들어가서는 누구를 찍을까 끙끙 대는 것도 비슷하고, 들어갈 때와 나올 때 기분이 달라지는 것도 화장실과 차이 없습니다. (관객들에게) 내 말이 틀렸습니까? 맞다고 생각하시는 분은 박수치세요!

정치평론가3 (관객들의 박수를 제지하며) 안 됩니다! 박수치면 안 돼요! 정치에 대한 국민들의 인식이 나쁜데, 품위 없게 화장실과 같다고 하면 인식이 더 나빠집니다!

정치평론가1 두 분 다 옳은 말씀을 하셨습니다. (관객들에게) 여러분, 옳은 말씀하신 두 분 평론가께 박수쳐 주십시오!

관객들, 박수친다. 한 등장인물이 종이봉투를 들고 와서 정치평론가 1에게 주고 퇴장한다.

정치평론가1 방금 출구조사 결과가 나왔습니다.

정치평론가2 참 빠르군요!

정치평론가3 자, 출구조사 결과를 봅시다!

정치평론가1 봉투를 뜯기 전에 두 분께 묻겠습니다. 이번 국회의원 선거에서 어느 당이 승리한 것 같습니까?

정치평론가2 당연히 야당입니다, 야당! 광우병 쇠고기, 부엉이 바위에서 비극적 추락사, 국민 여론이 야당에게 유리했거든요!

정치평론가들, 봉투를 열고 출구조사 결과지를 꺼내보더니 놀란 표정이 된다.

정치평론가1 그런데…… 이게 뭡니까?
정치평론가2 아니, 이럴 수가……!
정치평론가3 여당 승리, 야당 패배…… 여당 국회의원 당선자들이 국회를 과반수 이상 차지했군요!
정치평론가2 출구조사라서 틀릴 수도 있겠지요!
정치평론가1 물론 개표가 다 끝나야 확실하겠지만, 요즘은 출구조사가 틀리지 않습니다.
정치평론가2 지금 기분이…… 꼭 여우한테 홀린 것 같아요.
정치평론가3 나두요…….
정치평론가1 나도 여우한테 홀린 기분입니다!

무대 조명, 암전한다.

8장. 일파만파

사회변혁운동연합 회의실. 김명준 대표와 간사들이 기다란 탁상을 밀면서 등장한다. 무거운 침묵. 김명준 대표, 탁상을 내려친다.

김명준 동지들, 여우한테 홀렸어! 우리가 여우한테 홀린 것이오!
영이번 오늘 회의도 기록할까요?
김명준 기록해, 기록! 우리의 정신이 멀쩡했다면 선거를 이렇게 치르지는 않았을 거요!

간사들　(침묵)

김명준　우리는 여우한테 홀려서 싸움도 하기 전에 이겼다는 승
리감에 사로잡혀 있었소. 그래서 안일했고, 무기력했고,
아무 전략이 없었소!

간사들　(침묵)

김명준　동지들, 가만있지 말고 발언 좀 하시오!

박 간사　(일어선다.) 제가 먼저 할까요?

김명준　좋소!

박 간사　국민들은 우리가 이길 수 있는 기회를 만들어 줬습니다.
그러나 우리는 이기지 못했어요. 정말 미안하고 죄송합
니다.

김명준　박 간사, 아주 말 잘했소.

박 간사　(간사들을 둘러보더니 정 간사를 지목한다.) 다음은 정 간사 차
례야.

박 간사, 의자에 앉는다. 정 간사, 일어나서 말한다.

정 간사　아까 대표님께서 말씀하셨듯이, 우리는 선거도 하기 전에
샴페인을 먼저 터뜨렸지요. 각 지역에서 출마한 후보자들
은 물론, 비례대표 후보자들도 낙선을 아예 생각하지 않
았습니다.

간사들　(책상을 주먹으로 내리치며) 여우한테 홀린 거야, 여우한테!

정 간사　우리 대표님이 국회의원 안 될 줄은 누가 알았겠습니까?
처음 출구조사가 방송에 나왔을 때는 아무도 믿지 않았
어요. 개표 중간에 뭔가 이상하다 느꼈지만, 그때도 당선
을 확신했는데…… 개표가 다 끝나고 나서야 졌다는 걸

깨닫게 됐지요.

간사들 (책상을 내리치며) 여우한테 홀린 거야, 완전히 여우한테!

정 간사, 다음 발언자로 황 간사를 지목하고 있는다. 황 간사, 의자에서 일어선다.

황 간사 나는 꿈을 꿨습니다.

영이번 또 꿈을요……?

황 간사 지난번엔 부엉이 바위 꿈을 꿨는데, 이번에는 여우 굴 꿈입니다.

김명준 여우 굴 꿈?

황간사 네. 암 여우가 캄캄한 굴속에서 강제로 끌려 나오는 꿈이죠. 머리엔 챙 달린 모자를 깊숙이 눌러쓰고, 얼굴은 알아볼 수 없게 기다란 목도리로 둘둘 감아 가렸어요. 이게 무슨 꿈일까요?

박 간사 여우가 나타났다니 안 좋은 꿈이야. 우리가 또 여우한테 홀린다는 불길한 예감이 들어.

정 간사 황 간사의 꿈은 비몽사몽이야.

황 간사 비몽사몽……?

정 간사 꿈이 아닌 것 같기도 하고, 꿈같기도 한 꿈을 비몽사몽이라고 하는데, 제정신이 아닌 상태에서 꾼 꿈은 거의 다 그렇다구.

김명준 (황 간사에게) 발언 다 끝났소?

황 간사 네…….

김명준 그럼 앉으시오.

황 간사, 의자에 앉는다.

김명준 동지들 발언은 잘 들었소. 우리가 여우한테 홀린 상태였다는 뼈아픈 반성이 발언마다 담겨 있었소. 동지들, 이젠 바짝 정신 차려서 국회의원 선거보다 더 중요한 선거, 대통령 선거를 치러야 하오. 대통령 선거에서 이겨야 우리는 낡은 사회를 새롭게 변혁할 수 있고, 장관, 차관 등 정부의 요직, 도로공사, 수자원공사, 주택공사, 관광공사 등 온갖 공기업의 자리들을 차지할 수 있소!

정 간사 그렇습니다! 대오각성, 절치부심, 임전무퇴의 정신으로 싸워야 합니다!

간사들 (손바닥으로 탁상을 치며) 대오각성! 절치부심! 임전무퇴!

김명준 좋소, 동지들! 대통령 선거에서 이기려면 우리를 지지하는 이십대, 삼십대, 젊은 세대의 투표율을 높여야 하오!

박 간사 사십대도 우리 편이 될 수 있습니다.

김명준 하지만 오십대 이상 늙은 세대는 고집불통 보수층이오. 그러니까 우리는 진보적인 젊은 세대에게 집중합시다.

박 간사 젊은 세대는 인터넷 세대입니다. 인터넷 아니면 그들에게 접근할 방법이 없어요.

정 간사 (탁상을 치며 외친다.) 일파만파!

김명준 일파만파는 뭐요?

정 간사 인터넷은 드넓은 바다죠! 그 바다에서는 하나의 파도가 순식간에 만 개의 파도를 일으킵니다!

박 간사 맞습니다! 젊은이들은 댓글 달기에 열광합니다!

정 간사 페이스북, 트위터, 카카오톡도 아주 인기구요!

김명준 좋소, 동지들! 오늘부터 당장 일파만파를 시작하시오! 아

까 외쳤던 구호들이 좋던데, 그 구호 외치면서 승리를 다
짐합시다!

간사들　(손바닥으로 탁상을 박자 맞춰 두드리며 외친다.) 대오각성! 절치
부심! 임전무퇴! 일파만파!

김명준　동지들, 일파만파는 두 번 더 크게 외치시오!

간사들　(탁상을 두드리며 외친다.) 일파만파! 일파만파!

무대 조명, 암전한다.

9장. 여우인간

캄캄한 밤. 비와 눈이 뒤섞여 내린다. 인적 없는 곳. 영일번, 등장한
다. 그는 기다란 외투를 입고 검은색 우산을 들었다. 사이. 영이번,
등장. 그 역시 기다란 외투 차림에 검은색 우산을 들고 있다.

영일번　이런 걸 뭐라고 하지? 눈 같은데 비, 비 같은데 눈인 것을?

영이번　우리도 그렇지. 여우인데 인간이고, 인간인데 여우거든.

영일번과 영이번, 웃는다.

영이번　지난번 내가 준 정보들 어땠어?

영일번　대오각성, 절치부심, 임전무퇴, 일파만파, 모두 대단했어.
그중에서도 일파만파는 영향력이 굉장히 크겠더군.

영이번　그래서 어떻게 대응할 건데?

영일번　이쪽은 대응할 능력이 없어. 노년층은 인터넷을 몰라 댓

글 하나 달지 못해.

영이번 그럼 아무 것도 안 할 거야?

영일번 (침묵)

영이번 뭔가 대책을 세웠겠지!

영일번 (침묵)

영이번 내가 이쪽 정보를 줬듯이, 넌 그쪽 정보를 달라구!

영일번 하하, 하하하!

영이번 왜 웃어?

영일번 재촉 안 해도 줄 것이 있지! (주위를 조심스럽게 살피더니 쪽지 한 장을 준다.) 이것 받아. 아주 중요한 일급비밀이야.

영이번 이게 뭔데?

영일번 주소.

영이번 주소……?

영일번 내가 살고 있는 오피스텔 주소.

영이번 그곳은 나도 알아! 역겨운 참치 먹었잖아!

영일번 그곳 음지에서 일하는 사람들이 인터넷으로 일파만파의 대응을 하고 있어.

영이번 뭐라구? 그런 사람들이 선거운동을 하고 있다는 거야?

영일번 쉿, 누가 들어. (영이번의 귀에 대고 속삭인다.) 오피스텔을 급습해. 반드시 신문과 방송 기자들을 데리고 가. 현장을 공개 않거든 강제로 문을 열고 끌어내라구.

영이번 이건…… 꿈 같아…….

영일번 꿈?

영이번 꿈에는 캄캄한 여우 굴에서, 누구인지 모르도록 챙 달린 모자를 깊숙이 눌러 쓰고, 기다란 목도리로 얼굴을 칭칭 감은 채 끌려나왔다는데…… 어쨌든 그것이 현실이면 세상이 발칵 뒤집혀지겠군!

영일번 내가 굉장한 정보를 줬지?

영이번 응, 고마워!

영일번 우리는 같은 존재, 여우인간이야. 서로 돕고 살아야지!

무대 조명, 암전한다.

10장. 선거 (2)

대통령 선거 투표일. 무대 뒷쪽, 기표소 다섯 곳이 일렬로 설치되어 있다. 무대 가운데는 투표함이 놓여 있다. 이 연극의 모든 등장인물들이 투표에 참여한다. 그들은 선거관리원에게 신분증을 제시하고 투표용지를 받는다. 그리고 한 명씩 기표소에 들어가 날인한 다음, 투표용지를 접어들고 나와서 투표함에 넣고 퇴장한다. 미정, 투표가 거의 끝날 무렵에 들어와서 선거관리원에게 묻는다.

미정 저어, 실례합니다. 뭣 좀 물어보고 싶은데요…….

관리원 말씀하세요.

미정 어떻게 투표하죠?

관리원 주민등록증 있으면 됩니다.

미정 주민등록증 없으면요?

관리원 운전면허증도 돼요.

미정 면허증 없으면요?

관리원 여권도 됩니다.

미정 여권도 없으면요?

관리원	그럼 어떤 신분증도 없다는 겁니까?
미정	(침묵)
관리원	신분증 가져오세요. 그래야 투표할 수 있습니다.
미정	오직 사람만이 투표하는군요?
관리원	네……?
미정	그건 공평하지 않죠.
관리원	무슨 말인지……?
미정	이 세상엔 사람보다 동물이 더 많고, 식물도 많이 있는 데…… (퇴장하며) 난 실망했어요.
관리원	(손가락으로 머리를 가리키며 원을 그린다.) 미쳤어. 제정신이 아냐!

정치평론가1,2,3, 원탁과 의자를 무대 앞으로 운반해 온다. 스포트라이트가 원탁에 앉은 정치평론가들을 비춘다.

정치평론가1	이번 대통령선거에 대한 좌담회를 시작하겠습니다. (왼편의 정치평론가에게) 먼저 김 선생님, 말씀하실까요?
정치평론가2	아주 치열한 선거전이었어요. 선거운동 방법도 달라졌구요. 확성기 들고 거리를 돌아다니면서 하는 것은 고색창연한 방법이 된 것이죠.
정치평론가3	그렇습니다. 수만 명 수십만 명 군중 앞에서, 대통령 후보자가 열변을 토하던 광경은 볼 수 없게 됐습니다. 이젠 후보자의 연설은 듣지 않아요. 혼자 방안에 틀어박혀 모니터 보고, 댓글 달고, 이리저리 퍼나르고, 그런 선거가 된 겁니다.
정치평론가1	두 분 다 선거전의 양상이 달라졌다는 말씀인데, 나도 동

의합니다. 이 달라진 싸움에서 여당과 야당 어느 쪽이 유리했다고 보십니까?

정치평론가2 지난번엔 여우한테 홀려서 야당이 졌어요. 하지만 이번에는 정신 바짝 차려 이겼다고 봅니다.

정치평론가3 글쎄요…… 과연 그런지는 모르지요.

한 등장인물이 종이봉투를 들고 와서 정치평론가 1에게 주고 나간다.

정치평론가1 자, 출구 조사 결과입니다. (종이봉투를 개봉한다.) 이번 선거에도 여당이 이겼습니다!

정치평론가2 도대체 믿을 수가 없군!

정치평론가3 믿을 수 없다니, 선거 결과를 승복 않겠다는 겁니까?

정치평론가2 난 승복 못해! 여우들이 또 사람들을 홀린 거야!

정치평론가3 당신, 제정신이 아냐!

정치평론가2 뭐라구?

정치평론가3 헛소리를 하고 있잖아!

정치평론가2 그래, 난 여우한테 홀려서 헛소리한다. 그럼 너는? 넌 사람 홀리는 여우지?

정치평론가3 이게 완전히 미쳤군!

정치평론가2 너, 당장 바지 내려! 엉덩이를 보면 너의 정체를 알 수 있어!

정치평론가3 너나 바지 내려라!

정치평론가2 난 내릴 테니 너도 내려!

정치평론가3 좋아! 누가 여우인지 분명히 확인하자구!

정치평론가1 아아, 두 분 진정하세요! 이상 정치평론가의 좌담회를 마치겠습니다!

스포트라이트, 급히 꺼진다.

11장. 반복회전

텅 빈 무대. 대형 스크린이 천정에서 내려온다. 구미호가 대형 스크린에 나타난다. 구미호는 뫼비우스 띠를 양손의 손가락에 걸고 돌리면서 말한다.

구미호   존경하는 대한엽사협회 회장님과 회원 여러분, 저 구미호가 세 번째 영상 메시지를 보냅니다. 지난 번 영상에는 뫼비우스 띠가 돌아가는 것만 보여서 잘 이해 못하셨을 겁니다. 저의 설명이 부족했음을 진심으로 사과드립니다. 회장님, 회원 여러분, 가장 중요한 건 뫼비우스 띠를 돌리는 동력입니다. 모든 것은 시간에 의해 움직이지요. 뫼비우스 띠도 시간이 돌립니다. 그런데 뫼비우스 띠의 반복 구조 때문에 모든 것은 과거에서 현재로 왔다가 다시 과거로 돌아갑니다. 그리고 다시 현재로 되돌아 왔다가는 또 과거로 돌아가지요. 그럼 미래는 없냐구요? 네, 없습니다. 이젠 반복 회전할 뿐, 미래로 가는 건 불가능합니다.

사회변혁운동연합 황 간사 등장. 그는 대형 스크린 밑에서 뫼비우스 띠가 돌아가듯이 반복 회전의 달리기를 한다.

존경하는 회장님, 회원 여러분, 지금 어떤 분이 뫼비우스 띠 위를 달리고 있군요. 한 가지 덧붙이자면 뫼비우스 띠는 내가 만든 것이 아니라 여러분이 만든 것입니다. 다시 말해 여러분이 만든 사회구조지요. 그 덕분에 사람과 여우를 구별할 수 없게 됐습니다. 이렇게 가장 완벽한 보호 장치를 만들어 주셔서 정말 감사합니다. 안녕히 계십시오.

구미호, 스크린에서 사라진다.

황 간사   도대체 왜 이러지? 아무리 달려도 앞으로 가지 못하고 되돌아오다니…….

황 간사, 가쁜 숨을 쉬면서 바닥에 드러눕는다.

황 간사   피곤하다, 피곤해!

갑자기 뱃고동 소리가 커다랗게 울린다.

황 간사   이게 무슨 소리야?

황 간사, 벌떡 일어선다.

황 간사   내가 꿈을 꾸고 있나? 아니면 여우한테 홀린 건가?

선내 방송이 반복적으로 들린다.

선내 방송   승객 여러분, 모두 제자리에 있으십시오! 곧 구조선도 오

고 헬리콥터도 옵니다! 절대로 움직이면 안 됩니다! 모두
제자리에 있어야 안전합니다!

황 간사, 관객들에게 외친다.

황 간사　여러분, 안심하고 움직이지 마세요! 그런데 구조선과 헬
리콥터는 왜 안 오지……? 어, 배는 점점 기울고 물이
차오르네! 이러다간 죽겠어! 오, 맙소사! 또 여우한테 홀
린 거야!

황 간사, 비명을 지르다가 익사한다.

12장. 세월의 노래

합창단, 노란 뫼비우스 띠를 가슴에 달고 등장한다.

합창단　깊은 바다 안심하지 말아요
물밑으로 가라앉으면 죽어요

음- 음- 으음--
흑- 흐윽- 흑--

기울어진 배 가만있지 말아요
안내방송 믿으면 죽어요

음- 음- 으음--
흑- 흐윽- 흑--

아무도 잘못없다 하지 말아요
죽도록 가만둔 건 잘못이에요

음- 음- 으음--
흑- 흐윽- 흑--

합창단, 비장하게 발을 구르며 노래한다.

합창단   미안, 미안, 미안합니다
깊은 바다 세월호가 가라앉을 때
우리가 구해주지 못해 미안합니다

미안, 미안, 미안합니다
과거에 있던 사고 다시 반복될 때
우리가 전혀 대책 없어 미안합니다

미안, 미안, 미안합니다
세월이 흘러가도 달라진 것 없을 때
우리가 미래를 준비 못해 미안합니다

미안, 미안, 미안합니다
오늘 생긴 사고 내일 또 생길 때
우리가 아무 것도 못해 미안합니다

음- 음- 으음--

흑- 흐윽- 흑--

무대 조명, 암전한다.

13장. 여우사냥

영일번과 영이번, 대한엽사협회 사무국장실 문을 열고 들어온다.

사무국장 누구십니까?

영일번 사무국장님을 만나 뵙고자 왔습니다.

사무국장 제가 사무국장입니다만⋯⋯.

영일번 (명함을 꺼내주며) 제 명함입니다.

영이번 (명함을 주며) 이건 제 명함이구요.

사무국장 (명함들을 받아본다.) 그런데 무슨 일로 오셨는지⋯⋯?

영일번 저희는 이벤트 회사를 운영합니다. 아주 깜짝 놀랄 대규모 이벤트를 기획해서, 관련 단체의 적극적인 협조를 받아 실행하지요.

영이번 물론 이벤트는 모든 국민이 볼 수 있게 텔레비전 방송으로 생중계됩니다.

사무국장 뭔가 굉장한 일을 하시는군요.

영일번 저희는 대한엽사협회에 굉장히 흥미로운 제안을 하려고 왔습니다.

사무국장 구체적으로 어떤 제안입니까?

영일번, 영이번 여우사냥요!

사무국장 여우사냥……?

영일번 네. 일종의 국가적 축제죠. 세월호 때문에 우리 사회가 어 수선해서…….

영이번 과거로 돌아갈 뿐 미래가 없다는 사람들도 많고…….

영일번 심지어 여우한테 홀려서 제정신이 아닌 상태로 살고 있 다는 사람들도 많아요.

사무국장 저 역시 그렇게 살고 있습니다.

영이번 어쨌든 그런 분위기를 바꿀 이벤트가 필요하죠.

영일번 여기 참고삼아 사진 한 장을 가져왔습니다.

영일번, 손가방에서 사진을 꺼내 사무국장에게 준다. 사무국장, 사 진을 받아서 본다.

영일번 무슨 사진인지 국장님은 잘 아실 겁니다.

사무국장 영국의 여우사냥 사진이군요!

영일번 그렇습니다, 국장님. 신사의 나라 영국도 여우와 사람이 뒤섞여 사회가 혼란스럽죠. 그 혼란이 극도에 달하면 꼭 여우사냥을 합니다. 하지만 도시에서는 여우와 사람이 구 별이 안 되니까, 산악지대의 야생 여우들을 사냥해서 사 회 불만을 해소하지요.

영이번 영국은 여우사냥으로 국민들을 화합시켜 선진 국가를 만 들었어요. 그래서 우리나라도 선진국이 되려면 여우사냥 을 해야 합니다.

사무국장 영국식 여우사냥은 비용이 엄청나게 들어요. 사냥개도 많 이 동원해야 하고, 사냥꾼은 승마복 차려 입고 말을 타야 하며…… 유감이지만 저희 엽사협회는 그런 재정적인 여력이 없습니다.

영일번　걱정 마세요. 비용은 저희 이벤트 회사가 부담합니다. (가방에서 수표를 꺼내 사무국장에게 준다.) 이 수표를 받으시지요. 여우사냥의 비용입니다.

사무국장　(수표를 받고 놀라며) 아니, 이런 거액을⋯⋯?

영이번　그 비용엔 저희가 대한엽사협회에 드리는 약간의 기부금이 포함되어 있습니다.

영일번　저희는 돈을 냈다고 간섭할 생각은 전혀 없어요. 여우사냥에 대한 기획만 할 뿐, 구체적으로 참여할 사냥꾼 수효, 장소, 날짜 등은 대한엽사협회가 결정하기 바랍니다.

사무국장　저희 협회는 모든 걸 기꺼이 하겠습니다!

영일번, 영이번　저희 제안을 흔쾌히 받아주셔서 감사합니다.

사무국장　제안을 받고 보니까 생각나는 여우 사냥꾼이 있군요. 여우잡기에 평생을 바친 사냥꾼인데⋯⋯ 유감스럽게도 교통사고로 죽었습니다.

영일번　교통사고로 죽다뇨?

사무국장　네, 택시 타고 가다가 트럭과 부딪혔어요.

영이번　정말 유감인데요⋯⋯.

사무국장　고인이 남긴 유품이 있는데요, 보시겠습니까?

영일번, 영이번　네, 보여주세요.

사무국장, 여우 사냥꾼이 메고 다니던 배낭을 들고 와서 여우 꼬리들을 꺼낸다.

사무국장　여우 꼬리입니다.

영일번　(영이번의 귀에 속삭인다.) 이건 우리 꼬리 같은데⋯⋯?

영이번　(영일번의 귀에 대고) 맞아. 우리 꼬리야.

사무국장　두 분이 무슨 말씀을 하십니까?

영일번　이게 우리나라 진짜 국산이냐고 물었습니다.

영이번　요즘은 외국산을 국산으로 속이는 경우가 허다해서……

사무국장　순수한 국산이죠. 여우 사냥꾼이 월악산에서 가져왔으니까요. 아시는지 모르겠습니다만, 월악산은 우리나라 여우들이 가장 많이 사는 곳입니다.

영일번　아, 그런가요?

사무국장　여우사냥을 하려면 그곳이 최적지예요.

영일번　그럼 엽사협회는 여우사냥 장소를 그곳으로 정하겠군요?

사무국장　그렇습니다. 회장님과 회원들이 모두 월악산으로 가자고 할 겁니다.

영일번　(망설이며) 월악산이라니…….

사무국장　어디 더 좋은 곳을 아십니까?

영일번　아뇨…….

영이번　장소는 그렇고…… 날짜가 정해지면 알려주세요. 저희도 그날 월악산 여우사냥에 함께 갑니다.

사무국장　당연히 가셔야지요!

영일번　오늘은 이만…… 나중에 또 뵙겠습니다.

사무국장　네, 자주 만납시다!

영일번과 영이번, 사무국장과 악수하고 나간다. 무대조명, 암전한다.

에필로그

미정, 여행용 가방의 손잡이를 잡고 끌면서 무대 앞쪽으로 걸어 나온다.

미정   오빠는 나에게 말했어요. 월악산으로 가라구요. 이제 곧 월악산에서 여우사냥이 있을 테니까 내가 가서 그곳 야생 여우들을 피신시키래요. 난 기가 막혀 오빠를 바라봤죠. 여우사냥을 꾸민 것도 오빠, 여우를 피신시키라는 것도 오빠…… 도대체 오빠의 정체는 무엇일까요? 여우의 본성이 그런 것인지, 아니면 사람의 본질이 그런 것인지…… 내가 아무 말 없자 오빠는 웃더군요. "걱정 마라. 여우 사냥한다고 죽는 여우는 없다. 그저 즐거운 축제를 만들어서 전국민에게 보여주고 싶을 뿐이야!"

이 연극의 모든 등장인물들이 무대로 나와서 여우놀이를 한다.

등장인물들   여우야, 여우야, 뭐하니?
술래   잠잔다.
등장인들   잠꾸러기.
술래   (침묵)
등장인물들   여우야, 여우야, 뭐하니?
술래   밥 먹는다.
등장인물들   무슨 반찬?

술래   개구리 반찬.

등장인물들   살았니? 죽었니?

술래   죽었다!

등장인물들, 움직이지 않는다.

등장인물들   여우야, 여우야, 뭐하니?

술래   잠잔다.

등장인물들   잠꾸러기.

술래   (침묵)

등장인물들   여우야, 여우야, 뭐하니?

술래   밥 먹는다.

등장인물들   무슨 반찬?

술래   개구리 반찬.

등장인물들   살았니? 죽었니?

술래   살았다!

등장인물들   와아, 달아나!

술래가 등장인물들을 잡으려고 한다. 등장인물들, 무대 밖으로 달아난다.

미정   오빠 말처럼 여우사냥은 단 한번 즐거운 축제로 끝날까요? 뭔가 잘못된 일이 생길 때마다, 사람들은 자기 탓은 하지 않고 여우한테 또 홀렸다고 하겠죠.

미정, 여행용 가방을 바라본다.

난 월악산으로 가겠다고 했어요. 이 가방 속엔 소중한 내 추억이 들어 있죠.

미정, 여행용 가방을 열어서 건조된 장미 한 송이를 꺼낸다.

비록 시들었지만…… 빨간 장미 한 송이…….

미정, 여행용 가방 안에서 여우 꼬리를 꺼낸다.

그리고 이건 내 꼬리입니다.

미정, 자신의 엉덩이에 꼬리를 달고 관객들에게 보여준다.

난 꼬리 없는 모습으로 고향에 가고 싶지 않았어요. 그래서 잘렸던 꼬리를 달았답니다. 이 꼬리를 달았더니…… 내가 여우라는 실감이 나고, 고향 가는 기분도 훨씬 좋군요! 여러분, 안녕히! 나는 이렇게 고향으로 돌아갑니다!

미정, 여행용 가방을 끌고 무대 뒤쪽으로 걸어간다. 사냥개들이 짖어대는 소리가 요란하다. 총성이 울린다. 미정, 쓰러진다. 조명, 무대 전체를 붉게 비춘다. 침묵. 붉은 조명, 서서히 어두워진다.

– 막 –

심 청

- **등장인물**

  선주 — 70살 남자

  간난 — 17살 여자

  장남 — 45살 남자

  차남 — 42살 남자

  삼남 — 39살 남자

  경리 — 24살 남자

  고수 또는 악사들

- **때**

  심청 시대

- **곳**

  선주의 집

- **일러두기**

  선주의 집 별채. 기다란 툇마루가 달린 방. 열린 문. 방 안이 훤히 바라보인다. 넓은 멍석이 툇마루 앞에 깔려 있다. 선주의 집 안채는 무대 오른쪽에 있고, 대문은 왼쪽에 있으나, 객석에서는 보이지 않는다. 별채의 건물 형태가 반드시 사실적일 필요는 없다. 그러나 방, 툇마루, 마당의 공간적인 특성은 나타나야 한다.

  무대 한 쪽에 고수(鼓手) 또는 악사들이 자리 잡는다. 고수는 북을 치고, 추임새를 넣고, 시조를 읊으며, 등장인물과 말을 주고받는다. 고수 대신 서너 명의 악사들과 판소리꾼이 그 역할을 해도 된다. 악사들이 연주하는 악기들은 대금, 아쟁, 장구 등 전통 악기가 바람직하다. 그러나 기타, 드럼 같은 서양 악기 연주자와 가수로 구성해도 좋다. 이 희곡은 편의상 고수로 표기한다.

  무대 조명, 밝는다. 등장인물들이 무대 가운데 나란히 서 있다. 침묵. 고수가 북을 두드린다. 먼저 장남, 차남, 삼남, 경리, 관객

들에게 정중히 인사하고 무대 왼쪽으로 퇴장한다. 사이. 선주
가 관객들에게 인사하고 무대 오른쪽으로 나간다. 고수의 북
장단은 점점 빨라진다. 간난, 방 안에 앉아 움직이지 않는다. 군
데군데 기운 초라한 옷, 헝클어진 머리, 씻지 않은 얼굴, 굳은
표정이다. 선주, 밥상을 들고 등장한다. 정갈한 두루마리 옷, 온
화한 얼굴, 야윈 몸, 기품 있게 늙은 모습이다. 선주는 툇마루에
밥상을 내려놓은 다음 간난을 향해 공손히 허리 굽혀 절한다.
고수, 북치기를 마친다.

선주	소인, 마마께 문안 올립니다.
간난	(침묵)
선주	마마, 수라 드시옵소서.
간난	(침묵)
선주	마마께서 식음을 전폐하신 지 사흘째입니다.
간난	(침묵)
선주	소인이 밥도 짓고 국도 끓였습니다.
간난	(앙칼지게 소리 지른다.) 안 먹어! 안 먹는다구!
선주	마마, 조금이나마 드십시오.
간난	(침묵)
선주	어찌하여 소인의 정성을 마다하십니까?
간난	그걸 몰라서 물어?
선주	마마…….
간난	나는 마마가 아냐!
선주	이제 곧 왕비마마 되실 분입니다.
간난	거짓말!

간난, 밥상 위의 수저를 집어 내던진다. 선주, 고개를 들고 말없이 간난을 바라본다. 간난, 방으로 들어가 바닥에 눕는다. 선주는 숟가락을 주워 밥상 위에 얹어서 들고 나간다. 고수, 북을 두드린다. 선주, 죽 그릇이 놓인 소반을 들고 등장. 툇마루에 소반을 내려놓고 공손히 허리 숙인다.

선주   마마, 오늘은 죽입니다.

간난   (침묵)

선주   잣을 넣어 고소한 맛이 납니다.

간난   (침묵)

선주   밥 대신 죽이라도 드십시오.

간난   (침묵)

선주   마마께서 곡기를 끊으시니, 마음 송구한 소인 역시 아무 것도 먹을 수가 없습니다.

간난, 툇마루로 기어 나와 선주에게 애원한다.

간난   제발 나 좀 살려줘! 나를 살려준다면 당장 뭐든지 다 먹을 테요!

선주   마마, 고정하십시오.

간난   난 싫어! 깊은 바다 속에 빠져죽는 건 싫다구!

선주   마마…….

간난   차라리 난 굶어 죽겠어!

간난, 방 안으로 들어가 몸을 웅크리고 눕는다. 선주는 소반을 들고 일어나서 뒷걸음으로 물러선다. 고수, 북을 두드린다. 선주, 물 대접이 담긴 쟁반을 들고 와서 툇마루에 놓는다.

선주   마마, 물은 드셔야 합니다.

간난   (침묵)

선주   이젠 열이틀 째입니다. 마마께서 물마저 아니 드시니 소
인의 마음이 바싹바싹 타들어 갑니다.

간난   (침묵)

선주   마마…….

간난   (침묵)

선주   사람이 굶어죽기가 어디 쉬운 일입니까? 소인은 여러 마
마를 모셨지만, 대개 사나흘 굶다가 포기하셨습니다. 굶
으면 육신이 약해지고 정신도 흐려집니다. 마마, 굶지 말
고 오히려 많이 드십시오. 그래야 육신과 정신이 강건하
여 죽음마저 두렵지 않습니다.

간난, 힘겹게 몸을 일으켜서 기어 나온다. 물 대접을 들어 올려 한
모금 마신다. 그리고는 곧 선주를 향해 내뿜는다.

선주   마마…….

간난   두고 봐! 나 죽기 전엔 물 한 모금 안 먹어!

선주   마마…….

간난은 자기 자리에 되돌아가 눕는다. 고수, 북을 치며 경리의 등장
을 알린다.

고수   경리, 등장이요!

경리, 여러 권의 두툼한 장부책을 들고 왼쪽에서 들어온다.

경리   선주님, 오늘은 여덟 번째 배에 화물들을 싣습니다!
선주   (마당의 멍석에 앉으며) 여기 앉게.
경리   네.

경리, 선주 앞에 앉아서 장부책들을 펼쳐 놓는다.

경리   오늘 선적할 화물 목록입니다. 광주요에서 구워낸 자기 그릇 삼만 점, 비단 육천 필, 호피 이백오십 장, 강화 특산 화문석이 일천이백 개, 나전 칠기함 삼백오십 개, 그리고 개성인삼과 녹용이 각각 팔천 근…….
선주   알았네.
경리   이 모든 물건들이 무사히 바다 건너 중국에 가면 열 배의 이익이 남습니다. 열 배 받고 판 돈으로 희귀한 중국 물건들을 사서 싣고 또 무사히 바다를 건너오면, 그것 역시 열 배가 남지요!
선주   자네 얼굴에 웃음이 가득하군.
경리   선주님의 재산이 늘어날 때마다 장부책에 적는 제가 신이 나고 흥이 납니다!
선주   음…… 나에겐 장부책의 숫자만 늘어날 뿐일세.
경리   선주님, 내일은 마지막 아홉 번째 배에 제주마 삼십 마리를 싣습니다.
선주   그건 자네의 독특한 발상이었네.
경리   제주도 말은 혈통이 몽고종입니다. 징기스칸의 군마지요. 비록 체구가 작으나 온종일 달려도 지치지 않아 중국인들이 가장 좋아합니다. 제주 마 삼십 마리가 무사히 바다 건너 중국에 가면 최소한 스무 배 값은 받을 것입니다.

선주 스무 배 값을 받는다…….

경리 네. 그럼 삼십 마리가 육백 마리 되어 돌아옵니다!

선주 난 자네에게 감탄할 때가 많네.

경리 감사합니다, 칭찬해주셔서.

선주 중국과의 교역에서 무엇을 사고 팔아야 이익이 남는지, 나보다도 자네가 훨씬 더 잘 아는군.

경리 과찬이십니다. (펼쳐놓은 장부책들을 가리키며) 혹시 제가 실수한 건 없는지 장부를 살펴보십시오.

선주 총명한 자네가 틀릴 일이 있겠는가…… 가져가게.

경리 네, 선주님.

고수 (북을 친다.) 경리 퇴장이오!

경리, 장부책들을 정돈해서 들고 퇴장한다. 선주, 간난에게 공손히 다가가서 말한다.

선주 마마, 들으셨습니까? 내일은 제주마를 싣는다고 합니다. 그런 즉 내일이면 모든 선적이 끝나고, 모레는 배들이 출항할 것입니다. 마마께선 이런 긴박한 사정을 헤아리셔서, 더는 굶어죽겠다 고집 마십시오.

간난 (침묵)

선주 마마…….

간난 (침묵)

선주 소인의 호소는 듣지도 않으시는군요.

간난 (침묵)

선주	소인은 아홉 척 배를 갖고 중국과 무역하여 막대한 재산을 모았습니다. 그러나 이제 소인의 나이 칠순입니다. 무엇을 더 바라겠습니까? 얼마 남지 않은 여생, 그저 편안히 보내고 싶을 뿐입니다.
고수	(북을 친다.) 얼쑤, 얼쑤!
선주	젊은 경리가 총명하고 성실합니다. 모든 것을 맡기고 소인은 물러날 생각 간절하지만…… 소인이 그렇게 못하는 단 하나 이유가 있습니다. 해마다 바다의 신 용왕님께 제물을 바치는 일입니다.
고수	(북을 치며) 얼씨구나, 잘 한다!
선주	마마, 언제부터 생긴 일인지는 모릅니다. 뱃사람들은 살아있는 처녀를 제물로 바쳐야 바닷길이 안전하다고 믿습니다. 태풍이 부는 바다, 파도가 산더미처럼 몰아치는 바다는, 강인한 뱃사람들도 두려움에 떨게 합니다. 그들을 안심시켜 배를 타게 하는 방법은, 선주가 해마다 한 번씩 살아있는 제물을 바치는 것이지요.
고수	(북을 친다.) 절씨구나, 잘 한다!
선주	마마, 소인은 그동안 수십 번 산 제물을 바쳤습니다.
고수	(북을 친다.)
선주	그 중에는 심봉사의 딸 심청이도 있습니다.
고수	(북을 친다.)
선주	산 제물을 바치는 건 결코 유쾌한 일이 아닙니다. 하지만 마마…… 소인 아니면 그 일을 할 사람이 없군요. 살아있는 처녀를 배 위에서 강제로 밀어뜨려 바다 속에 빠지게 하는 것은 누구나 할 수 있습니다. 슬프게 울부짖으며 바다로 뛰어내리게 하는 것도 누구나 할 수 있지요. 그렇게

억지로 바다에 밀어 넣는 광경을 뱃사람들이 본다면 오히려 역효과가 날 것이고, 바다의 용왕께서도 그런 제물은 싫다 하실 것입니다.

고수　(북을 친다.) 용왕님 노하시면 배들이 순식간에 뒤집혀!

선주　올해도 바다에 바칠 처녀를 구해왔습니다. 겉보리 스무 가마에 팔려온 가난한 집 처녀지요. 그 처녀가 바로 마마이십니다.

고수　(북을 친다.) 얼쑤, 절쑤!

선주　그런데 마마께선 바다 속에 빠져 죽느니 차라리 굶어죽겠다고 곡기를 끊으셨습니다. (주저앉는다.) 소인은 참 난감합니다. 굶어죽기 작심한 마마를 바다 속으로 뛰어들게 해야 하니……

고수　(북을 치려다가 멈춘다.)

선주　이젠 그 벅찬 일을 하기에는…… 너무 늙고 지쳤습니다. (무릎 꿇고 엎드린다.) 마마…… 소인을…… 불쌍히 여겨 주십시오.

무대 조명, 암전한다. 조명 다시 밝는다. 경리가 장부를 들고 왼쪽에서 등장한다.

경리　선주님, 제가 왔습니다!

고수　쉿…….

경리　네?

고수　마마께 호소인지 푸념인지 밤새껏 하시다가, 조금 전 주무시려 안채에 들어가셨네.

선주, 기침을 하며 오른쪽에서 등장한다.

선주　　자네 왔군.

경리　　네, 선주님.

선주　　벌써 날이 밝았는가?

경리　　죄송합니다. 이제야 주무신 줄 모르고…….

선주　　괜찮네.

경리　　내일 출항할 뱃사람들의 명단을 가져왔습니다. (선주에게 장부를 두 손으로 받쳐주며) 아홉 척 배에 한 척당 삼십 명씩, 그리고 제주마 사육사 여덟 명을 포함, 모두 이백칠십팔 명입니다.

선주　　(장부를 받지 않고) 음…… 제주마는 싣고 있는가?

경리　　네, 선주님.

선주　　싣지 말게. 출항을 연기해야겠네.

경리　　연기라니요?

선주　　마마께서 준비가 안 되셨네.

경리　　선주님…….

선주　　지금 모셔가야 아무 소용없어.

경리　　하지만 지금이 물살 느린 소조기(小潮期)입니다. 이때를 놓치면 인당수의 물살이 요동치듯 빠르고 거칠어져, 배들이 그곳을 지나가기가 극히 위험합니다.

선주　　내 어찌 그걸 모르겠는가?

경리　　선주님…… 며칠 연기하시렵니까?

선주　　글쎄…….

경리　　이틀입니까?

선주　　(침묵)

경리	사흘인가요?
선주	(침묵)
경리	사흘 이상은 어렵습니다. 출항을 더 늦추면 결국은 다음 소조기까지 반달을 기다려야 합니다. 그렇게 되면 중국 상인들과 약속한 날짜를 어겨, 손해가 매우 클 것입니다.
선주	(침묵)
경리	선주님…….
선주	알겠네. 일단 사흘 연기하세.
경리	제가 부두에 가서 뱃사람들에게 출항을 사흘 늦춘다고 전하겠습니다.
선주	다들 뭣 때문에 늦추느냐 물을 텐데…… 선주인 내가 가서 답하는 게 낫겠네.

선주, 급격한 통증에 가슴을 움켜잡고 비틀거린다. 경리가 부축한다.

경리	괜찮으십니까?
선주	음…….
경리	제가 모시고 가겠습니다.
선주	마마께 먼저 가세.

선주, 방 안에 누워 있는 간난에게 읍한다.

선주	마마, 소인은 다급한 용무 있어 부두에 갑니다. 혹시 가기 전에 분부하실 말씀 있으신지요?
간난	(침묵)
선주	그럼 소인은 다녀오겠습니다.

선주, 간난에게 읍하고 뒷걸음으로 물러선다.

고수　(북을 치며) 선주, 퇴장이요!

선주, 경리, 왼쪽으로 퇴장한다. 무대 조명, 어두워진다. 파도 소리와 바람 소리가 들려온다. 조명 밝는다. 선주의 아들 삼 형제, 무대왼쪽에서 등장한다. 장남은 지난밤 과음한 술이 아직 덜 깬 상태이다.

고수　(북을 치며) 선주의 아드님들 등장이요!

삼형제　아버님!

장남　아버님은 지금 어디 계신가?

고수　안채에 누워 계십니다.

차남　아니, 해 뜬 지가 언제인데?

고수　어제 부두에 가셨다가 거센 바닷바람 탓인지 몸살이 나셨습니다.

삼남　바닷바람이 아니라 뱃사람들 때문에 몸살이 나셨겠지!

차남　출항을 사흘 연기한다니까 뱃사람들이 가만있었겠는가?

삼남　이런 일은 처음일세, 처음! 제물이 고집 부려 못 떠난다니 다들 난리가 났어! 불길한 징조라고 수군거리는 사람, 이러다간 사흘 후에도 못 떠나겠다고 의심하는 사람, 심지어 당장 제물을 바꾸자는 사람도 있더군! 더 놀라운 건 우리 아버님이셔! 사흘 후에도 제물이 고집하면, 심한 풍랑에 견딜 수 있도록 배를 보완할 테니, 제물 없이 떠나라 하셨네!

차남　그것만이 아냐! 제물 없이 떠나는 뱃사람들에겐 급료를 몇 갑절 올려주겠다 하셨지!

고수 뱃사람들 반응은요?

차남 그래도 제물 없이는 불안해서 출항 못 한다고 했네!

장남 도대체 제물의 고집이 어느 정도인가?

선주의 세 아들, 방 안에 누워 있는 간난을 바라본다.

삼남 아직도 단식 중이야?

차남 저까짓 어린 계집에게 쩔쩔매서야 되겠나! 내가 당장 설득해서 배에 태워 보내겠네!

장남 너는 항상 순서를 무시한다!

차남 순서라니요……?

장남 장유유서(長幼有序) 모르느냐!

삼남 둘째 형은 장남 자리가 탐나서 그럽니다.

차남 (장남에게) 그럼 형님부터 먼저 하시구려.

장남 당연하지. (고수에게) 아버님이 어디까지 하셨나?

고수 어디까지라뇨?

장남 제물에게 바다 속에 빠져도 죽지 않는다는 심청 이야기 하셨는가?

고수 아직 그 이야기는 꺼내지도 않으셨습니다.

장남 어서 〈심청전〉을 가져오게! (사이) 아, 나한테 있지! (품 안에서 책을 꺼내 들고 간난을 향해) 이보게, 낭자…… (방 앞 툇마루에 걸터앉으며) 내 말 들리나? (사이) 하하하…… 이것 참…… (버럭 소리 지른다.) 대답 좀 하게! 어쨌든 이 책 내용은 세상 사람들이 다 알아. 낭자도 잘 알 테니, 굳이 읽을 필요는 없겠지!

고수	아뇨. 정성껏 읽으셔야 합니다.
장남	사람이란 모르는 것은 백 번 읽어줘도 모르고, 아는 것은 대강 말해도 아는 법일세. 낭자, 듣게. 심 봉사라는 눈 먼 아버지가 딸 심청이를 젖동냥해서 길렀어. 심청의 어머니는 심청을 낳자마자 죽었거든. 무심한 세월은 흐르고 흘러 심청이가 처녀 되었네. 온갖 고생하며 키워준 아버지께 보답할 때가 된 것일세. 심청은 밤낮으로 삯바느질, 베 짜기, 남의 논밭 일을 해서 일심전념 심 봉사를 부양했어.
차남	(툇마루에 앉아 꾸벅꾸벅 조는 시늉을 하며) 안 졸리냐?
삼남	(차남 옆에 앉아서 하품한다.) 졸려요.
장남	그러던 어느 날 저녁이었지. 심 봉사, 지팡이를 짚고 더듬더듬 집 밖으로 나갔다가 그만 실족하여 개천에 빠져 버렸네.
고수	(북 테두리를 두드려 목탁 치는 소리를 낸다.) 아이고, 큰일 났구나!
장남	마침 이때 지나가던 스님이 개천에 빠져 허우적거리는 심 봉사를 건져냈지. 심 봉사가 앞 못 보는 신세를 한탄하자 스님이 부처님께 시주하기를 권했네. 공양미 삼백 석을 바치면 눈을 뜰 수 있다고 한 걸세. 효녀 심청은 아버지의 눈을 뜨게 하려고, 뱃사람들에게 자신을 제물로 팔았어. 효성이 갸륵하다! 심청은 웃으면서 기꺼이 인당수에 뛰어내렸네!
고수	(북을 치며) 아이고, 나 죽는다!
장남	하지만 효녀 심청은 죽지 않고 살았어!
간난	물…… 물…… 나…… 물 좀 줘…….

간난, 뒷마루로 기어서 나온다. 차남과 삼남은 놀라 일어나고, 장남은 쟁반의 물 대접을 간난에게 준다. 간난, 물을 벌컥벌컥 마시더니 장남에게 묻는다.

간난 바다 속에 빠진 사람이 죽지 않았다니…… 그게 정말이요?

장남 암, 정말이지! 커다란 연꽃을 타고 바다 속에서 떠올랐네!

간난 거짓말!

장남 그럼 이 책 중에서, 한 대목 골라 읽지!

장남, 〈심청전〉을 펼쳐서 읽는다.

장남 "이때에 심 낭자는 깊은 바다 속에 빠져 들어가서 죽는 줄만 알았더니, 하늘의 옥황상제께서 바다의 용왕에게 이르시기를 "효녀 심 낭자를 수정궁에 모셔 들여 고이고이 두었다가 삼년을 지낸 후에 세상으로 환송하라."

차남 얼씨구나!

삼남 좋다!

차남, 삼남, 일어나서 어깨춤을 춘다.

장남 "용왕께서 옥황상제 분부대로 심 낭자 맞아 들여 온갖 잔치 베풀더라. 왕자진의 봉피리는

차남 니나노 닐리리야!

장남 성련자의 거문고

삼남 둥덩둥덩!

장남	교인은 저를 불고, 상령은 비파 타고, 고점리 축을 치고, 원타는 북을 칠 제 풍악이 흥겹구나!"
차남, 삼남	지화자 좋다!

장남은 간난의 손을 붙잡아 마당으로 내려오게 한다. 그리고 함께 춤춘다.

장남	"사람의 일년이 용궁에서는 하루더라. 어느덧 삼년 지나 용왕이 심 낭자를 환송할 제, 자라를 태우고자 하나 삼신산을 싣고 있고, 고래를 태우고자 하나 이태백이 타고 갔네. 이리저리 궁리 끝에, 집채만 한 연꽃 봉오리 속에 심 낭자를 앉히고서, 선과진미(善果眞味) 가득 넣어 시장하면 먹게 하고, 용궁시녀 함께 넣어 심 낭자를 시중들게 하여, 바다 위로 두둥실 띄워 보내도다!"
차남, 삼남	좋구나, 좋다!
간난	(장남의 손을 뿌리치고 툇마루에 올라가 앉는다.)
장남	낭자, 잘 들었지? 바다 속에 빠져도 효녀는 죽지 않네!
간난	나는…… 심청이 아냐!
장남	그건 무슨 소린가?
간난	내 성은 박씨, 이름은 간난…… 박간난이가 바로 나야!
장남	하하하, 성과 이름은 중요하지 않아.
간난	그럼 뭐가 중요해?
장남	효녀, 효녀! 아버지를 위하여 제물 된 효녀는 하늘이 감동하고, 땅이 감동하고, 바다가 감동하거든!
간난	(울부짖는다.) 난 그런 효녀 아냐! 내 아비는 눈멀지도 않았고, 나를 젖동냥하여 키우지도 않았어! 나는 내 아비가

차라리 봉사라면 좋겠소! 눈이 멀어 안 보이면 놀음도 못할 테고, 오입도 못 할 테고, 나를 구박하며 매질도 못할 테니까!

고수 (북을 치며) 마마는 효녀가 아니라시네!

간난 난 아비가 밉소! 매정하게도 보리 스무 가마에 나를 팔았어! 그 보리 스무 가마, 어떻게 할 건지 난 알아! 배고픈 식구들은 굶게 두고, 주막집에 맡겨 밤낮 술 퍼마실 거야!

장남 그러니까 낭자가 효녀지! 심청은 아버지에게 갚을 은혜가 있어서 몸을 팔았네. 하지만 낭자는 갚을 것이 전혀 없는데도 몸 팔아 드렸어. 그럼 누가 더 효녀인가? 여기, 내 동생들 있으니 한번 물어보게!

간난 (차남과 삼남에게) 그래 누가 더 효녀야?

차남, 삼남 낭자가 심청보다 훨씬 더 효녀지!

간난 점잖게 생긴 놈들이 입에 침도 안 바르고 거짓말을 하는구나! 나를 효녀라고 칭찬하면, 내가 좋다고 웃으면서 바다 속으로 뛰어들 것 같으냐? 어림없다, 어림없어!

간난, 대접의 물을 삼형제에게 흩뿌린다.

차남, 삼남 앗, 이런 봉변이 있나!

장남 무식한 것이 성질도 사나워!

차남, 삼남 형님, 갑시다!

장남 가자, 가!

고수 (북을 친다.) 선주 아드님들 퇴장이오!

선주의 아들 삼형제, 왼쪽으로 퇴장한다. 간난, 툇마루에 쓰러지듯 눕는다. 사이. 선주, 기침을 하며 오른쪽에서 들어온다.

고수   선주, 등장이오!

선주   (간난에게 다가가서 공손히 절하며) 마마, 소인이 왔습니다.

간난   (몸을 일으켜 앉는다.) 몸 아픈 건 어떻소?

선주   송구합니다, 마마…….

간난   한 가지 물어 봅시다.

선주   네. 무엇이든 말씀 하십시오.

간난   다른 처녀들도 많은데, 하필이면 나를 제물로 택한 이유가 뭐요?

선주   마마…….

간난   나는 왜 내가 죽어야 하는지 알고 싶소!

선주   (침묵)

간난   어서 말을 하오!

선주   마마…… 생자필멸입니다.

간난   생자필멸?

선주   살아있는 것은 반드시 죽습니다.

간난   반드시 죽는다?

선주   제물만이 죽는 것이 아닙니다. 마마를 제물로 바치는 소인 역시 죽습니다. 지금 마마께서 죽음을 느끼시듯, 소인 또한 죽음이 가까이 다가오고 있음을 느낍니다.

간난   선주도 죽으니 나도 죽어라, 그 말이오?

선주   마마, 소인의 대답을 너그럽게 받아 주십시오.

간난   억울해도 죽어야겠군.

선주   (침묵)

간난	이젠 밥이나 실컷 먹겠소!
선주	마마…… 밥이라고 하셨습니까?
간난	그렇소!
선주	천천히 죽부터 드셔야 합니다. 너무 오랫동안 굶으셔서 밥을 바로 드시면 탈이 나십니다.
간난	걱정 마오. 나는 먹는 날보다 굶은 날이 더 많았소. 흉년에 양식 떨어지면 한 달도 굶었고, 두 달도 굶었소. 밥 먹어야 기운 차리지, 죽 먹고는 기운 못 차려. 어서 당장 쌀밥에 고깃국을 주오!
선주	마마, 분부대로 하겠습니다. (오른쪽 안채를 향해) 거기, 누구 없느냐?
고수	(북을 한 번 치고 일어나며) 제가 얼른 다녀오지요!
선주	여러 가지 반찬 차릴 시간 없네. 급히 서둘러 흰 쌀밥과 소고깃국을 가져 오게나!

고수, 무대 오른쪽으로 나갔다가 곧 밥그릇과 국그릇이 놓인 소반을 들고 들어와서 간난 앞에 놓는다. 간난, 국에 밥을 말아 허겁지겁 퍼먹는다. 한참을 먹다가 문득 선주를 바라본다.

간난	내가 걸신들린 아귀 같소?
선주	아닙니다. 마마의 수라 드시는 모습이 참 보기 좋습니다!
간난	내가 밥 먹는다고 마음 달라진 건 없소!
선주	마마…….
간난	난 절대 바다 속에 뛰어내리지 않을 거요!
선주	네, 알겠습니다.
간난	(국그릇 속에 담긴 밥을 수저로 떠서 선주에게 내밀며) 아, 입 크게

벌리오! 나 때문에 굶었는데, 한 숟가락 먹구려!

선주 (잠시 망설이다가 간난에게 다가가서 입 크게 벌려 밥을 받아먹는
다.) 감사합니다, 마마.

간난 밥 다 먹고 목욕할 테요.

선주 하녀들을 시켜 호젓한 뒤뜰에 차양치고, 더운 물을 대령
도록 하겠습니다.

간난 갈아입을 새 옷도 주오.

선주 네, 마마.

간난, 밥을 다 먹고 마당으로 내려선다.

간난 뒤뜰은 어느 쪽이요?

선주 소인이 모시고 가겠습니다.

간난 어느 쪽인지 가르쳐 주면 내 발로 걸어가겠소.

선주 (오른쪽을 향해) 마마 가신다. 뒤뜰로 모셔라!

간난, 오른쪽으로 걸어 나간다.

고수 정말 대단한 마마십니다!

선주 음…….

고수 사흘 안에 마마의 마음이 바뀌지는 않을 것 같습니다.

선주 그래도 금식을 중단하셔서 다행일세.

고수 출항 연기에 뱃사람들이 난리가 났다면서요?

선주 모두들 이해할 수 없다는 반응이었지.

고수 이해할 수 없다니요?

선주 제물은 당연히 죽어야 하는 것.

고수	(북을 치며 선주의 말을 반복한다.) 제물은 당연히 죽어야 하는 것.
선주	조금도 망설이거나 버티면 안 되는 것.
고수	망설이거나 버티면 안 되는 것.
선주	내 책임일세. 내가 그들을 그렇게 만들었네.

선주, 통증이 온 듯 가슴을 움켜잡고 주저앉아 괴로워한다. 차남, 소리 없이 등장. 아버지를 지켜본다. 고수가 뒤늦게 차남을 발견한다.

고수	어…… 둘째 아드님?
차남	(무릎을 꿇고 앉으며) 아버님…… 제가 왔습니다.

선주, 통증을 참고 일어선다.

차남	만형을 어떻게 생각하십니까?
선주	어떻게 생각하다니……?
차남	만형님은 무능합니다. 아버님의 사업을 물려주시면 안 됩니다.
선주	네가 무슨 이유로 그런 말을 하느냐?
차남	(일어나서 말한다.) 오늘 아침 저희 삼 형제가 여기 왔었는데, 만형이 제물을 설득하려다가 봉변만 당했습니다. 고리타분하게 효녀는 바다 속에 빠져도 산다고 하니, 영악해진 요즘 제물이 어찌 그걸 믿겠습니까?
선주	(침묵)
차남	이젠 〈심청전〉의 다른 해석이 필요한 때입니다.
선주	다른 해석이 필요하다……?

차남	그렇습니다. 세상 사람들은 〈심청전〉을 지은 분이 누구인지 정확히 모릅니다. 하지만 저희는 압니다. 바로 아버님이지요. 열다섯 척 배의 선주인 아버님이 효녀 심청 이야기를 책으로 인쇄하여 세상에 퍼트리고, 노래로 만들어 소리꾼들을 고용해서 전국에 다니며 부르게 하셨습니다. 그래야 바다에 바칠 제물을 구하기 쉽고, 또한 제물을 설득하기 쉽지요. 하지만 이제 효녀는 설득력을 잃었습니다. 새롭게 다른 해석이 필요한 때가 된 것입니다.
선주	음…… 너의 해석을 말해 보아라.
차남	효녀든 아니든 제물은 바다에 빠지면 죽는다는 것이지요.
선주	그게 무슨 새로운 해석이냐?
선주	죽음을 인정하면 제물을 설득하기가 훨씬 쉽습니다.
선주	(침묵)
차남	제물은 불행한 사람입니다. 불행한 사람은 사는 것보다 죽는 것이 더 낫다고 생각하지요. 죽은 다음에 매혹적인 행복이 있다면, 초라한 삶에는 더 이상 집착하지 않습니다.
선주	(침묵)
차남	아버님, 약속해 주십시오.
선주	(침묵)
차남	제가 반드시 제물을 설득하겠습니다. 그럼 아버님은 자식들 중에서, 저에게 선주의 자리를 물려주셔야 합니다.
선주	(침묵)
차남	어찌 아무 말씀 없으십니까?
선주	나도 너의 탁월한 설득을 보고 싶다. 이번 기회에 뱃사람들을 설득해라. 제물 없이 출항하도록 설득하면, 나는 너에게 선주의 자리를 물려주마.

차남	아마 급료를 열 배 백 배 올려 준다면, 제물 없어도 출항할 뱃사람들이 있겠지요. 하지만 그건 엄청난 손해입니다. 중국과 교역하여 번 돈보다 뱃사람들 급료가 더 많아서야 되겠습니까? 그리고 뱃사람들이 안전하게 항해하도록 거센 파도와 바람에 끄덕 않는 배를 만들려면, 그 비용은 또 얼마나 많이 들까요? 제물은 비싸야 공양미 삼백 석, 싸게는 겉보리 스무 가마면 살 수 있습니다. 더구나 뱃사람들은 제물을 바쳐야 안심합니다. 제물이 싼 비용으로 효과가 더 좋은데, 아버님은 어찌 저에게 제물 아닌 뱃사람들을 설득하라 하십니까?
선주	(침묵)
차남	이 세상의 모든 사업이 그렇습니다. 제물이 없으면 이익도 없고 경영도 안 됩니다. 그런 사실을 아버님은 잘 알고 계십니다!
선주	(침묵)
차남	저는 분명히 제물을 설득할 능력이 있습니다! (무릎을 꿇고) 선주의 자리는 그 능력을 입증한 자가 차지해야 합니다!
선주	알겠다. 입증해라!
차남	아버님, 감사합니다. 저는 오늘 저녁 다시 오겠습니다.
선주	저녁에 다시 온다……?
차남	네. 준비할 것이 있어 그럽니다.
고수	(북을 친다.) 둘째 아드님 퇴장이요!

차남, 오른쪽으로 나간다.

| 선주 | 마음이…… 심란하네. 뱃노래나 한 자락 들려주게. |

고수   이정보(李鼎輔)의 사설시조!

고수, 북을 두드리며 소리조 아니리로 시조를 읊는다. 파도 치는 소리와 갈매기 울음소리가 들린다.

고수   물 위 사공 아래 사공들이
삼사월 전세대동(田稅大同) 실어갈 제
일천 석 싣는 대중선을 자귀 대어(大魚) 꾸며내고
삼색 과실 골라 좋은 것 갖추어
피리 불고 무고(巫鼓)를 둥둥 치며
한강 용산 마포 지호 서호 오강선황지신과
남해용왕지신께 두 손 모아 비옵나니
전라도-라 경상도-라 울산 바다 나주 바다 칠산 바다 휘돌아
안흥목이라 손돌목 광화목 감돌아들 제
평반(平盤)에 물 담은 듯이
만리창파 가자마자 곧 돌아오게 하소서
고수레 고수레 운수대통하여
바라는 일 모두 이뤄지게 하소서
어어라 어어라 저어 어어라 배 띄워라!
지국총 지국총 어어 어어라 배 띄워라!

고수, 시조 읊기가 끝난 뒤에도 북을 빠르게 친다. 파도소리, 바람소리 더욱 커지며 분위기가 고조된다. 무대 조명, 서서히 암전한다. 선주, 퇴장. 침묵. 조명, 밝는다. 간난, 오른쪽에서 들어온다. 분홍치마 노랑 저고리를 입고, 정갈하게 빗은 머리에 붉은 댕기 단 모습이 어

여쁘다. 간난, 툇마루에 앉는다. 차남, 연꽃을 들고 등장한다.

고수   (북을 친다.) 둘째 아드님 등장이오!

차남   내가 다시 왔네. 아버님은?

고수   의원이 왕진 오셔서 안채에 계십니다.

차남   (되돌아가며) 헛걸음을 했군.

고수   마마께선 기다리시는데 가시렵니까?

차남   (멈춰 선다.) 제물이 나를 기다려?

고수   네.

차남   왜……?

고수   선주님이 마마께 둘째 아드님 오신다고 말씀 드렸지요. 그리고 저에게는 결과가 어떤지 지켜보라 하셨습니다.

차남   그럼 잘 보게!

차남, 툇마루로 다가간다. 고운 모습의 간난을 보고 감탄한다.

차남   흠, 흠…… 아침에 봤을 땐 초라하더니 저녁에는 참 예 쁘네!

간난   겨우 그 말 하려고 왔소?

차남   (연꽃을 주며) 받게. 내가 주는 선물일세!

간난   (연꽃을 받는다.) 고맙구려.

차남   아가씨한테 무슨 선물을 할까 생각하다가 연꽃이 좋겠더 군. 저 멀리 연못에 갔지. 그런데 아직 안 폈는지, 이미 졌 는지, 연꽃이 한 송이도 없어. (웃는다.) 그래서 시장의 꽃 파는 가게에 갔더니, 종이로 만든 연꽃은 많더라구. 잘 만 든 것으로 한 송이 사서 가져 왔네.

간난	보면 볼수록 아름답소.
차남	겉만 보지 말고, 속을 살펴보게.
간난	꽃잎 겹겹 둘러싸인 모양이 신기하기도 하고…….
차남	극심한 파도가 쳐도 연꽃 속에 들어가면 아늑할 걸세.
간난	하지만 꽃이 작아 개구리나 한 마리 들어가겠소.
차남	바다의 연꽃은 아가씨가 들어갈 만큼 굉장히 커. 연못의 개구리와 바다의 고래를 비교하면, 바다의 연꽃이 얼마나 큰지 알 것이네.
간난	그러니까 안심해라, 내가 바다에 빠져도 괜찮다, 그 말이오?
차남	아가씨는 눈치가 빠르군.
간난	기가 막혀! (연꽃을 내던지며) 아침에 들었던 거짓말을 저녁에 또 듣네!
차남	난 거짓말 안 해! 맏형님이 효녀는 바다에 빠져도 죽지 않는다고 했지만, 사실은 그게 아닐세. 바다에 빠진 사람은 누구나 다 죽어! 심청이 같은 효녀도 살 수는 없지. 그러나 사람의 죽음과 짐승의 죽음은 달라! 사람은 자기가 죽는 것을 알고 죽지만, 짐승은 죽는 것을 모르고 죽거든. 그래서 알고 죽는 죽음과 모르고 죽는 죽음은 완전히 다른 거라네.
간난	죽으면 똑같아! 사람이나 짐승이나!
차남	짐승의 죽음은 끝이지만, 사람의 죽음은 시작일세!
간난	사람은 죽어도 또 뭐가 있다는 거야?
차남	영생이 있네!
간난	영생이라니……?
차남	영원한 생명!

간난   도대체 무슨 소린지 모르겠소!

차남   영리한 아가씨가 왜 그걸 모를까…… 사람에겐 영생이 왜 있느냐, 좋은 일 하고 죽은 사람은 영원한 행복을 누리고, 나쁜 짓 하다가 죽은 사람은 영원한 벌을 받도록 있는 거야. 아가씨는 좋은 일을 할 사람이지. 수백 명 뱃사람들의 안전한 항해를 위해서 목숨을 바치잖아. 그래도 영생을 모르겠거든 연꽃을 다시 보라구. (연꽃을 주워 간난에게 준다.) 연꽃이 뭐냐, 바다 속에 빠진 제물을 싣고 올라오는 것이 연꽃이야. 만약 심청이가 자기 아버지만 눈 뜨게 하려고 제물이 되었다면 연꽃이 싣고 나왔을까? 물론 단 한 명을 위해 죽는 것도 좋은 일이지. 하지만 그것보다는 더 훌륭한 일, 수많은 뱃사람들을 위해서 제물이 되었기에 싣고 나온 것일세. 연꽃은 그런 제물을 싣고 어디로 가느냐, 영원히 행복한 곳으로 간다네!

간난   (손에 든 연꽃을 바라본다.)

차남   이젠 내 말을 알겠지?

간난   (침묵)

차남   아직도 몰라?

간난   (침묵)

차남   아는 거야? 모르는 거야?

간난   (침묵)

차남   아는 듯, 모르는 듯, 그런 표정이군! ((툇마루에 놓여 있는 〈심청전〉을 집어 든다.) 여기, 아가씨한테 읽어줄 장면이 있어!

차남, 간난 옆에 앉아서 〈심청전〉을 펼친다.

차남　　연꽃의 목적지가 어디냐, 임금님 계신 대궐이야! 보통 사람은 살았을 땐 도저히 근접할 수 없는 곳이지!

　　　　차남, 〈심청전〉을 구성지게 읽는다. 고수, 북 장단을 쳐준다.

차남　　"뱃사람들 거동 보소. 바다에 뜬 연꽃을 궐문 밖에 대령하고 연유를 아뢰오니, 임금께서 크게 기뻐하사 궐내로 받아들여 자세히 살피신다. 연꽃 크기는 거륜 같고, 곱기는 태양 같고, 향기가 진동하고, 색채가 영롱하다. 임금께서 심히 사랑하사 낮과 밤 틈만 나면 보시더라. 하룻저녁은 명명한 달빛이 방안에 비치면서, 연꽃 봉오리가 살포시 벌어지고 무슨 소리 들리거늘, 의아하신 임금께서 꽃봉을 열고 보니 시녀들이 앉았더라. 임금께서 반겨 물으시되, "어인 선녀들인고?" 시녀들이 급히 나와 엎드려 여쭙기를 "저희는 용궁시비로서 낭자를 모시고 왔나이다." 임금님 다시 물으시되 "낭자는 어찌하여 꽃봉 속에 계시느냐?" 용궁시녀들이 여쭙기를 "옥황상제 명을 받아 용왕님이 보내신 낭자는 장차 왕비 되실 분이라 하더이다." 임금께서 그 말 듣고 크게 기뻐하사 낭자를 자세히 보니 덕용국색이 분명구나. 곧 길일을 택해 혼례를 거행하고 왕후로 책봉하니, 문무백관과 만백성이 환호한다. "만세, 만만세, 영원무궁한 복락을 누리소서!"

간난　　그 책 재미있구려.

차남　　우리 아버지가 쓰셨네.

간난　　정말이요……?

차남　　암, 정말이지!

간난	에이, 설마…… 선주가?
차남	못 믿겠으면 직접 물어 봐.
간난	죽은 다음 영생도 있는지 묻겠소.
차남	좋아, 내 말이 맞는지 틀리는지 확인하라구. 그런데 아버지가 내 말이 맞다고 하시거든, 아가씨는 출항 연기를 취소해. 내일 당장 배를 타고 가서, 활짝 웃으며, 아주 기쁘게, 바다 속에 뛰어내려! 곧 연꽃에 실려나와 영원히 행복한 왕비가 될 텐데, 출항을 늦추는 건 어리석은 짓이지!

차남, 고수에게 으스대며 다가간다.

차남	어떤가? 내가 잘 했지?
고수	선주님께 제가 본대로 말씀 드리지요.
차남	아버지는 분명히 잘 했다 칭찬하실 것이네! 아하하!
고수	(북을 친다.) 둘째 아드님 퇴장이오!

차남, 퇴장한다. 간난, 연꽃을 바라보며 깊은 생각에 잠긴다. 무대 조명 서서히 암전. 조명 다시 밝는다. 간난은 마당에 내려와 서서 연꽃을 바라보고 있다. 선주, 등장한다.

고수	(북을 친다.) 선주, 등장이오!
선주	마마, 편안히 주무셨는지요?
간난	아니오. 너무 좋은 꿈을 꾸느라 잠을 설쳤소.
선주	어떤 꿈을 꾸셨습니까?
간난	커다란 연꽃이 나를 싣고 대궐로 데려갔소.

선주	마마께서 왕비 되시는 꿈입니다.
간난	선주는 지난 밤 무슨 꿈을 꾸었소?
선주	소인은 늙었습니다. 늙으면 침상에 누워도 잠이 없고, 잠이 없으니 꿈도 없습니다.
간난	솔직히 말하구려. 죽은 다음 왕이 되고 싶지 않소?
선주	왕이라니요?
간난	제물은 죽어서 왕비가 된다 하니, 제물 바치는 선주는 죽어서 왕이 되는지 궁금해서 물었소.
선주	소인이 어찌 감히 왕이 되겠습니까!
간난	그럼 무엇이 되오?
선주	소인은 죽은 다음 무엇이 될지 모릅니다.
간난	그것도 모르면서 왜 〈심청전〉에 제물은 왕비 된다고 하였소?
선주	(침묵)
간난	엊저녁에 온 사람이 그 책은 선주가 썼다고 합디다.
선주	소인이 쓴 건 사실입니다. 하지만 그 책은 세상에 있는 이야기를 쓴 것이지, 소인이 없는 이야기를 일부러 꾸며내 쓴 것은 아닙니다.
간난	이 세상엔 선주 이야기도 있을 텐데, 그건 왜 안 썼소?
선주	마마…… 선주 이야기는 없습니다.
간난	선주 이야기가 없다……?
선주	네, 마마.
간난	그것 참 이상하오.
선주	(침묵)
간난	그런 이야기가 없다면 선주가 직접 지어내 쓰시오!
선주	(침묵)

간난	왜 아무 대답이 없는 거요?
선주	마마……. 진심으로 아룁니다. 음식은 소금을 넣어야 먹을 맛이 나고, 이야기는 죽음이 있어야 읽을 맛이 납니다. 그런데 소인은 선주의 죽음을 알지 못해 쓸 수가 없습니다. 일평생 마마들을 바다에 바치는데 열심이었을 뿐, 제 자신의 죽음에는 소홀했기 때문입니다. 마마의 죽음처럼 당장 임박한 것도 아니고, 아주 멀리 있는 것만 같아서…… 문득 생각했다가도 곧 잊었지요. 어느덧 세월 흘러 죽음이 바로 곁에 다가왔지만…… 죽음이 무엇인지…… 죽은 다음엔 어찌 되는지…… 전혀 알 수 없어 막막합니다.
간난	막막하다……?
선주	네, 마마.
간난	막막한 건 바다요!
선주	(침묵)
간난	선주는 마치 막막한 바다 앞에 선 사람처럼 말하는구려.
선주	마마…….
간난	하지만 나는 기꺼이 뛰어내리겠소!
선주	(침묵)
간난	내가 죽어서 왕비 되는데, 물바다가 아니라 불바다라도 웃으면서 뛰어내릴 테요! 그러나 연꽃이 나를 대궐 아닌 엉뚱한 곳으로 데려간다면…… 나는 무엇이 되는 것이요?
선주	염려 마십시오. 반드시 왕비가 되실 것입니다.
간난	어떻게 그걸 믿을 수 있소?
선주	마마, 믿으셔야 합니다.

간난	선주는 죽은 다음을 알지 못한다 했소! (들고 있는 연꽃을 선주에게 주며) 연꽃은 선주가 갖구려! 막막한 심정으로 죽더라도 이 연꽃이 선주를 대궐로 데려가 왕이 되게 할 거요!
선주	(연꽃을 받는다.) 마마…….
간난	밤새껏 꿈 때문에 설친 잠, 나는 잠이나 자야겠소!

간난, 방으로 들어가 눕는다. 선주, 연꽃을 바라본다.

고수	참 당돌한 마마십니다.
선주	내가 모셨던 마마들 중에서 가장 훌륭하시네.

경리, 다급하게 들어온다.

경리	선주님, 둘째 아드님께서 오늘 출항하라고 하십니다!
선주	출항이라니……?
경리	제물을 설득해서 떠날 준비가 됐다구요. 그 말 듣고 흩어졌던 뱃사람들이 부두에 다시 모였습니다.
선주	벌써 선주가 된 듯이 하고 있군!
경리	출항이 늦지 않아서 정말 다행입니다.
선주	자네처럼 영리한 사람이 어찌 이렇게 모르는가?
경리	네……?
고수	오늘 떠날 분이 아니시네.
경리	(방 안에 누워 있는 간난을 바라본다.) 아…… 아니군요.
선주	(연꽃을 경리에게 주며) 내 둘째 아들에게 갖다 주게!
경리	(연꽃을 받고 의아한 표정이 된다.)

선주   그것을 주면 알 걸세!

경리   네…….

선주   어서 부두에 가서 출항을 중단하게!

경리   네…….

고수   (북을 치며) 경리, 퇴장이오!

경리, 퇴장한다. 선주, 방안에 누워 있는 간난을 바라본다. 사이. 선주는 돌아선다.

선주   나는…… 왕이 되고 싶네.

고수   왕이요?

선주   마마는 왕비, 나는 왕, 얼마나 좋은가!

고수   선주님은 마마와 결혼하고 싶으십니까?

선주   자네 놀리려고 한 말일세.

고수   (웃으며) 농담이 아닌 것 같습니다.

선주   어젯밤 봤네.

고수   무엇을요?

선주   죽음.

고수   네……?

선주   어둠 속을 한 걸음 한 걸음 가까이 다가왔어. 그 모습이 검정 도포 입은 저승사자가 아니더군. 바로 내 모습이었네. 처음엔 몰랐어. 그래서 누가 왔는가, 얼굴을 자세히 살펴봤더니…… 내 얼굴과 똑같았네. 내가 나에게 다가오는 것…… 그것이 죽음이지.

고수   (침묵)

선주   지금 내 말을 듣고 있는가?

고수	네, 듣고 있습니다.
선주	내가 나를 찾아 왔으니 반가워해야 할 텐데…….
고수	누가 죽음을 반갑다 하겠습니까?
선주	난 알았네. 내가 나의 등 떠밀려고 왔다는 것을…… 저 알 수 없는 곳으로 내가 나의 등을 떠밀 때…… 나는 울지 않았으면 좋겠네. 왜 떠미느냐 항의도 않고, 떨어지기 싫다 몸부림도 치지 않고, 손을 빌며 애원도 않고…… 그런 짓을 하면 내가 나를 인생 헛살은 놈이라고 비웃을 걸세.

선주의 아들 삼형제, 등장한다. 장남은 술 취한 듯 비틀거린다.

삼형제	아버님! 저희가 왔습니다!
고수	어…… 아드님들 오신다는 예고가 없었는데…….
선주	난 올 줄 알았네.
차남	그럼 갑자기 온 이유를 아시겠군요?
선주	알고말고. 배가 출항한다는 것을 못 하게 했기 때문이다.
차남	왜 못 한다 하셨습니까?
선주	마마께 준 연꽃을 돌려받고도 그런 말을 하느냐?
차남	그건 제물이 돌려 준 것이 아니라 아버님이 돌려주신 것입니다!
선주	넌 나를 원망하는구나!
차남	어째서 아버님은 다 된 밥의 솥뚜껑을 여셨습니까? 밥을 먹기 좋게 지으려면 김이 빠져서는 안 되는데, 아버님은 솥뚜껑을 열어서 김을 빼셨습니다. 어리숙한 부엌데기도 너댓 번 밥 지은 경험이 있으면 실수를 안 합니다. 그런데 일평생 제물을 바치신 아버님이 실수를 하시다니…… 하

하하…… 제가 어찌 원망을 안 하겠습니까!

장남 지금 아버님은 예전의 아버님이 아니십니다. 예전에는 제물에게 엄격하셨지요. 죽도록 부모님께 효도하라 타이르시고, 죽지 않겠다 반항하면 심히 꾸짖으셨습니다. 그래서 아버님이 엄격하셨던 때에는, 제물이 출항할 때 앙탈을 부리지도 못 했고, 바다에 뛰어내릴 때 울지도 못 했습니다.

차남 (방안에 누워 있는 간난을 가리키며) 저 오만불손한 꼴을 보십시오! 우리가 왔는데 인사는커녕 일어나지도 않는군요!

장남 아버님, 도대체 왜 이렇게 너그러워지셨습니까?

차남 마마, 마마, 하면서 제물을 왕비처럼 떠받들기만 하십니다!

선주 너희는 내 마음 모른다…….

삼남 그렇습니다. 형님들은 아버님의 마음을 모릅니다. 하지만 저는 아버님 마음을 잘 압니다.

장남 어…… 무슨 소리야?

삼남 이제 얼마 살지 못한다, 그런 강박적인 생각을 하신 후부터, 아버님은 제물의 죽음과 아버님의 죽음을 동일하게 느끼십니다. 동병상련, 같은 병을 앓는 사람은 서로 똑같이 여기지요. 하물며 병보다 더한 죽음이라니…… 아버님은 제물을 살리고 싶은 마음이 간절하십니다. 제물을 살려야 아버님이 사는 것과 같거든요. 하지만 혼동하시면 안 됩니다. 아버님은 아버님, 제물은 제물입니다. 각자 살아온 것이 다르듯이 각자 죽는 것도 다릅니다. 아버님은 냉정하게 그 둘을 분리시키십시오. 지금처럼 같다고 여기시면 제물 설득에 방해만 될 뿐입니다.

장남	그래, 듣고 보니 일리가 있구나!
차남	네가 맞는 말을 했다!
삼남	아버님, 저에게 맡겨 주십시오.
선주	맡기라니……?
삼남	제가 제물을 설득하겠습니다.
차남	아니다, 아냐!
장남	넌 그럴 것 없다!
삼남	왜 나는 못 하게 합니까?
차남	막내야, 우리가 아버님께 드릴 말씀은 다 드렸다. 그런데 네가 뭘 할 것 있느냐?
삼남	이번엔 내 차례입니다.
차남	차례……?
삼남	선주가 될 능력을 입증하는 차례지요.
장남	넌 내 자리를 탐내지 마라!
삼남	그 자리는 제물을 설득 못하면 양보해야 합니다.
장남	아버님, 이 버릇없는 놈을 어찌 가만 두십니까? 아버님의 뒤를 잇는 자격은 오직 장남인 저에게 있습니다!
차남	무조건 장남이라고 선주가 되는 건 아니지요!
장남	뭐가 아냐?
차남	능력입니다, 능력!
삼남	첫째 형님도, 둘째 형님도, 선주의 능력이 없습니다!
차남	나는 이미 능력을 입증했다!
선주	너희는 그만 물러 가거라! (고수에게) 어서 북을 치게!
고수	(북을 친다.) 아드님들, 퇴장이오!
삼남	내일 아침에 저는 다시 옵니다!

선주의 아들 삼 형제, 퇴장한다. 선주, 툇마루 앞으로 다가가서 방안의 간난을 바라본다.

선주 마마, 주무시는지요?

간난 (침묵)

선주 깨어 계시면 차마 이런 말씀 드릴 수는 없겠지요.

간난 (침묵)

선주 (툇마루에 걸터앉는다.) 소인은 자식들이 하는 말을 듣고 부끄러웠습니다. 그동안 마마들이 바다에서 울지 않고 뛰어내린 줄 알았는데, 소인이 엄격해서 울지 못하고 뛰어내린 것이더군요. 마마…… 울지 않는 것과 울지 못한 것은 엄청난 차이입니다. 이제야 그것을 알게 되다니, 늦어도 너무 늦었습니다…… 마마, 소인의 자식들은 소인이 마마를 살리려 한다고 비난합니다. 하지만 마마는 소인의 마지막 마마십니다. 소인은 마지막 마마를…… 바다에 억지로 뛰어 내리도록 하고 싶지는 않습니다. 그래야 소인도 죽음이 등 떠밀 때, 울지는 않을 것입니다.

경리, 다급한 걸음으로 등장한다.

고수 오늘은 다들 예고 없이 등장하는군요.

경리 선주님, 큰일 났습니다!

선주 무슨 일인가?

경리 오늘 출항하는 줄 알고 모였던 뱃사람들이 실망해서 술을 마시더니, 마침내는 부두가 온통 싸움판이 됐습니다!

선주 나에게 해야 할 분풀이를 서로 하고 있군.

경리	제가 말리려 했지만 역부족입니다.
선주	(가슴을 움켜잡고 고통스럽게 일어서며) 자, 어서 가세.
고수	선주님이 싸움판에 가시면 위험하지 않을까요?
선주	내가 가야 진정할 거네.
고수	조심하십시오, 몸도 편찮으신데…….
선주	(고수에게) 나 없는 동안 자네가 마마를 잘 모시고 있게!
고수	네. (북을 친다.) 선주, 경리, 퇴장이오!

선주와 경리, 퇴장한다. 사이. 간난, 주춤주춤 일어나서 방 밖으로 나온다. 잠이 덜 깬 듯한 표정으로 고수에게 묻는다.

간난	지금이…… 아침이요, 저녁이요?
고수	저녁입니다.
간난	(툇마루에 앉는다.) 내가 낮잠을 잤구려. 영생인가 뭔가…… 지난 밤 그 부질없는 꿈 때문에 잠 못 잤더니…….
고수	고단하신지 살짝 코를 고셨습니다.
간난	코도 골았다……?
고수	네, 마마.
간난	참 아쉽게 됐소. 자는 체 하고 있다가, 지키는 사람 없으면 달아나려 했는데…….
고수	정말이십니까?
간난	정말이면 나를 놓아 주겠소?

고수, 곤란한 듯 침묵한다.

간난	괜히 해본 말이요. 뒤뜰에서 목욕할 때 살펴봤더니, 이 집

담장이 어찌나 높은지, 날개 달린 새가 아니면 도저히 넘어가지 못할 것 같습니다.

고수 담장은 높고, 대문은 닫혀 있고, 지키는 하인들도 많지요.

까마귀 한 마리가 하늘을 날아가며 까악 운다. 간난, 하늘을 올려보다가 고개를 숙인다.

간난 나는 곧 죽을 제물이요. 사는 것은 생각해야 소용없으니, 오직 죽는 것만 생각하오. (사이) 생각하면 생각할수록…… 제물 되어 죽는 것이…… 억울하지는 않소. (사이) 아무 쓸모없이 죽는다면 억울하겠지만…… 내 죽음이 쓸모 있다면…… 정말 억울한 건 아니라는 생각이오. (고개 들고 고수를 바라보며) 내 말이 틀렸소?

고수 글쎄요…….

간난 우리 이젠 재미난 책이나 읽읍시다.

고수 네……?

간난 (툇마루에 있는 〈심청전〉을 집어 들며) 심청이 나오는 책.

고수 마마, 어디를 읽을까요?

간난 어디가…… 좋겠소?

고수 마마께서 정하십시오.

간난 (책을 여기저기 펼쳐보다가 내려놓는다.) 난 아무리 봐도 모르겠소. 하얀 건 종이, 까만 건 글자…… 나에게 글자를 가르쳐 주오.

고수 (당혹스런 표정으로) 글자를요……?

간난 한문은 어려워 못 배울 테고, 언문은 쉽다하니 배우고 싶소.

고수	(침묵)
간난	내가 살면 얼마나 살겠소?
고수	(침묵)
간난	단 한순간도 그냥 보내기가 아깝소!
고수	(침묵)
간난	더구나 오늘은 낮잠을 오래 잤소!
고수	네, 알겠습니다.

고수, 한지와 붓과 벼루를 들고 가서 간난이 앞에 놓는다.

고수	먼저 종이를 편편하게 펼치신 다음…….
간난	펼친 다음…….
고수	붓은 이렇게 잡으시고…….
간난	이렇게 잡고…….
고수	벼루의 먹물을 듬뿍 묻혀서…….
간난	먹물 듬뿍 묻혀서…….
고수	우선 가갸거겨를 가르쳐 드립니다. 한 자씩 종이에 따라 쓰십시오.

고수, 툇마루 바닥에 손가락으로 가 갸 거 겨를 쓴다. 간난, 글자 모양을 보면서 종이에 붓으로 따라 쓴다.

고수	가
간난	가
고수	갸
간난	갸

고수	거
간난	거
고수	겨
간난	아니요. (쓴 종이를 버리고 새 종이를 펼친다.) 박간난, 나는 내 이름 쓰는 것부터 배우고 싶소!
고수	알겠습니다.

고수, 한 자씩 부르면서 글자를 써 보인다., 간난, 따라 부르며 종이에 한 자씩 큼직하게 쓴다. 글씨가 삐뚤빼뚤하다.

간난	내가 뭐라고 썼소?
고수	박, 간, 난, 이라고 쓰셨습니다.
간난	죽기 전에 꼭 이루고 싶은 소원이었소!

간난, 마당으로 내려와 자기 이름을 쓴 종이를 높이 들고 가슴 벅찬 듯 외친다.

간난	보아라, 세상 사람들아! 나도 내 이름을 쓸 줄 안다! 박간난, 이게 내 이름이다! 내가 내 이름을 썼다!

고수, 북을 친다. 간난, 기뻐하며 덩실덩실 춤을 추더니, 이름 쓴 종이를 소중하게 접어 저고리 안쪽에 집어넣는다. 무대 조명 암전한다. 침묵. 조명 서서히 밝는다. 간난, 방안에 누워 있다. 삼남, 등장한다. 커다란 자개함을 띠로 묶어 어깨에 짊어졌다.

고수	(북을 치며) 막내 아드님 등장이오!

삼남	아버님은 어디 계신가?
고수	안채에 계십니다.
삼남	아침 해 떴는데 안채에 계시다니…….
고수	요즘 건강이 안 좋으십니다.
삼남	어서 별채로 오시라고 북을 치게!
고수	(북을 치며) 선주님 등장이오!

선주, 등장한다.

삼남	아버님, 이걸 좀 보십시오!
선주	네가 갖고 온 것이 뭐냐?
삼남	왕비 옷입니다.
선주	왕비 옷?
삼남	색깔과 모양이 매우 화려한 옷이지요. 그리고 왕비가 머리에 장식용으로 쓰는 보석 달린 가채도 가져 왔습니다.

삼남, 어깨에 짊어진 자개함을 내려놓는다.

삼남	하지만 함을 열기 전에 먼저 책부터 읽어야 합니다. (고수에게) 〈심청전〉 어디 있는가?
고수	엊저녁 마마께서 갖고 계셨습니다.

삼남, 툇마루에 다가가서 방안을 바라본다.

삼남	이런, 아직도 잠을 주무시나……?
간난	(툇마루에 나와 앉는다.)

삼남   (공손히 읍하며) 마마, 밤새 안녕하십니까?

간난   거참 부지런하구려, 아침부터 책을 읽어주겠다니.

간난, 툇마루에 놓인 〈심청전〉을 들어서 삼남에게 준다.

간난   선주도 이리 오시오. 함께 들읍시다.

선주   소인은⋯⋯.

간난   어서 와서 앉으시오!

선주   네, 마마⋯⋯ (툇마루 끝에 걸터앉는다.) 넌 공손히 무릎 꿇고 앉아 읽어라.

삼남   그러지요. (툇마루 아래 무릎 꿇고 앉아서 〈심청전〉을 펼쳐든다.) 제가 읽을 장면은 아주 슬프고 슬퍼서 눈물 납니다. 심청이 인당수로 떠나기 전날 밤에 죽은 어머니 무덤을 찾아가는데⋯⋯ 들으면 들을수록 눈물이 쏟아질 테니, 손수건을 미리 꺼내셔야 합니다.

선주   안 된다. 마마를 슬프게 하지 말라!

삼남   아버님, 제 방식에 맡겨 주십시오.

간난   난 괜찮소.

선주   마마⋯⋯.

간난   손수건도 꺼냈으니 읽구려.

삼남   (고수에게) 자넨 북 치고 추임새를 넣게!

삼남, 청승맞게 구슬픈 목소리로 읽는다. 고수, 북을 친다.

삼남   달 밝고 깊은 밤, 심청이 밥 한 그릇 정히 지어 막걸리 한 병과 나물 한 접시 들고 모친 산소 찾아 간다. 산소 앞에 음식 차려 놓고 서럽게 울며 하는 말에, 노루 울고 토끼 울고 산새 울고, 온갖 짐승이며 초목들이 따라 운다. "애고 어머니, 애고 어머니, 나를 낳아 무엇 하시려고 열 달을 배 속에 넣고 그 고생 다 하셨소. 해산 고통은 그 얼마나 극심하셨으며, 낳은 자식 얼굴도 못 보고 돌아가셨으니 그 마음은 얼마나 애통하셨소. 어머니 죽어 목숨 얻은 제가 어머니 제사만은 꼬박꼬박 챙겨드리고, 무덤에 돋는 풀은 제 손으로 베어내려 하였으나 이제는 할 수 없게 되었소. 애고 어머니! 애고 어머니! 애고 불쌍한 우리 어머니, 제삿날이 돌아온들 그 누가 밥 한 그릇 챙겨 드리며, 무덤을 덮은 풀은 또 그 누가 벌초하리. 죽어서 혼이라도 어머니를 만나고 싶으나 제가 어머니 얼굴을 본 적 없고, 어머니 역시 제 얼굴 보지 못 했으니, 우리가 서로 만나도 모녀인 줄 어찌 알리오. 애고, 애고, 이 못난 딸 마지막 차린 밥이나 한 그릇 흠향해 주옵소서." 심청이 어머니 무덤에 엎드려 네 번 절하고 하직한 후 집으로 돌아와서 방문 열고 들어가니, 심봉사는 깊은 잠이 들었구나. 심청이 등잔불 밝혀 들고 아버지 얼굴 바라보며 탄식한다. "내 팔자가 기구하다. 나를 낳은 어머니 얼굴을 한 번도 보지 못하고, 나를 기른 아버지 은덕은 갚지도 못한 채 죽어야 하니 이를 어찌 할꼬." 심청의 설움 벅차올라 실컷 울고 싶으나, 아버지 잠을 깰까 큰소리로 울 수 없어 눈물만 줄줄이 흘리는데, 저 멀리 야속한 새벽닭이 우는구나! "애고 어머니! 애고, 어머니!"

삼남, 책 읽기를 마치고 일어나서 간난을 바라본다. 간난은 손수건으로 흐르는 눈물을 닦는다.

삼남 마마도 어머니가 보고 싶습니까?

간난 그렇소…….

삼남 울어요, 울어. 그럴 때는 마음 놓고 실컷 울어야 합니다!

간난 (흐느껴 운다.) 어머니…….

선주 (일어나 읍하며) 마마, 울지 마십시오.

간난 애고…… 어머니…… 보고 싶은 우리 어머니…… 심청이
는 얼굴 모르는 어머니를 못 만나 슬프지만…… 난……
나는…… 어머니 얼굴 알면서도 만나지 못해 더 슬프오!

선주 (삼남에게) 넌 어쩌자고 이런 짓을 하느냐?

삼남 (울먹이는 목소리로 말한다.) 저 역시 돌아가신 어머님이……
그립습니다. 어머님은 이 막내아들을 가장 사랑하셨지요!

선주 이상하구나. 평소에는 그런 말 않더니…….

삼남 아버님, 저도 사람입니다. 말을 않는다고 어찌 마음속에
그리움이 없겠습니까? 인생이란 참 슬프고 허무합니다.

선주 그만 해라. 너 때문에 마마께서 울음을 멈추지 못 하신다.

간난, 계속 흐느껴 운다.

삼남 하지만 마마는 다행이십니다. 이 세상엔 평생을 비참하게
살다가 죽는 사람이 많은데, 마마는 그래도 행복하게 왕
비로 살다가 죽습니다.

간난 난 왕비로 산 적 없소.

삼남 없다니요? 마마, 마마, 하면서 왕비 대접해 드린 지가 보
름이 지났고, 그것도 모자라 사흘을 더 연장했습니다. 오

늘은 왕비 옷까지 입혀 드릴 테니, 더 이상 연장할 욕심은 갖지 마십시오. (고수에게) 자네, 뭐 하는가? 어서 마마께 입혀 드리세!

삼남, 자개함을 열어서 왕비의 대례복 적의(翟衣)와 금은보화로 장식된 가채 머리 대수(大首)를 꺼낸다. 간난, 울음을 멈추고 놀란 표정으로 그것을 바라보더니 마당으로 내려온다. 삼남과 고수는 간난에게 적의를 입히고 대수를 씌워준다. 간난, 몹시 기뻐한다.

간난 왕비는 어떻게 걸어야 하는 거요?
삼남 마마, 마음대로 걸으십시오!
간난 마음대로 걸어라……?
삼남 왕비가 걷는데 누가 감히 시비를 걸겠습니까?

간난, 으스대며 이리 걷고 저리 걷는다.

삼남 마마, 다시 한 번 말씀 드립니다. 왕비의 행복을 만끽하십시오. 슬프고 괴로운 인생에서, 이런 최상의 행복은 결코 흔치 않습니다.
간난 고맙소, 고마워!
삼남 진심으로 고맙습니까?
간난 진심이오!
삼남 그럼 그 고마움에 반드시 보답하셔야 합니다!
간난 알겠소!
삼남 (신나서) 저는 그 말 믿고 갑니다. 내일 새벽닭이 울면, 마마를 모시러 오겠습니다.

삼남, 자개함을 어깨에 짊어지고 나간다.

고수   (북을 치며) 막내 아드님 퇴장이오!

간난   (신나서 걷다가 멈춘다.) 아무래도 이건 왕비의 걸음 같지 않
        구려.

선주   마마…….

간난   정말 왕비처럼 걷는 법을 가르쳐 주오!

선주   마마…….

간난   난 배우고 싶소!

선주   왕비처럼 걷는다고 왕비가 되는 것은 아닙니다.

간난   그럼 어떻게 해야 왕비가 되오?

선주   마음이지요.

간난   마음대로 해라, 그래서 했는데, 또 마음이오?

선주   왕비는 국모, 나라의 어머니십니다. 만백성을 불쌍히 여
        기시고, 따뜻하게 보살피는 마음을 가지셔야 왕비라고 할
        수 있습니다.

간난   왕비의 마음……?

선주   마마께서는 누구를 가장 불쌍히 여기십니까?

간난   우리 어머니요. (울먹인다.) 우리 오빠, 언니, 동생들…… 그
        많은 자식들을 기르시느라 온갖 고생 다 하셨소.

선주   (읍하며) 여기, 불쌍한 백성이 있습니다. 마마께선 어머니
        를 대하는 마음으로 걸어오십시오.

간난, 선주가 서 있는 곳으로 한 걸음 한 걸음 걸어간다.

선주   마마, 아까보다는 걷는 태가 좋으십니다. 하지만 아직도

왕비답지는 않습니다.

간난 　그건 왜 그렇소?

선주 　마마의 얼굴에 슬픔이 가득할 뿐, 어머니를 만난 반가움과 기쁨은 없습니다.

간난 　알았소. 다시 할 테요.

간난, 원위치로 돌아간다. 간난은 선주를 향해 다시 걸어간다.

간난 　이젠 왕비 같소?

선주 　마마…… 황송하오나…….

간난 　어서 말하구려!

선주 　처음엔 반갑게 웃으시더니…… 한 걸음, 한 걸음, 다가오실수록 미간을 찌푸리고 노여워하십니다.

간난 　난 화가 나오!

선주 　마마…….

간난 　처음 걸을 땐 어머니를 생각했는데, 점점 가까워질수록 아버지가 생각났소!

선주 　마마, 화내시면 왕비답지 않습니다.

간난 　나는 아버지가 싫소!

선주 　마마…….

간난 　아버지를 평생도록 감옥살이 시킬 테요!

선주 　감옥살이요……?

간난 　하루에 열 대씩 곤장을 때리고, 밥은 겨우 한 끼, 반찬은 오직 소금만 주겠소!

선주 　마마…… 아버지를 용서하십시오.

간난 　아냐! 난 절대 용서 못해!

선주	이미 말씀 드렸지만, 왕비는 국모십니다. 그 어떤 사람도 불쌍히 여기시고 너그러운 마음으로 대하셔야 합니다.
간난	선주는 우리 아버지를 몰라! 매일매일 술 먹고, 놀음하고, 오입질하고, 어머니와 자식들을 때리고, 그것마저 부족해 나를 팔았소!
선주	(간난 앞에 무릎 꿇고 엎드린다.) 마마의 아버지는 마마를 팔았고, 소인은 마마를 샀습니다. 둘 다 똑같이 나쁜 인간입니다. 마마께 간절히 빕니다. 부디 저희를 용서해 주십시오.
간난	미치겠네, 미쳐!
선주	마마…….
간난	내가 미치겠다구!
선주	왕비는 만백성의 어머니십니다.
간난	(간난, 먼 곳을 향해 부르짖는다.) 아버지!
선주	마마…….
간난	아버지! (흐느끼며) 아버지! (사이) 내가 아버지 용서했소! 평생 감옥에 집어넣고, 밥은 하루 한 끼, 반찬은 소금만 먹이고, 몹쓸 행실 고치도록 곤장치고 싶었는데, 선주 용서하느라 아버지도 용서하였소!
선주	감사합니다, 마마…….
간난	(주저앉으며) 이젠 힘이 빠져 못 서 있겠소. (사이) 그런데 어떠하오? 내 앉은 모습이 왕비 같소?
선주	(앉아서 읍하며) 마마는 진정한 왕비십니다.

간난, 가채머리 대수를 벗어놓고 목을 어루만진다.

| 간난 | 머리가 무거워서 목 부러지는 줄 알았소. |

간난, 대례복을 벗는다.

간난 이런 거창한 옷을 입고 답답해 어찌 살까…… 어휴, 훌훌 벗었더니 홀가분하네!

간난, 품 안에서 접힌 종이를 꺼내서 펼치더니 선주에게 다가가 보여준다.

간난 박간난. 내가 쓴 내 이름이오!
선주 (자세를 고쳐 앉으며 글자를 바라본다.) 잘 쓰셨습니다.
간난 (펼친 종이를 들고 웃는다.) 나는 왕비로 사느니, 하루를 살아도 간난이로 사는 것이 좋겠소!

간난, 종이를 곱게 접어 품 안에 넣는다. 선주, 고개를 숙이고 한숨 쉰다. 무대 조명, 서서히 어두워진다. 고수, 어둠 속에서 구음을 하며 북을 연주한다. 사이. 한 줄기 조명이 마당의 멍석을 비춘다. 선주, 술병과 술잔이 놓인 소반 앞에 혼자 앉아 술을 마신다. 경리가 등장한다. 고수, 구음과 북 장단을 멈춘다.

고수 경리 등장이오!
경리 선주님, 죄송합니다. 아침에 일찍 오지 못하고, 늦은 밤이 되어서야 왔습니다.
선주 괜찮네.
경리 오늘은 할 일이 많았습니다. (선주 옆에 앉아서 장부들을 펼쳐 놓으며) 먼저 교체한 뱃사람들 명단입니다. 어제 패싸움에 다친 사람, 출항을 주저하는 사람, 마흔두 명을 바꿨습니다.

선주 마흔둘이나 바꿨다…… 너무 심한 것 아닌가?

경리 기강을 바로잡으려면 채찍이 필요합니다. 그리고 당근도 주겠다고 약속했지요.

선주 당근이라니?

경리 사흘 늦게 출항하지만 원래 도착할 날짜에 닿으면, 선주 님께서 상여금을 더 주실 것이라고 했습니다. 늦어져서 손해나는 것보다는, 그렇게 상여금을 줘서 열심히 노를 저어 정한 날에 가도록 하는 것이 이익이지요.

선주 음…….

경리 선주님, 다음 장부를 보십시오.

선주 이건 무엇인가?

경리 사흘간 출항이 연기되면서 발생한 경비입니다. 각각 항목 별로 쓴 금액을 상세히 기입했습니다. 부둣가에 머문 뱃 사람들의 밥값과 술값은 물론, 둘째 아드님의 연꽃 값, 셋 째 아드님의 왕비옷 값도 포함되어 있습니다.

선주 자넨 빈틈없는 사람일세.

경리 감사합니다.

선주 자, 이리 가까이 오게나. 한 잔 하게.

경리, 소반 앞으로 다가와서 앉는다.

경리 제가 선주님께 술을 올리겠습니다.

선주 내가 먼저 줌세.

선주, 잔에 술을 부어 경리에게 준다. 경리, 고개를 돌리고 마신다.

선주 자네, 오늘 밤 마마와 함께 이곳을 떠나게.

경리 네……?

선주 날랜 제주마를 타고 아주 멀리 가게. 바다의 반대쪽, 멀리 멀리 가서, 마마와 부부 되어 오순도순 행복하게 살게나. 내가 그 살림 밑천은 넉넉히 준비했네.

경리 선주님…… 제주마들은 모두 다시 배에 실었습니다.

선주 말이 없다면 걸어서라도 가게.

경리 (침묵)

선주 마마는 참 매력 있지. 심지가 굳고, 지혜롭고, 어여쁘네. 총명하고 성실한 자네와 잘 어울리는 한 쌍일세.

경리 (선주에게 읍하며) 선주님…… 솔직히 말씀 드리지요. 저 역시…… 마마를 보면 가슴이 두근거립니다.

선주 그럼 잘 됐네.

경리 하지만 저는…… 여자보다도 더 사랑하는 것이 있습니다.

선주 더 사랑하는 것……?

경리 네, 바로 제가 하는 경리 일입니다. 나간 돈과 들어온 돈을 정확히 계산하고, 팔 물건과 산 물건을 구분하여 장부에 적으면서, 저는 점점 늘어나는 재산에 큰 보람과 기쁨을 느낍니다.

선주 자네 재산이 아닌데, 정말 보람과 기쁨이 있는가?

경리 누구의 재산이냐는 저에게 중요하지 않습니다. 재산의 규모가 중요하지요. 다행하게도 선주님은 저를 신뢰하셔서, 중국과 교역하는 대규모 사업의 경리 일을 맡기셨습니다. 저는 그것으로 족합니다.

선주 (침묵)

경리 그리고 선주님, 걱정 마십시오. 아드님 중에서 누가 사업을 이어받든지 제가 경리 일을 하는 한 사업은 번창할 것입니다.

선주　알겠네. 그만 가보게.

경리　내일은 새벽 일찍 부두로 가겠습니다.

고수　(북을 친다.) 경리 퇴장이오!

경리, 일어선다. 간난, 오른쪽에서 들어온다. 경리와 간난의 시선이 마주친다. 간난은 방으로 들어가 않는다. 하얀 소복을 입고 흰 댕기를 맨 모습이다. 멈춰 섰던 경리, 퇴장한다. 선주, 잔에 술을 따라 마신다.

고수　오늘 밤 잠 못 이루는 사람이 많겠군요.

선주　음…….

선주, 술을 또 한잔 따른다.

선주　중국제 고량주라네. 불을 붙이면 새파랗게 타오르지.

고수　경리가 괘씸하신가요?

선주　경리에게 화난 것 아닐세. 야반도주를 못하는 나 자신에게 화가 났네. (술을 마신다.) 야반도주를 처음 생각한 건 젊은 때였네. 그때 만난 마마가…… 작은 몸매에 큰 눈망울이…… 꼭 어린 송아지 같았어. 도살장의 백정도 그런 송아지는 차마 죽이지 못해 돌려보낼 것 같고…….

고수　그래서요……?

선주　단순한 동정인가, 운명적인 사랑인가…… 어린 송아지처럼 보이던 마마가 점점 매력 있는 여자로 보여서 고민하였고…… 한밤중에 함께 달아나 멀리 가서 살고 싶었는데…… 실행하지는 않았네.

고수　왜요?

선주　젊은 때는 그런 일이 많을 줄 알았지. 지금은 늙어서 그런 일이 생겨도 못 하네.

선주, 잔에 술을 따르지만 더 이상 나오지 않는다. 선주는 술병을 들고 흔든다.

선주　이젠 술병이 텅 비었군.

간난, 툇마루로 나와서 앉는다.

간난　여기, 어둡소. 불 좀 켜 주시오!

무대 조명 밝는다. 선주, 일어나서 간난 앞으로 다가간다.

간난　밤이 참 지루하게 길구려.

선주　네, 마마…….

간난　(툇마루에 놓인 〈심청전〉을 들어서 선주에게 주며) 여기 앉아서 이 책 좀 읽어주오.

선주　마마, 소인의 눈이 침침해서…….

간난　직접 책을 쓴 선주가 읽는 것을 듣고 싶소.

선주　정녕 그러시면…… 더듬더듬 읽어는 보겠습니다만…….

간난　고맙소.

선주　(툇마루 끝에 걸터앉으며) 어느 대목을 읽을까요?

간난   심청이 배에서 뛰어내리는 장면이요.

선주   마마…….

간난   어서 읽어주오.

선주, 〈심청전〉을 펼쳐 들고 간난이 원하는 대목을 더듬더듬 읽기 시작한다.

선주   심청을 제물로 실은 배가 인당수에 당도하니…… 성난 풍랑이 굶주린 맹수처럼 몰려든다…… 으르렁 으르렁 울부짖는 바람소리, 배고프다 어서 먹을 것 달라 날뛰는 파도들이…… 뱃전을 탕탕 치니, 심청 깜짝 놀라 뒤로 퍽 주저앉아 대성통곡하는구나. "애고, 애고, 이 물에 빠지면 시신도 못 찾겠네!"(고개를 들어 간난을 쳐다본다. 간난은 미동도 하지 않는다.) 심청이 통곡하다가 다시금 일어나서…… 바람맞은 병신같이 이리 비틀 저리 비틀…… 치마폭을 끌어올려 머리에 뒤집어쓰고, 앞니를 바드득 물고는 "애고, 나 죽네!"(고개를 들어 다시 간난을 쳐다본다. 간난은 어서 읽으라는 손짓을 한다.) 심청이 비명을 바락바락 지르다가…… 뱃전 아래로 뛰어들었다 하되, 그래서야 어찌 용왕님 만족하실 제물이 될 수 있나…… 심청 두 손 합장하고 정성껏 비는 말이 "앞 못 보는 아버지 눈 뜨도록 제 목숨을 바치오니, 캄캄한 눈 환히 떠서 밝은 세상 보게 하소서." 심청이 빌기를 다한 후에…… 뱃머리에 우뚝 서서 만경창파를 제 집 안방으로 알고 웃으며 풍당 빠지니, 순식간에 바람이 삭아지고 파도가 고요하다…… 뱃사람들이 고사 지낸 술과 고기를 나눠 먹고 돛을 높게 올려 중국 남경으로 향하더라…….

선주, 〈심청전〉 읽기를 마치고 마당에 내려서서 간난을 바라본다.

간난   나는 두렵소. 바다의 파도가 굶주린 맹수 같다니…….

선주   소인이 닫힌 대문을 열겠습니다.

간난   대문을……?

선주   마마께선 어디든지 가고 싶은 곳으로 가십시오. 미리 금은
       보화도 챙겨 놓았습니다. 마마, 서둘러 떠나셔야 합니다.

간난   난 죽을 곳은 있는데…… 살 곳이 없구려.

선주   어찌 그런 말씀을 하십니까? 부모 계신 고향도 있고, 이
       넓은 세상에 사실 곳은 아주 많습니다.

간난   세끼 밥 먹고…… 낮엔 일하고…… 밤에는 잠자고……
       어떤 남자의 아내 되어 자식 낳아 기르고…… 그렇게 살
       곳은 많을 것이오. 하지만 내가 꼭 죽어야할 곳은…… 인
       당수 말고 또 어디 있겠소?

선주   마마…….

간난   지금 두렵다고 죽을 곳을 피했다가…… 엉뚱한 곳에
       서…… 아무 뜻도 없이 허망하게 죽는다면…….

선주   마마, 그건 나중에 생각하셔도 될 일입니다.

간난   나중에 생각했다가는 너무 늦소!

선주   (침묵)

간난   심청이 제물 되어 죽은 곳에서, 나도 제물 되어 죽을 테
       요. 심청이 두려워 떨던 곳에서, 나도 두려워 떨고…… 심
       청이 웃으며 뛰어내린 곳에서…… 나도 웃으며 뛰어내리
       겠소. 그런데 심청은 눈 먼 아버지의 눈 뜨기를 빌며 죽었

지만, 내 아버지는 눈 뜬 사람이니…… 나는 무엇을 위해 빌어야 할까…… 열다섯 척 뱃사람들이 모두 무사하기를 빌며 죽겠소.

선주 (무릎 꿇고 앉는다.) 마마…….

간난 그동안 고마웠소. 선주는 나에게 진심 아닌 때가 없었고, 정성 아닌 것이 없었소.

선주 황송합니다, 마마…….

간난 선주의 아드님들도 고맙기는 마찬가지요. 나를 심청이보다 효녀라고 치켜세웠고, 죽은 다음 영생이 있다는 황홀한 꿈을 꾸게 했으며, 왕비옷을 입혀 굉장한 행복을 맛보게 했소. (고수를 향해) 나에게 글자를 가르쳐 주어서 고맙구려.

고수 별말씀을…….

간난 내 이름을 내 가슴에 품고 가오.

고수 (북을 친다.) 새벽닭이 웁니다!

선주 (일어나며) 마마, 소인이 마지막 작별인사 드립니다.

선주, 뒷걸음으로 물러나 간난에게 엎드려 두 번 큰 절을 한다.

간난 나 때문에…… 사흘이나 늦어 미안하오.

선주 아닙니다, 마마.

간난 부디 건강하시오.

선주 소인이 어찌 더 살기를 바라겠습니까? 다만 간절한 소원이 있습니다.

간난 무슨 소원이요?

선주 소인 역시 마마와 같은 날, 같은 시각에 죽고 싶습니다.

간난	알겠소, 선주 마음은.
선주	마마께서 바다에 뛰어내리실 때, 소인을 기억해 주십시오.
간난	난 잊지 않으리다.
선주	감사합니다, 마마…….

간난, 일어선다. 고수, 북을 친다. 선주의 아들 삼형제 등장한다.

고수	선주의 아드님들 등장이오!
삼형제	아버님, 저희가 제물을 데리러 왔습니다!
장남	제물은 어서 일어나오!
차남	부두에서 배들이 기다리오!
삼남	못 간다 버티면 우리가 강제로 끌고 가겠소!
선주	너희는 재촉 말아라! 재촉 안 해도 마마께선 나가신다!

간난, 일어선다. 고수, 북을 두드린다. 간난 앞장서서 걸어간다. 선주의 아들 삼형제, 간난 뒤를 따라 나간다. 북소리 그친다.

고수	마마, 퇴장이오!

선주, 말없이 마당을 서성거리다가 툇마루에 가서 앉는다. 사이. 선주는 간난이 앉아 있던 자리를 손으로 쓰다듬는다.

선주	마마 떠나시니…… 적막하네…….
고수	그렇군요.
선주	바로 이곳인가?
고수	네?

선주   내가 죽을 곳…… 내 발밑이…… 텅 빈 허공으로 보여…….

고수   몹시 피곤하면 헛것이 보입니다.

선주, 가슴을 움켜잡고 웅크린다.

고수   선주님, 안채에 가셔서 쉬십시오!

선주, 툇마루 끝에 올라가 서서 아래를 내려다본다.

선주   난 기다리고 있네.

고수   무엇을요?

선주   저 허공 밑으로 떨어질 때를…….

고수   선주님…….

선주   (주저앉았다가 다시 일어선다.) 곧 그때인데 일어나 있으라는군.

고수   누가요?

선주   자넨 안 보이나? 바로 나의 등 뒤에 내가 서 있네. 이제 손을 뻗어 나를 밀면…… 나는…… 떨어지네…… 도저히 알 수 없군. 저 허공 밑에 무엇이 있을지…….

선주, 비틀거리다가 주저앉는다.

선주   밀었어, 등을…….

선주, 툇마루 끝을 붙잡고 엎드린다.

선주 더 밀면…… 난 붙잡을 데가 없어…….

고수 선주님, 단단히 버티셔야 합니다!

선주, 몸부림친다.

선주 이런 꼴 보여 민망하네…… 의젓하게…… 웃으면서……
뛰어내리고 싶었는데…….

고수 지금은 안 됩니다! 마마 타신 배가 인당수에 도착하려면
멀었어요! 마마께서 뛰어내리실 때, 선주님도 뛰어내리
겠다, 그때까지 며칠만 멈춰 달라 하십시오!

선주 그럼 얼마나 좋겠는가…… (고개를 돌려 뒤를 바라본다.) 나
를 떠미는 내 얼굴이…… 잠시도 멈출 표정 아니네……
그리고 다시…… 힘껏 떠밀어…… 나는 떨어지네…… 저
허공 밑으로…….

선주, 툇마루에서 마당 아래로 쓰러진다.

고수 (북을 친다.) 선주, 죽음이오!

고수, 북을 계속 두드린다. 저 멀리서 바람 소리, 파도 소리, 간난
의 구음 소리가 뒤섞여 점점 크게 들려온다. 무대 조명, 서서히 암
전한다.

– 막 –

어둠상자

• 등장인물
1인 1역
김규진
김석연
김만우
김기태
윤혜영
강윤아

1인 다역
고종황제, 시종무관, 시녀, 앨리스 루즈벨트, 의장병, 이등박문, 독일공사, 독일공사 부인, 상복 입은 백성들
장상일, 조원재, 오길남, 하세가와, 연주회 사회자, 윤인부, 하나코, 밤거리 사람들
행정장교, 군의관, 이 병장, 최 상병, 미군 연대장, 통역병, 토마스 신부, 포주, 육군 소장, 육군 중령, 우편배달부
전광보, 박지열, 이도준, 한민수, 현대 미술관 관장, 관광 가이드, 관광객들

보조 역
악사들
가수

• 때
1905년부터 2012년까지

• 일러두기
무대는 빈 공간. 좌우 벽과 천정은 대형 사진기의 내부를 연상케 하는 주름막 형태이며, 무대 후면 바닥의 계단도 주름막 형태이다. 무대 후면 중앙에 자동문이 있다. 그 문은 사진기 셔터처럼 열렸다가 찰칵 소리와 함께 닫힌다. 몇몇 중요한 장면에

서 자동문으로 등퇴장하는 인물이 있다. 그러나 대부분의 장면들은 인물들이 무대 좌우로 들어왔다가 나간다.

이 연극은 장면의 끝과 다음 장면의 시작을 겹쳐서 빠르게 진행한다. 등장인물들은 장면에 따라 필요한 책상, 의자, 첼로, 부스, 벤치, 전시대 등을 무대로 옮겨 와서 사용한 다음 곧 무대 밖으로 옮긴다. 악사들과 가수는 관객석 앞에 자리 잡는다. 악사들의 인원 및 악기 구성은, 공연 장소가 협소하면 기타와 드럼으로 간단히 구성하고, 넓으면 악기들을 추가 편성한다. 가수도 1명, 또는 여러 명일 수 있다.

이 연극의 각 장면에는 연월일 날짜가 있다. 공연할 때 무대 후면 벽에 잠시 영상으로 날짜를 비춘다. 그러나 연출가의 판단에 의해 꼭 필요한 날짜만 남기고 그렇지 않은 날짜는 삭제해도 된다. 1막, 2막, 3막, 4막, 막 표기와 인물 이름, 출생 및 사망 연월일은 반드시 나타내야 한다.

프롤로그

악사들, 공연 시작의 음악을 연주한다. 김규진, 김석연, 김만우, 김기태, 찰칵 소리와 함께 한 명씩 자동문으로 등장. 그들은 무대 한 가운데 나란히 선다. 그들 중에 가장 연장자는 50대 중년 김규진이며, 가장 연소자는 20대 청년 김기태이다. 김석연과 김만우는 30대 혹은 40대로서 나이 차이가 크지 않다. 네 명의 등장인물, 관객들에게 말한다.

김기태 관객 여러분, 이 연극은 우리 집안의 4대에 걸친 가족사입니다.

김석연 햇수로는 107년간, 1905년에 시작해서 2012년에 끝납니다.

김기태   너무 길고 지루한 연극이죠. 관객 여러분은 마음 편히 주무셔도 좋고, 지루하면 극장 밖으로 나가셔도 좋습니다.

김규진   쓸데없는 말 하지 마라!

김기태   (김규진과 김만우를 가리키며) 나의 증조할아버지와 할아버지십니다.

김규진   (한 걸음 관객 앞으로 나온다.) 대한제국의 황실 사진사 김규진이오. 고종황제께서는 나를 육손 경이라고 부르셨소.

김석연   (한 걸음 관객 앞으로 나온다.) 내 이름은 김석연입니다. 나는 아버지의 유언을 지키지 못해 극심한 우울증을 앓다가……

김규진   석연아, 그건 나중에 말해도 된다.

김석연   네……

김기태   (김만우에게) 다음은 아버지.

김만우   (한 걸음 앞으로 나온다.) 김만우입니다. (오른손 손가락들을 펼쳐 보이며) 할아버지 별칭은 육손 경, 내 별명은 식스 핑거스. 손가락이 여섯 개, 우리 집안의 유전이지요.

김기태   나는 증조할아버지의 증손, 할아버지의 손자, 아버지의 아들이죠. 이름은 김기태입니다.

김규진   자, 그럼 어서 시작하자!

석연,만우,기태   네!

네 명의 등장인물, 무대 왼쪽으로 퇴장한다.

1막
김규진(1868-1933)

1905년 7월 20일
경운궁 중명전. 시종무관, 등장. 그는 의자를 들고 와서 중명전 테라스에 놓는다. 밝은 햇빛이 기다란 테라스를 환하게 비춘다.

시종무관 육손 경은 어디에 계십니까?
김규진 (소리) 여기 있소!
시종무관 폐하께서 육손 경에게 사진 촬영을 명하셨습니다!
김규진 (소리) 나를 좀 도와주오!

시종무관, 퇴장. 잠시 후 김규진과 시종무관 등장. 그들은 커다란 상자 모양의 사진기와 삼각대를 들고 온다.

시종무관 굉장히 무겁군요!
김규진 이 사진기가 얼마나 비싼지 아오?
시종무관 글쎄요…….
김규진 기와집 열두 채 값이라오.
시종무관 아, 그렇습니까!

그들은 의자 앞쪽에 삼각대를 펼치고 사진기를 올려 놓는다. 김규진, 사진기의 뒤에 달린 차광포로 상반신을 덮고 의자에 렌즈의 방향과 초점을 맞춘다.

김규진 의자를 조금 이쪽으로 옮겨주오.

시종무관   네.

시종무관, 의자를 옮겨 놓는다.

김규진   약간만 더…… 이젠 초점이 맞았소.
시종무관   폐하께 촬영 준비가 됐다고 아뢰겠습니다.

시종무관, 퇴장. 김규진, 사진기의 차광포를 벗는다. 고종황제, 등장. 황색 곤룡포를 입고, 자주색 익선관을 쓴 차림이다. 시종무관과 커피 잔이 놓인 쟁반을 든 시녀가 고종황제를 뒤따른다.

고종황제   육손 경, 아주 좋은 소식이 있소!
김규진   (허리 굽혀 절한다.) 폐하…….
고종황제   미국 공주가 온다는구려!
김규진   미국 공주라니요……?
고종황제   미국 대통령의 따님, 이름이 앨…… 앨…… 뭐라더라……?
시종무관   앨리스입니다.
고종황제   맞아, 앨리스! 나이는 스물한 살, 아직 결혼 안 한 처녀라오.
김규진   폐하, 믿어지지 않습니다. 아무리 개명한 시대라지만…… 미국 공주가 홀몸으로 어찌 이 먼 곳까지 오겠습니까?
고종황제   짐도 염려하였소. 그런데 미국 공사가 말하기를, 공주는 대규모 아시아 순방외교 사절단과 함께 배를 타고 온다는구려. 제물포 항에 도착해서, 경성으로 올 때, 대대적인 환영을 해야겠소. 황실 전용 열차도 보낼 것이오.

시종무관 폐하, 가배가 식습니다.

고종황제 음…….

고종황제, 시녀가 바치는 커피 잔을 들고 마시면서 말한다.

고종황제 육손 경, 오늘 사진은 매우 중요하오!

김규진 네, 폐하.

고종황제 짐은 생각하고 또 생각했소. 미국 공주에게 어떤 선물을 해야 좋을까…… 비단이나 보석이 좋겠지만, 그런 것은 부자나라 미국에는 흔할 테고…… 문득 떠오른 생각이 짐의 사진이었소. 미국 공주에게 그 사진을 선물하면, 공주는 물론 아버지 대통령도 보지 않겠소?

김규진 분명 그리 할 것입니다.

고종황제 세상에서 가장 강한 나라는 어디요? 미국이요, 미국! 또 세상에서 가장 힘 센 임금은 누구요? 미국 대통령이요, 미국 대통령! 조미통상조약 맺을 때, 미국은 우리를 보호하겠다 굳게 약속하였소! 그런데 육손 경, 경도 알다시피 지금 대한제국은 풍전등화처럼 위태롭구려. 중국도 일본에게 졌고, 로서아도 졌으니, 이제 우리를 일본의 야욕에서 막아줄 나라는 오직 미국뿐이오. 바로 이런 때, 미국 공주가 온다니, 하늘이 주는 기회가 아니고 무엇이겠소! (커피를 마시려다가 멈춘다.) 이런, 잔이 비었군!

시종무관 가배 한 잔 더 가져올까요?

고종황제 (김규진에게) 육손 경도 가배 한 잔 하겠소?

김규진 황송하오나 폐하, 너무 쓴 맛이라 마시지 않겠습니다.

고종황제 짐도 처음엔 그 쓴맛이 싫더니, 이젠 그 쓴맛에 중독되어 자꾸만 마시는구려. (시녀에게 빈 잔을 주며) 가배는 한 잔만 가져오너라.

시녀 폐하, 분부대로 하겠습니다.

시녀, 뒷걸음으로 퇴장한다. 고종황제, 복도 끝으로 걸어간다. 그는 의자에 앉아서 사진 촬영을 위해 익선관을 바르게 고쳐 쓰고 곤룡포 옷깃을 가다듬는다.

김규진 폐하…….

고종황제 어찌 그러오?

김규진 제 생각에는…… 미국 공주와 대통령이 보실 사진이라면, 이곳 중명전보다 더 우람한 석조전이 좋을 듯합니다.

고종황제 육손경 말대로 석조전은 큰 건물이오. 그러나 강대국 미국에는 그보다 더 크고 높은 마천루가 많다 하였소. 짐이 일부러 이곳 소담한 중명전을 택하고, 우리 전통의 고유한 임금 옷을 입은 까닭은, 짐에 대한 그들의 관심을 이끌어서 약속을 지키도록 하기 위함이오.

김규진 송구합니다, 폐하. 폐하의 깊으신 뜻을 헤아리지 못했습니다.

고종황제 사진이 흑백이어서 아쉽소. 천연색이면 더 관심 있게 볼 텐데…….

김규진 폐하, 요즘은 채색 사진이 가능하게 됐습니다.

고종황제 채색 사진……?

김규진 네. 흑백 사진에 색을 칠하는 것이지요.

고종황제 문명의 발전이 놀랍구려!

김규진 폐하께서 원하시는 색채와 칠할 부분을 하명해 주십시오.

고종황제　짐의 곤룡포는 황색, 익선관은 자주색을 칠해 주오!

김규진　네, 폐하.

시녀, 커피 잔을 쟁반에 담아 들고 등장한다.

시종무관　가배 대령입니다.

고종황제　그 잔은 사진 촬영 다음 마시겠네.

시종무관과 시녀, 옆으로 비켜선다. 김규진. 사진기의 뒤로 가서 상반신을 숙이고 차광포로 덮는다.

김규진　폐하, 용안을 너무 숙이셨습니다.

고종황제, 얼굴을 든다.

김규진　조금 더 드십시오.

고종황제　이렇게……?

김규진　네, 이젠 좋습니다.

고종황제　긴장이 되는군.

김규진　폐하, 긴장을 푸십시오. 그리고 부드럽게 미소를 지으셔야 합니다.

고종황제　(미소 짓는다.) 바로 이렇게……?

김규진　좋습니다!

고종황제　(몸을 움직인다.)

김규진　움직이면 아니 되십니다!

고종황제, 부동자세가 된다. 찰칵, 사진기의 셔터 닫히는 소리가 들린다. 무대 조명, 암전한다.

1905년 7월 22일
무대 후면, 고종황제의 채색 사진이 비춰진다. 김규진 자택. 김석연, 사진 두 장을 들고 등장한다.

김석연 아버님, 폐하 어진의 채색을 마쳤습니다.

김규진 벌써 됐느냐?

김석연 네.

김석연, 김규진에게 두 장의 사진을 준다. 김규진, 사진들을 꼼꼼하게 살펴본다.

김규진 잘 했다. 네 솜씨가 나무랄 데 없구나!

김석연 고맙습니다.

김규진 사진은 촬영을 잘 해야 하지만, 현상과 인화도 중요해.

김석연 채색 사진이 흑백 사진보다 훨씬 보기 좋군요.

김규진 당연하지. 그런데 어찌 폐하의 어진이 두 장이냐?

김석연 아버님이 둘 중에 하나를 골라 폐하께 드리십시오. 남은 하나는 제가 갖고 싶습니다.

김규진, 사진 두 장을 양손에 나눠들고 번갈아 바라본다.

김규진 음…… 둘 다 똑같다. (왼손의 사진을 내밀며) 이걸 너에게 주마.

김석연   네.

김규진   (오른손의 사진을 내민다.) 아니다. 그건 폐하께 드리고, 이걸 주마.

김석연   네.

김규진   아니다, 아냐. 네가 골라 가져라.

김석연   저는 눈 감고 고르겠습니다.

김석연, 눈을 감고 사진을 집는다.

김석연   폐하께는 이걸 드리고…… 이건 제가 갖겠습니다.

1905년 9월 19일

경운궁. 무대 후면 자동문이 열린다. 의장병들, 옛 태극기와 성조기를 들고 들어와서 계단 밑에 도열한다. 무대 왼쪽, 서양식 황제 옷을 입은 고종황제와 시종무관 등장. 잠시 후. 무대 오른쪽에서 앨리스 루즈벨트 등장. 악사들과 가수, 미국 국가를 연주하며 노래 부른다. 앨리스는 기다란 목발을 신어서 키가 보통 사람보다 굉장히 높다. 매우 풍성하게 부풀린 하얀 레이스 옷을 입고, 하얀 리본 달린 둥근 모자를 썼다. 고종황제, 반갑게 맞이한다.

고종황제   어서 오시오, 미국 공주! 열렬히 환영하오!

앨리스   (미국식 영어 억양으로 말한다.) 폐하, 뵙게 되어 영광이에요!

고종황제   황실 군악대가 미국 국가를 연주하고 있소!

앨리스   베리 굿. 잘하네요.

고종황제   짐은 공주 일행이 머무는 동안 불편하지 않도록 최선을 다할 것이오.

앨리스 폐하, 감사합니다.

고종황제 (시종무관을 향하여) 짐의 선물을 공주께 드리게!

고종황제 부디 기쁘게 받아주길 바라오.

앨리스 폐하, 감사합니다! 폐하께서 저에게 선물을 주실 줄은 몰랐어요!

고종황제 공주는 가배를 좋아하시오?

앨리스 가배? 왓 이즈 댓?

시종무관 서양말로는 커피입니다.

앨리스 아, 커피!

고종황제 짐과 함께 가배 한 잔 마십시다.

앨리스 생큐 베리 마치. 번 아임 소 타이어드. 지금은 너무 피곤해 호텔에 가서 쉬고 싶군요.

고종황제 알겠소. 멀리서 오시느라 고생 많았구려.

앨리스 굿 바이, 유어 메제스티!

앨리스, 고종황제에게 우아한 동작으로 인사하고 퇴장한다. 시종무관이 악사들의 연주를 중단 시킨다.

시종무관 연주 중지! 공주님은 벌써 가셨다!

악사들, 연주 멈춘다. 무대 조명, 암전한다.

1905년 11월 7일

고종황제, 의자에 앉아 커피를 마시고 있다. 무대 오른 쪽, 이등박문 등장. 그의 그림자가 고종황제 있는 곳까지 길게 뻗힌다. 고종황제, 긴장한 모습으로 일어선다. 이등박문, 한 걸음 한 걸음 매우 더디게 다가와서 과장된 공손한 태도로 말한다.

이등박문 존엄하신 황제 폐하, 옥체 건녕하신지요?

고종황제 짐은…… 평안하오.

이등박문 천만다행이십니다.

고종황제 이토 히로부미 공께선 어찌 지내셨소?

이등박문 폐하의 심려 덕분으로 잘 지냈습니다만…… (기침을 한다.) 이런…… 황송합니다, 폐하. 현해탄을 건너올 때 바닷바람을 쏘였더니…… 이젠 늙어서 과중한 일을 하기엔 힘이 듭니다.

고종황제 이토 공, 건강을 위해 너무 과로하지 마시오.

이등박문 저 역시 과로하고 싶지 않습니다. 그런데도 늙은 저에게 무거운 짐을 짊어지도록 하는 분이 계십니다. 폐하께선 그 분이 누구인지 아십니까?

고종황제 그게 누구요?

이등박문 바로 폐하십니다.

고종황제 짐……?

이등박문 그렇습니다, 존엄하신 황제 폐하.

고종황제 (침묵)

이등박문 도대체 어찌 하려고 미국 대통령 딸에게 폐하의 사진을 주셨습니까?

고종황제 그저…… 선물로 준 것이오.

이등박문 그 사진 때문에 제가 또 현해탄을 건너오게 됐습니다. (기침한다.) 이런, 기침이 점점 더 심해지네. (고종황제에게 가까이 다가가며) 폐하, 미스 앨리스가 폐하의 사진을 보고 무슨 말을 했는지 아십니까?

고종황제 짐은 모르오. 미국 공주가 무슨 말을 하였소?

이등박문 미국 사절단 일행이 경성을 떠나는 날, 폐하의 대신들과 외국 공사들이 남대문 정거장에 나와 전송했습니다. 그때 누군가 궁금했던지 미스 앨리스에게 폐하께서 주신 선물이 무엇이냐고 물었지요. 미스 앨리스는 폐하의 채색 사진을 받았다고 했습니다. 그러자 또 누가 폐하의 사진을 본 소감을 물었지요. 미스 앨리스는 이렇게 말했습니다. (여자 목소리를 흉내 낸다.) "황제다운 존재감이 거의 없더군요. 애처롭고, 둔감한 모습이에요." (기침을 한다.) 황송합니다, 자꾸만 기침이 나와서…….

고종황제 (침묵)

이등박문 폐하, 결코 제가 지어낸 말이 아닙니다.

고종황제 설마…… 미국 공주가…….

이등박문 믿지 못하신다면 그때 전송 나갔던 대한제국 대신들을 불러 확인해 보십시오. (기침을 한다.) 하지만 폐하의 신하들이 감히 그 말을 사실대로 전할 수가 있겠습니까?

고종황제 (침묵)

이등박문 그러나 일본제국 공사는 폐하의 신하가 아닙니다. 들은 말 그대로 일본제국 정부에 알렸지요. 일본 정부는 사태가 매우 심각하다고 판단, 저를 긴급히 폐하께 보냈습니다.

고종황제 짐은 괜찮소. 미국 공주가 사진을 보고 철없는 말을 했다면, 아직은 젊어서 그런 것이니 굳이 탓할 일은 아니오.

이등박문 탓할 일이 아니라니요?

고종황제 (침묵)

이등박문 존엄하신 황제 폐하, 이 세상에는 사진 때문에 목숨을 잃고, 영토를 빼앗긴 경우가 너무나 많습니다!

고종황제 (침묵)

이등박문 저기 지구의 반대쪽에는 아비리가 검은 대륙이 있습니다. 대한제국보다 몇 십 배나 크고 넓은 땅이지요. 그런데 구라파 탐험가들이 아비리가 곳곳을 다니면서 족장들을 사진 촬영 했습니다. 족장들은 머리에 화려한 깃털을 꽂고, 몸에는 여러 가지 물감으로 아름다운 무늬를 그렸으며, 한 손에는 창을 들고, 다른 손에는 방패를 든 모습이었습니다. 하지만 그들의 사진을 본 구라파 사람들은 이렇게 말했지요. "족장다운 존재감이 전혀 없구나! 애처롭고, 둔감할 뿐이다!"(기침을 한다.) 그래서 아비리가 족장들은 짐승처럼 무참하게 학살당하고…… 그들의 영토는 갈갈이 찢겨…… 영국, 불란서, 화란, 독일 등, 구라파 각국의 식민지가 됐습니다

고종황제 (침묵)

이등박문 폐하, 사진이란 그렇게 가장 효과적인 침략 도구입니다.

고종황제 이토 공, 걱정해줘서 고맙구려. 하지만 미국은 짐의 목숨과 영토를 빼앗지 않을 것이오.

이등박문 폐하께선 참으로 순진하십니다. 사진을 본 것과 보지 않은 것은, 생각이 완전히 달라집니다. 더구나 미국 대통령의 집 백악관은, 세계 각국의 우두머리들이 드나드는 곳이지요. 미스 앨리스가 그들에게 폐하의 사진을 구경거리로 보여줄 텐데, 그 결과는 불을 보듯이 뻔합니다.

고종황제 불 보듯 뻔하다니……?

이등박문 세계 각국이 대한제국을 집어삼키려 몰려들 것입니다.

고종황제 (침묵)

이등박문 존엄하신 황제 폐하, 어서 서둘러 대책을 세우셔야 합니다!

고종황제　대책이라면…… 어찌 해야 좋겠소?

이등박문　경성에 일본제국의 통감부를 설치하고, 외국과 관련된 모든 일을 맡기십시오!

고종황제　(침묵)

이등박문　제가 통감이 되어 폐하의 존엄과 안녕을 지키겠습니다.

고종황제　이토 공이 통감……?

이등박문　그렇습니다, 폐하. (기침을 한다.) 저 아닌 적임자가 있으십니까?

고종황제　(침묵)

이등박문　폐하의 신하들은 외교가 무엇인지 전혀 알지 못합니다. 그것을 아는 자가 단 한 명이라도 있었다면, 폐하께서 미국 대통령 딸에게 함부로 사진 주는 일은 막았을 것입니다.

고종황제　(침묵)

이등박문　존엄하신 황제 폐하, 그럼 저는 통감부 윤허를 받고 물러갑니다!

　　이등박문, 퇴장한다. 고종황제, 침묵한 채 서 있다.

　　1906년 3월 20일

　　경성 주재 독일 공사관. 독일 공사와 부인, 여행용 가방에 옷과 소지품을 담는다. 김규진, 등장한다. 그는 몹시 수척한 모습이다.

김규진　공사 각하!

독일공사　누구시오……?

공사 부인　베어 진트 지?

김규진 저를 아실 텐데요.

독일 공사 (김규진을 한참 바라본다.) 글쎄, 누구신지……?

김규진 폐하께서 각국 공사들을 초청한 연회 때마다 제가 기념 사진을 촬영해 드렸습니다.

독일 공사 아, 황제의 사진사!

김규진 모두 떠나시는군요. 화란 공사 각하, 영국 공사 각하, 불란서 공사 각하도 떠나시고, 이젠 독일 공사 각하마저…….

독일 공사 일본 통감부가 설치된 후, 이 나라는 더 이상 외국 공관이 필요 없게 됐소.

김규진 제가 사용하는 사진기는 독일제입니다.

독일 공사 애프터 서비스 문제라면 동경의 독일 공사관에 문의하시오.

김규진 각하, 사진기는 독일제가 세계 최고입니다. 매우 정밀하고 튼튼하게 만들어서 고장 나지도 않습니다.

독일 공사 그럼 뭐가 문제요?

김규진 사진이 문제지요.

독일 공사 다스 포토?

김규진 세계 최고의 사진기로 촬영한 폐하의 사진을 보고, 미국 공주는 왜 황제다운 존재감이 없다고 했을까요?

독일 공사 난 노코멘트 하겠소.

김규진 심지어 폐하를 애처롭고 둔감하다고 했습니다.

독일 공사 (침묵)

김규진 각하, 부디 말씀해 주십시오!

독일 공사 (침묵)

김규진 사진은 진실이다, 사진은 오직 사실만을 보여준다, 이렇게 믿고 있던 제가 지금은 혼란에 빠졌습니다.

독일공사 (침묵)

김규진 저는 원래 황제의 초상화를 그리던 궁중 화가입니다. 서양 문물에 관심이 크신 황제께선 그런 저를 일본 동경에 보내 2년 동안 사진술을 배우도록 하셨고, 귀국 후엔 황실 전속 사진사로 임명하셨지요. 그림보다는 사진이 정확하다는 인식을 가장 먼저 하신 분, 총명과 지혜가 가득한 황제이신데…… 지금 그 사진 때문에 엄청난 곤경에 처하셨습니다.

독일공사 황제는 황제, 사진은 사진이오.

공사부인 카이저 이스트 카이저, 포토 이스트 포토!

김규진 네……?

독일공사 주체와 객체는 일치하지 않소.

김규진 무슨 말씀이신지……?

독일공사 동양의 전근대적 사고방식은, 주체에서 파생된 객체를 주체와 동일하게 여기오. 그래서 사진을 보고 욕하면, 그 사진 속의 인물에게 욕하는 것이며, 사진을 찢거나 불태우면, 그 사진 속의 인물이 실제로 죽는다고 믿고 있소. 하지만, 일찍 근대화된 서양인들은 주체와 객체를 똑같다 여기지 않소. 인물 따로, 사진 따로, 얼마든지 분리가 가능하고, 인물과는 상관없이, 사진을 보는 사람마다 해석을 제각각 다르게 할 수 있소.

김규진 (침묵)

독일공사 아직 이해가 안 되오?

김규진 네, 각하…….

독일공사 예를 들어서 동양에서는 글과 인간을 똑같다고 생각하오. 그 사람의 글이 곧 그 사람이라는 것이지. 글만이 아니오. 그 사람의 말, 그 사람의 행동도 그 사람과 분리하지 않소. 하지만 그건 비합리적이며, 비이성적이오. 좋은 인간이 나쁜 글을 쓰는 경우도 있고, 나쁜 인간이 좋은 글을 쓰는 경우도 있으며, 또한 좋은 글을 나쁘게 읽는 인간도 있고, 나쁜 글을 좋게 읽는 인간도 없지 않소. 물론 사진 역시마찬가지요. 황제 폐하의 사진을 본 인상이 존재감 없다, 우둔하다, 애처롭다고 말했다면, 그건 여러 가지 다양한 의견 중 하나요. 그러므로 주체인 황제께서 너무 충격 받을 문제가 아니며, 그 객체인 사진을 촬영한 사진사가 책임질 문제도 아니오. 왜! 주체와 객체는 일치하지 않기 때문이오! 이젠 아셨소?

공사 부인   페어쉬테헨 지 미히?

김규진   (침묵)

독일 공사   대답이 없군.

김규진   이해 못 했습니다, 저는……

독일 공사   뭐, 그만둡시다. 전근대적 인간과 근대적 인간 사이에 대화가 될 리 없지! (여행용 가방을 들고 나가며) 마지막 충고요! 어서 빨리 전근대적 사고방식에서 벗어나시오! 그래야 당신들도 문명인이 될 수 있소!

공사 부인   헤르 포토그라프, 아우프 비더젠!

독일 공사 부부, 퇴장한다.

1910년 8월 29일
경운궁. 시종무관, 그는 울분에 차서 고함지른다.

시종무관 한일합방! 한일합방! 대한제국은 일본에게 완전히 먹혔다! 황제 폐하는 명색뿐인 왕 전하로 강등하셨고…… 시종무관인 나는 무장해제 당해 한낱 여염집의 머슴처럼 되었다! 억울하고 분통하구나! 이게 다 누구 탓인가? 육손 경, 그 사진사 때문이다! 손가락 여섯 개 달린 그 사진사가 사진을 잘못 찍어서 이런 참변을 당하게 됐다!

1919년 1월 21일
종로 네거리. 백성들, 등장. 그들은 거친 삼베옷을 입고, 머리와 허리에 굵은 새끼줄을 둘렀으며, 기다란 죽장을 짚었다. 가수, 구슬프게 곡한다.

가수 아이고--- 아이고--- 아이고---
백성들 아이고--- 아이고--- 아이고---
　　　　아이고--- 아이고--- 아이고--

김규진, 등장한다. 그는 통곡하는 백성들에게 묻는다.

김규진 어찌 곡을 하며 계십니까?
백성들 고종 황제께서 승하하셨소!
김규진 폐하께서……?
가수 (김규진에게 다가와서 귀에 대고 속삭인다.) 독살이오, 독살. 총독부에서 폐하의 수라상 음식에 독을 타게 했소.
김규진 독살……!
백성들 아이고--- 아이고--- 아이고---
　　　　아이고--- 아이고--- 아이고---

아이고--- 아이고--- 아이고---

시종무관, 등장. 그는 망연자실한 모습으로 서 있는 김규진을 발견한다.

시종무관　여기서 만나는군!
김규진　(침묵)
시종무관　이게 다 당신 탓이오!

시종무관, 두루마리를 김규진에게 내민다.

시종무관　폐하께서 당신을 만나거든 이 밀지를 꼭 전하라 하셨소!
김규진　폐하…….
시종무관　(통곡하는 백성들과 동참한다.) 아이고--- 아이고---
백성들　아이고--- 아이고--- 아이고---
　　　　　아이고--- 아이고--- 아이고---
　　　　　아이고--- 아이고--- 아이고--

김규진, 무릎 꿇고 앉아서 두루마리를 펼쳐 읽는다.

김규진　"육손 경, 미국 공주에게 선물한 채색 사진을 찾아서 깨끗이 없애주오. 그 사진이 없어지지 않으면, 나는 죽어서도 영원히 치욕을 잊지 못할 것이오."
가수　아이고--- 그 사진이 없어지지 않으면
　　　　아이고--- 나는 죽어서도 영원히
　　　　아이고--- 치욕을 잊지 못할 것이오.

백성들　　아이고--- 아이고--- 아이고---
　　　　　아이고--- 아이고--- 아이고---
　　　　　아이고--- 아이고--- 아이고--

　　　　　김규진, 이마를 몇 번이나 땅에 찧더니 아들을 부른다.

김규진　　아들아, 내 아들 석연아!

　　　　　김석연, 등장한다.

김석연　　네, 아버님!
김규진　　(두루마리를 김석연에게 준다.) 폐하의 밀지가 곧 내 유언이다!

　　　　　김석연, 김규진의 뒤에 무릎 꿇고 앉아 두루마리를 펼쳐 목독한다.

김규진　　너는 반드시 그 치욕적인 사진을 찾아 없애야 한다!
김석연　　네, 아버님…….
김규진　　네가 찾지 못하고 죽거든, 네 아들이 찾도록 하고, 그래도
　　　　　찾지 못하면 네 아들의 아들이 대를 이어 찾도록 해라!
김석연　　명심하겠습니다. 만우야, 나오너라!

　　　　　김만우, 머뭇거리며 등장한다.

김만우　　아버지, 난 아직 태어날 때가 아닙니다.
김석연　　미리 너에게 유언한다. 내 뒤에 앉아서 받아라!

김만우, 김석연의 뒤에 무릎 꿇고 앉는다. 김석연, 김만우에게 두루마리를 넘겨준다. 김만우는 그것을 목독하고 김기태를 부른다.

김만우 기태야, 내 아들아!

김기태, 머뭇거리며 등장한다.

김기태 나도 등장할 때가 멀었습니다.
김만우 우리 집안 대대로 유언이다. 내 뒤에서 이어 받아라!
김석연 어서 받아!
김기태 네.

김기태, 김만우의 뒤에 무릎 꿇고 앉는다. 김만우, 김기태에게 두루마리를 넘겨준다. 김기태 그것을 펼쳐 목독한다. 악사들의 장송곡 연주와 백성들의 곡소리가 길게 이어진다.

2막
김석연 (1893-1942)

1920년 8월 4일
김석연의 〈경성 사진관〉. 어둠. 김석연의 우울한 목소리가 들려온다.

김석연 이곳은 어둠상자…… 앞도 막혀 있고, 뒤도 막혀 있고, 위 아래도, 좌우 양쪽도, 모두 다 막혀 어둠뿐인 곳…….

찰칵, 사진기의 셔터가 열렸다가 닫히는 소리. 한줄기의 수직 조명, 어둠 속을 비춘다. 김석연, 구석진 곳 바닥에 앉아있다.

찰칵, 어둠상자의 작은 구멍이 열렸다가 닫히는 순간, 빛은 함정에 빠진다! 함정에 빠진 짐승은 몸부림치다가 운 좋게 벗어나 달아날 수 있지. 하지만 어둠상자 속에 빠진 빛은 달아나지 못 해. 몸부림칠 겨를도 없어. 아주 순식간에, 어둠이 빛을 사로잡아 납작하게 짓눌러버리거든! 마치 종잇장처럼 얇게 짓눌러진 빛은, 어둠 속에 영원히 갇힌 상태가 돼!

김석연, 바닥에 웅크리고 앉는다. 장상일 등장. 그는 대학생 정복과 정모를 착용하고 망토를 두른 차림이다.

장상일 여기가 경성 사진관이요?
김석연 (침묵)
장상일 (웅크리고 앉아 있는 김석연을 바라본다.) 석연이, 자네가 있었군!
김석연 (침묵)
장상일 난 자네 친구 상일이네!
김석연 동경 유학생 장상일⋯⋯?
장상일 그래, 날세. 방학 중에 잠시 경성으로 돌아왔네!

김석연, 일어나 장상일을 바라본다.

김석연 자네도 어둠상자 속에 들어왔군.

장상일	어둠상자……?
김석연	빛이 어둠을 이긴다는 것은 옛날이네.
장상일	그게 무슨 말인지……?
김석연	이젠 아닐세. 어둠상자가 생긴 후 빛은 어둠을 이기지 못 해!
장상일	난 사진 찍으려고 왔네. 우리 어머님 말씀이, 와세다 대학생 모습의 내 사진을 꼭 갖고 싶다 하셔. 요즘은 사진만 보고 결혼 상대를 정하기도 하니까, 분명 어머님은 그런 용도로 쓰시겠지. 하지만 내가 너무 늦게 왔나? 밤이라서 촬영이 안 된다면 내일 낮에 다시 오겠네.
김석연	요즘은 밤에도 촬영해. 번쩍, 마그네슘을 터트려 임시로 가짜 빛을 만들거든.
장상일	참 좋은 시대야!

김석연, 카메라를 가지고 나온다.

장상일	자네 아버님이 쓰시던 사진기인가?
김석연	그때는 크고 무거웠지. 지금은 크기가 줄어서 훨씬 가벼워. 더구나 그때는 진짜 햇빛이 있어야 했네. 촬영 시간도 길어서 생각할 여유가 있었고…… (마그네슘을 터트릴 준비를 하며) 하지만 지금은 순식간일세!

사진기의 셔터를 누름과 동시에 마그네슘 조명이 번쩍 터진다. 장상일, 깜짝 놀라 정모를 떨어뜨린다.

| 장상일 | 이거 다시 찍어야겠어! |

김석연	자네 모자가 떨어지기 전, 이미 어둠이 빛을 사로잡았네.
장상일	(정모를 주워 묻은 먼지를 털며) 뭐…… 사진 나온 걸 보면 알겠지. 언제 볼 수 있는가?
김석연	급하거든 내일 저녁에 오게.
장상일	그럼 내일 저녁 오겠네.
김석연	여보게, 상일이!
장상일	(걸음을 멈춘다.)
김석연	나 좀 도와주게!
장상일	(뒤돌아서서 의아로운 표정으로 김석연을 바라본다.)
김석연	난 미국에 가고 싶네!
장상일	미국에는 왜……?
김석연	꼭 찾아야 할 것이 있어!
장상일	그게 뭔데?
김석연	하지만 사방이 꽉 막혀서 나갈 수가 없군! 이곳 경성은 어둠상자, 동경은 어둠상자의 렌즈일세! 사상, 학문, 예술, 온갖 문물이 동경을 거쳐서 이곳으로 들어오거든!
장상일	그건 자네 말이 맞네.
김석연	이 세상의 그 어떤 것도 동경을 거치지 않고는 들어 올 수 없듯이, 이 세상 어느 곳도 동경을 거치지 않으면 나갈 수 없지! 상일이, 부탁하네! 자넨 동경 유학생이니, 동경에서 미국으로 가는 방법을 알아봐 주게!
장상일	그거야…… 내가 동경에 돌아가면 알아봄세.
김석연	(장상일의 손을 잡는다.) 고맙네!
장상일	친구 부탁인데 해야지!

　

장상일, 퇴장. 악사들과 가수, 〈황성옛터 : 왕평 작사. 전수린 작곡〉

를 연주하고 노래한다. 어둔 밤 거리를 서성이는 사람들이 하나 둘 따라 부르며 모이더니 합창이 된다.

가수　　　황성옛터에 밤이 되니 월색만 고요해
　　　　　폐허에 설운 회포를 말하여 주노나
　　　　　아 외로운 저 나그네 홀로 잠 못 이뤄
　　　　　구슬픈 벌레 소리에 말없이 눈물져요

합창　　　성은 허물어져 빈터인데 방초만 푸르러
　　　　　세상이 허무한 것을 말하여 주노나
　　　　　아 가엾다 이 내 몸은 그 무엇 찾으려
　　　　　끝없는 꿈의 거리를 헤매어 있노라

　　　　　1920년 8월 10일
　　　　　경성 사진관. 장상일, 등장한다.

장상일　　석연이, 어디 있나?
김석연　　여기…… 미국 가는 방법을 알았는가?
장상일　　아직 방학이라 경성에 있네.
김석연　　(침묵)
장상일　　지난 번 자네가 찍은 사진 정말 좋았어! 자랑스런 와세다 대학 교모도 내 옆구리에 찰싹 달라붙어 있더군. 우리 어머님이 대단히 만족하셨지! 그래서 오늘은 내가 답례하러 온 걸세!

　　　　　장상일, 음악회 입장권 두 장을 꺼내 보인다.

장상일 오늘 밤 자네를 좋은 곳으로 데려가겠네! 윤혜영 첼로 독주회! 윤인부 백작의 딸, 동경음악대학 수석 졸업생! 게다가 빼어난 미인일세!

김석연 난 관심 없네…….

장상일 석연이, 이 표는 아주 어렵게 구했어!

김석연 (침묵)

장상일 기분도 전환할 겸 나와 함께 가세!

장성일, 김석연의 팔을 붙잡아 이끌며 나간다. 무대 조명, 환하게 밝는다. 음악당. 조원재, 오길남, 하세가와, 등장. 그들은 흰색 양복 차림에 은제 손잡이가 달린 단장을 든 댄디스트 모습이다.

조원재 이 많은 청중들을 보게! 넓은 음악당이 가득 찼군!

오길남 음악 애호가는 몇 명 없어!.

하세가와 맞아. 거의 모두 윤혜영이 얼마나 예쁜가 그걸 보려고 온 거지!

오길남 나도 그렇다네!

조원재 나도 그래!

장상일, 조원재를 데리고 등장한다.

장상일 이보게들!

오길남 어, 상일이도 왔는가!

장상일 내 친구 김석연이네. 이쪽은…….

조원재 상일이의 친구 조원재입니다.

오길남 나는 오길남이요.

하세가와	(김석연에게 먼저 악수를 청한다.) 하세가와 히데오입니다.
김석연	하세가와……?
하세가와	일본식 이름이라 당황하시는군. 우리 부친께서 한일합방 공로로 남작 작위도 받으시고, 중추원 의원도 되셔서, 우리 가문은 창씨개명 했습니다.
조원재	김석연 씨는 어떤 일을 하십니까?
김석연	네…… 동대문 근처에서 사진관을 합니다.
하세가와	총독부 전속 사진사는 어떤가요?
김석연	총독부…….
하세가와	원하시면 내가 주선해 보겠습니다.
김석연	아뇨, 됐습니다.
조원재	(하세가와에게) 자넨 아버지 덕분에 인생이 편해!
하세가와	자네 역시 엄청난 재산가의 아들 아닌가!
오길남	브라보! 우리 모두 즐거운 인생일세!

세 사람, 폭소를 터트린다. 김석연, 뒷걸음으로 물러선다.

김석연	여긴 내가 올 곳이 아닌 것 같군.
장상일	(김석연을 붙잡는다.) 곧 시작할 텐데 가지 말게!
하세가와	(관객석으로 가서 입장권을 꺼내 좌석 번호를 확인한다.) 여기 이 자리가 우리 자리인데…… 다른 사람이 앉아 있네.
조원재	점잖은 체면에 시비를 걸 수도 없고…… 어떻게 한다?
오길남	(악사들이 있는 곳으로 가며) 저기, 좋은 자리 있네!

악사들, 접이식 의자들을 펴서 나란히 놓는다. 오길남, 조원재, 하세가와, 의자에 앉는다. 오길남, 장상일에게 손짓한다.

오길남   자네들도 이리 오게!

하세가와   최고 좋은 일등석일세!

장상일, 김석연을 데리고 가서 함께 앉는다. 여성 사회자, 등장. 의자를 들고 와서 무대 한가운데 놓는다.

사회자   신사숙녀 여러분, 지금부터 윤혜영의 첼로 연주회를 시작하겠습니다. 연주 중에는 정숙하세요. 큰 소리로 잡담을 하시거나 기침을 하시면 안 됩니다. 다시 한 번 알려 드립니다. 조용히, 정숙하고, 감상하세요!

윤혜영, 이브닝드레스 차림으로 첼로를 들고 등장. 그녀는 관객석을 향해 정중히 인사하고 무대 가운데 의자에 앉는다. 조원재, 하세가와, 오길남, 윤혜영을 바라보며 외친다.

하세가와   아름답도다! 아름다워!

오길남   과연 경성 제일 미인이로다!

조원재   오호라, 난 첫눈에 반했네!

장상일   왜들 이러나? 윤혜영이 연주를 못하고 있잖은가!

윤혜영, 소란이 그칠 때까지 기다렸다가 첼로를 연주한다. 그녀의 연주가 끝나기도 전에 조원재, 하세가와, 오길남, 벌떡 일어나서 박수친다. 윤혜영, 굳은 표정으로 그들을 바라본다. 그녀는 연주를 중단하고 퇴장한다.

네 사람   브라보! 브라보!

사회자   (눈살을 찌푸린다.) 예상치 못한 소란으로, 연주회는 이것으로 마칩니다. (의자를 들고 나가며) 저 불한당 같은 놈들!

장상일   정말 미인일세! 내 눈이 아름다운 모습에 흠뻑 취해서, 내 귀엔 첼로 소리가 들리지 않았네!

오길남   아니, 자네마저……?

하세가와   윤혜영을 넘보지 말게! 내 색시 될 사람일세!

조원재   하하하, 우리 모두 연적이 되었군!

하세가와   이러다간 연적끼리 사생결단 싸움이 벌어지겠네!

조원재   싸움은 술집에 가서 하세!

조원재, 하세가와, 오길남, 퇴장한다. 장상일, 그들과 함께 가려다가 김석연에게 되돌아온다.

장상일   석연이, 자넨 왜 가만히 앉아 있나?

김석연   고맙네!

장상일   응……?

김석연   나를 연주회에 데려와줘서. 난 음악 듣고 알았네. 어둠은 빛을 이기지만 소리는 못 이겨!

장상일   무슨 말인가?

김석연   어둠이 소리를 잡으려고 해도, 소리는 붙잡히지 않거든!

장상일   미안하네, 난 술집에 가야겠어!

장상일, 다급히 뛰어간다.

1920년 9월 7일

윤인부 백작의 저택. 이층 방. 둥근 보름달이 뜬 밤. 밤. 윤혜영, 연분홍 치마와 노랑 저고리를 입은 단아한 모습으로 첼로를 연주한다. 김석연, 저택 담장 밖 어둔 곳에 서서 첼로 연주를 듣는다. 사이. 윤혜영, 무엇인가 의식한 듯 창문을 열고 담장 밖을 바라본다.

윤혜영 당신은 누구시죠?

김석연 (침묵)

윤혜영 어제도, 오늘도, 담장 밖에서 첼로 연주를 듣는 당신은 누구신가요?

김석연 (침묵)

윤혜영 오늘 밤은 보름달이 밝아요. 이쪽을 바라보세요.

김석연 (침묵)

윤혜영 아무 말씀도 안 하시고, 얼굴도 보여주지 아니 하시면, 나는 연주를 않겠어요.

김석연, 고개를 들고 윤혜영을 바라본다.

윤혜영 몹시 슬픈 얼굴이군요…….

김석연 난 당신의 연주에 큰 위안을 받습니다.

윤혜영 매일 밤마다 오세요.

김석연 네.

윤혜영 당신을 위해 연주해 드리죠.

김석연 고맙습니다.

1920년 10월 18일

일본 동경. 하숙집. 한 줄기 조명, 무대 한쪽 구석을 비춘다. 장상일, 책상 앞에 앉아서 김석연에게 편지를 쓴다. 이 장면은 김석연이 윤혜영의 첼로 연주를 듣는 장면과 겹쳐 진행한다. 장상일, 다 쓴 편지 내용을 확인하려고 읽는다.

장상일　석연이, 잘 있는가? 나는 방학 끝난 후 동경에 돌아와서 자네 부탁을 알아봤네. 미국 가는 여객선이 여럿 있더군. 하와이, 샌프란시스코, 멀리 파나마 운하 지나서 뉴욕까지도 있어. 하지만 일본 외무성의 출국 허가를 받아야 탈 수 있는데, 조선인에겐 무척 까다로워. 신원이 조금만 불확실해도 허가 안 하고, 출국 목적이 약간만 수상해도 허가 못 받네. 자넨 꼭 찾을 것이 있어 미국에 간다고 했지? 그것이 무엇인가? 이 편지 받는 대로 그것을 확실히 답장해 주게.

장상일, 편지를 접어 봉투에 넣는다.

1920년 11월 23일
장상일, 다시 편지를 쓴다. 그리고 확인하듯 읽는다.

장상일　석연이, 답장 잘 받았네. 미국 가는 목적이 고종황제의 채색 사진을 찾기 위해서라니…… 그게 정말인가? 외무성이 절대로 허가 안 할 걸세. 설혹 허가를 해도, 자네가 미국 어디에서 앨리스란 여자를 만날 수 있겠는가? 아무리 생각해도 불가능한 일…… 차라리 이 편지는 부치지 않고 찢어버리겠네!

장상일, 편지를 찢는다. 첼로 연주 멈춘다. 무대 조명, 암전한다.

1921년 3월 2일
조원재, 하세가와, 오길남, 등장. 그들은 방금 주점에서 나온 듯 술에 취한 모습이다.

하세가와 오늘도 우리 싸움이 결판나지 않는군!

오길남 난 윤혜영을 양보 못해!

조원재 나도 양보할 수 없네! (단장으로 칼싸움 시늉을 하며) 우리 결투로써 결판 짓세!

오길남 좋아, 목숨 걸고 싸워!

하세가와 하하, 하하하!

조원재 웃지 말고 결투에 응하게!

하세가와 그건 불한당이나 하는 짓이지! 우린 신사답게, 직접 윤혜영에게 결정을 맡기세.

오길남 직접 결정을……?

하세가와 우선 윤혜영의 아버지 윤인부 백작을 찾아뵙고, 괜찮으시다면 따님의 직접 결정을 듣는 자리를 마련해 달라고 말씀 드리세.

오길남 아주 좋은 생각일세!

조원제 나도 동의하네!

1921년 3월 15일
윤인부 백작 저택. 윤인부 백작이 조원재, 하세가와, 오길남을 맞이한다.

세 사람 저희가 왔습니다, 백작 어르신!

윤인부 어서들 오게나!

조원재　감사합니다. 그런데 따님께 미리 말씀은 하셨는지요?

윤인부　물론 했지. 오늘은 혜영이가 자네들 중에서 선택할 것이네.

하세가와　오늘이 운명의 날이군요! 아…… 제 심장이 터지려고 합니다!

오길남　제 심장은 이미 터졌습니다!

윤인부　(호탕하게 웃으며) 난 자네들을 모두 사위 삼고 싶네. 인물 좋고, 가문 좋고, 재산 많고…… 세쌍둥이 딸이 있다면 얼마나 좋겠는가! 하지만 유감스럽게도 나에겐 무남독녀 하나뿐일세.

　　　윤혜영, 등장한다.

윤혜영　아버지…….

윤인부　모두 너를 기다리고 있다.

윤혜영　제가 아버지께 소개할 사람이 있어요.

윤인부　소개할 사람이라니?

하세가와　(오길남과 조원재에게) 우리 말고 또 누가 있지?

오길남　글쎄…… 장상일인가?

조원재　상일이는 동경 가고 없네.

　　　윤혜영, 밖을 향해 말한다.

윤혜영　들어오세요!

　　　김석연, 등장. 조원재, 하세가와, 오길남, 놀란 표정이 된다. 윤인부,

김석연을 의아롭게 쳐다본다.

윤인부   도대체…… 누구냐?

오길남   저희는 누군지 압니다!

윤인부   알고 있다……?

하세가와 네. 저 사람 부친이 멸망한 대한제국의 황실 사진사였다고 합니다.

윤인부   육손 경……? (불쾌한 표정으로 김석연에게 묻는다.) 자네 부친이 손가락 여섯 개 그 사진사인가?

김석연   그렇습니다.

윤인부   당장 밖으로 나가게! 나라를 망하게 한 자의 아들은 내 사위가 될 수 없네!

윤혜영   아버지…….

윤인부   네가 선택할 사람은 여기 있는 신사 셋 중에 하나다!

윤혜영   이 셋은 전혀 신사가 아니에요.

윤인부   넌 지금 무슨 소릴 하는 거냐?

윤혜영   (세 사람에게) 내가 말 안 해도 당신들은 자기가 어떤 사람인지 잘 아시겠죠!

오길남   아, 첼로 연주회…… 우리의 열광적인 태도를 못 마땅히 여기셨다면 사과드립니다.

하세가와 우리는 순수한 음악 애호가지요!

조원재   음악을 좋아할 뿐, 다른 의도는 전혀 없었습니다.!

윤인부   신사의 열정을 무례라고 생각마라.

조원재   맞는 말씀이십니다, 백작 어르신.

윤혜영   아버지는 저렇게 뻔뻔스런 사람이 제 남편이기를 바라세요?

윤인부	난 오직 너의 행복을 바랄 뿐이다!
윤혜영	그럼 제가 선택한 이 분과 결혼을 승낙해 주세요.
윤인부	안 된다, 절대 안 돼! (김석연에게) 어서 썩 물러가!
윤혜영	(김석연의 손을 잡는다.) 우리 함께 나가요.
윤인부	안 돼! 너는 가지 마라!

윤혜영, 김석연과 퇴장한다. 조원재, 하세가와, 오길남, 몹시 난처한 모습이다.

하세가와	뭔가, 우리 꼴이……?
오길남	닭 쫓던 개꼴이지!
조원재	(윤인부에게) 저희 개들은 물러갑니다.
세사람	안녕히 계십시오.

조원재, 하세가와, 오길남, 컹컹 개 짖는 소리를 흉내내며 퇴장한다.

윤인부	혜영아! 네가 어찌 나를 이렇게 만드느냐!

무대 조명, 암전한다.

1921년 4월 21일
경성 사진관. 김석연, 정중한 태도로 소반에 물 한 그릇을 담아 들고 와서 내려놓는다. 윤혜영, 등장. 그녀는 검소한 한복을 입고 머리에 하얀 너울을 썼다. 김석연과 윤혜영, 마주선다.

김석연	미안하오. 물 한 그릇 떠 놓았소.

윤혜영 (미소를 짓고 김석연을 바라본다.) 네…….

김석연 나는 지극히 못난 남자요. 슬퍼하고 괴로워 할 뿐, 그걸 이겨낼 능력이 없소. 하지만 이 세상엔 능력 있는 남자들이 많으니, 혼례 전에 다시 한 번 신중히 생각해 주오.

윤혜영 그 남자들은 저 없어도 행복해요.

김석연 진정…… 후회 않겠소?

윤혜영 당신이 슬프지 않고 괴롭지 않기를…… 저는 진정으로 당신의 아내가 되고 싶어요.

김석연 고맙소.

윤혜영 신부, 신랑께 큰절 드려요

김석연 신부는 신랑의 큰절을 받으시오.

김석연과 윤혜영, 서로 엎드려 맞절한다. 악사들이 〈봄날은 간다〉를 연주하고 가수는 노래한다. 오색 종이 조각들이 무대 천정에서 휘날리며 내려온다.

가수 연분홍 치마가 봄바람에 휘날리더라
오늘도 옷고름 씹어가며
산제비 넘나드는 성황당 길에
꽃이 피면 같이 웃고 꽃이 지면 같이 울던
알뜰한 그 맹세에 봄날은 간다

김석연과 윤혜영, 물 그릇이 놓인 소반을 함께 들고 퇴장한다.

1924년 4월 17일
윤인부 백작의 저택. 윤인부, 등장. 그는 마당에 떨어진 꽃잎들을 바라보며 탄식한다.

윤인부 딸은 키워봐야 아무 소용없다! 망할 것! 이 애비 거역하고 집 나간 지 몇 년인가…… 무정하다, 무정해! 올해도 봄꽃이 다 졌구나! 거기 누구 없느냐? 떨어진 꽃잎들을 다 쓸어내라!

가수, 빗자루와 쓰레받기를 들고 무대로 올라간다. 그는 노래하며 흩어져 있는 오색 종이 조각들을 쓸어 모은다.

가수 새파란 풀잎이 물에 떠서 흘러 가더라
오늘도 꽃 편지 내던지며
청노새 짤랑대는 역마차 길에
볕이 뜨면 서로 웃고 볕이 지면 서로 울던
실없는 그 기약에 봄날은 간다

윤인부, 퇴장. 가수, 오색 종잇조각들을 쓰레받기에 담아서 자기 자리로 돌아간다. 악사들, 연주 마친다.

1929년 10월 14일
갓 태어난 아기 울음소리가 크게 확대되어 들린다. 무대 후면 자동문이 열리며 산파가 강보에 싸인 갓난아기를 안아들고 등장. 김석연, 초조하게 기다리고 있다.

산파 아드님이에요, 아드님!
김석연 산모 건강은 어떻소?

산파	네, 산모는 염려 안 하셔도 됩니다만…… 아기가 좀…… 이상해요……
김석연	어서 말해 보시오!
산파	아기 오른손 손가락이…… 여섯입니다.
김석연	손가락이 여섯……?

김석연, 강보를 풀어 헤쳐 아기의 손가락을 살펴본다. 김만우, 김기태, 등장. 그들은 김석연의 등 뒤에서 어깨 너머로 아기의 손가락을 바라본다.

김석연　하나, 둘, 셋, 넷, 다섯, 여섯…… 아버지…… 아버지가 태어났다!

무대 조명, 암전한다.

1938년 1월 20일
일본 동경. 하숙집. 유카타 차림의 장상일이 최근에 구입한 이안식 카메라를 신기한 물건 다루듯 어루만지고 있다. 하나코, 등장한다.

하나코	아나타.
장상일	하이.
하나코	쿄죠까라 오가꾸사마가 이랏샤이마시다.
장상일	경성에서 손님이……?

장상일, 문 쪽을 바라본다. 김석연, 등장. 그는 초췌한 모습으로 여행용 가방을 들고 있다.

장상일   어, 석연이 아닌가?

김석연   바로 날세.

장상일   이거 놀랍군, 자네가 동경에 오다니!

하나코   아나타노 도모다찌데스까?

장상일   소데스. 내 아내 하나코일세.

하나코   하지메마시데!

장상일   내가 이 하숙집 주인일세. 하숙집 딸과 결혼하고 넘겨받
         았지. 야마모토 겐이치, 이름도 일본식으로 바꿨다네. 하
         나코, 차 좀 내오겠소?

하나코   (퇴장하며) 하이. 조또마떼구다사이.

장상일   윤혜영과 자네 결혼은 소문 듣고 알았지. 정말 굉장한 사
         건이었네!

김석연   아들이 태어났어…….

장상일   아들, 잘 됐군!

김석연   그런데 아버지였네.

장상일   아버지……?

김석연   음…… 내가 윤혜영과 결혼해서 행복하니까…… 아버지
         의 유언을 잊지 않도록….. 그러니까…… 육손 달린 아버
         지가 태어나셨네!

장상일   (웃는다.) 하하, 손가락이 닮았다고 아버지이겠나!

김석연   여보게, 상일이. 내 편지 받았었는가?

장상일   받았지.

김석연   기다리고 기다렸지만 답장이 없었어.

장상일   썼다가 찢어버렸네.

김석영   왜……?

장상일   자넨 제정신이 아니더군!

김석연	제정신이 아니라니……?
장상일	고종황제의 사진을 찾으려고 미국에 간다, 그게 얼마나 위험한 짓인 줄 아는가? 멸망한 조선 왕조를 복귀시키려는 행위는 반역죄야! 온갖 혹독한 고문을 받다가 사형에 처해지는 것이 반역죄라구!
김석연	난 오직 사진을 찾으려는 것일세.
장상일	일본 형사들이 그 말을 믿겠는가?
김석연	내가 사실대로 설명하면 믿겠지!
장상일	뭐라고 설명해도 소용없어! 그들은 자네의 사진 찾는 목적이 조선을 되찾기 위한 것이라고 생각할 걸세!
김석연	(침묵)
장상일	내가 사실을 말해 주지! 자네 부친이 고종 황제의 사진을 찍기 전에, 일본 총리 가쓰라와 미국 육군장관 태프트가 이미 밀약을 맺었다네!
김석연	밀약?
장상일	일본은 조선을 가져라, 미국은 비율빈을 갖는다. 이젠 알겠는가? 앨리스에게 사진을 선물한 것 자체가 헛된 일이었어!

김석연, 여행용 가방을 들고 나가려 한다.

장상일	어딜 가려나……?
김석연	자네 도움 없이 난 미국 가겠네.
장상일	자넨 절대로 출국허가를 받지 못 해!
김석연	그럼 밀항이라도 해야지.
장상일	밀항? 항구마다 경비가 삼엄한데 밀항이라니?

김석연	(침묵)
장상일	이제 곧 전쟁이 터져!
김석연	전쟁……?
장상일	엄청난 세계 대전! 조선을 집어 삼킨 일본이 만주도 삼켰고, 중국도 삼킬 것이네. 그리고 먹으면 먹을수록 더 배고픈 아귀처럼, 인도차이나, 비율빈, 버마, 심지어 태평양 전체를 먹어치우겠지. 미국은 그 꼴을 가만히 보고 있겠는가?
김석연	그러니까…… 전쟁 나기 전에 가야지.
장상일	석연이, 미련한 짓말게! 밀항하겠다고 항구를 어물쩍거렸다가는 당장 붙잡혀!
김석연	(침묵)
장상일	일본 감옥은 죽음이야! 불령선인은 살아서는 못 나와!
김석연	난 그래도…… 가야겠네.
장상일	그렇게 죽고 싶거든 중국 상해로 가! 상해에는 대한민국 임시 정부가 있어. 조선 왕조 복귀하려다 죽느니, 독립 운동하다가 죽는 것이 낫지!

하나코, 찻잔을 쟁반에 담아들고 온다.

하나코	오짜노미즈가 쿠온니 나리마스요!
김석연	찻물이 뜨겁다는군.
하나코	(쟁반을 내려놓으며) 쥬이시데 구다사이.
장상일	석연이, 진정하고 앉게. 우리 차 한 잔 마시세.
김석연	(주춤주춤 앉는다.)
장상일	자네, 최근에 나온 사진기 봤나?

김석연　사진기……?

장상일　내가 신상품을 구입했네. 이 사진기는 신기하게도 렌즈가 위 아래로 둘 달렸어. 위쪽 렌즈는 촬영할 대상을 반사판에 비춰주고, 아래쪽 렌즈는 대상을 필름에 담지. (고개를 숙여 이안식 카메라의 반사판을 바라본다.) 이렇게 반사판을 보면서 정확히 초점을 맞춘 다음, 보턴을 살짝 누르면 돼. 이젠 누구나 선명한 사진을 찍을 수 있네! 석연이, 동경에 온 기념으로 내가 자네를 멋지게 찍어 주지!

김석연　잘 있게. 나는 경성으로 되돌아가네.

김석연, 일어나서 가방을 들고 나간다.

하나코　에? 오가꾸사마!

장상일　차도 안 마시고 가버렸군!

1941년 12월 8일
전폭기 편대의 공습. 프로펠러 굉음과 폭발음이 뒤섞여 들려온다. 완전무장한 일본군대 등장. 그들은 욱일기를 들고 외치면서 행진한다.

일본군대　진주만 공습!
　　　　　적 태평양 함대 괴멸!
　　　　　천황 폐하 만세!

1942년 1월 2일
전차의 무한궤도 돌아가는 소리가 요란하다.

일본군대 마닐라 점령!
천황 폐하 만세!

1942년 2월 15일
행진하는 일본 군대의 저벅저벅 군홧발 소리가 증폭되어 확성기로
들린다.

일본군대 싱가포르 함락!
말레이, 자바, 점령!
버마 진군!
천황 폐하 만세!

1942년 6월 20일
김석연, 밧줄 올가미를 들고 어둔 구석에 앉아있다. 악사들이 〈사
의 찬미 : 윤심덕 작사. 이바노비치 작곡〉를 연주하고, 가수는 노래
한다.

가수 광막한 광야를 달리는 인생아
너의 가는 곳 그 어데이냐
쓸쓸한 세상 험악한 고해에
너는 무엇을 찾으려 하느냐

웃는 저 꽃과 우는 저 새들이
그 운명이 모두 다 같구나
삶에 열중한 가련한 인생아
너는 칼 위에 춤추는 자로다

눈물로 된 이 세상이
나 죽으면 고만일까
행복 찾는 인생들아
너 찾는 것 허무
너 찾는 것 허무

윤혜영, 불안한 모습으로 등장. 김석연을 발견하고 안심한다.

윤혜영 당신 여기 있었군요!

김석연 (침묵)

윤혜영 온종일 안 보여서 걱정했어요!

김석연 (일어선다.) 그동안 나 때문에 고생 많았소…….

윤혜영 네……?

김석연 정말 미안하고 고맙구려. 이제 나는…… 사진관 뒤뜰 나무에…… 목을 맬 거요.

윤혜영 당신, 죽으면 안 돼요!

김석연 (품 안에서 사진을 꺼내 주며) 이 사진은 내가 죽은 후 만우에게 전해주오. 앨리스가 가져간 고종황제 채색 사진과 똑같아서 그 사진을 찾는데 증거물이 될 것이오. 나는 찾지 못해 죽지만, 내 아들 만우는 반드시 찾아야 하오.

윤혜영 아뇨! 당신 목숨보다 더 소중한 건 없어요!

김석연 하지만 나는…… 더 이상 살고 싶지 않소…….

김석연, 밧줄 올가미를 목에 걸고 퇴장한다. 윤혜영, 그를 붙잡으려 뒤따라간다.

윤혜영	안 돼요! 죽지 마세요!

잠시 후, 윤혜영의 울부짖음이 들려온다.

1945년 8월 6일
원자폭탄의 거대한 버섯구름이 무대 후면에 영상으로 나타난다.

1945년 8월 15일
일본 천황의 항복 육성이 라디오 방송으로 들린다. 윤혜영, 등장. 그녀는 기쁨과 슬픔이 복받치는 모습이다. 김규진, 김석연, 김만우, 김기태 등장. 그들은 윤혜영의 뒤쪽에 나란히 선다.

윤혜영	당신…… 성급했어요.
김석연	미안하오…….
윤혜영	조금만 더 참고 기다렸으면 좋았을 텐데…….
김석연	(침묵)
윤혜영	그래도 나는 당신 사랑한 걸 후회 안 해요!

무대 조명, 암전한다.

3막
김만우(1926-1989)

1950년 10월 14일
악사들, 행진곡을 연주한다. 서울 국군 징병 신체검사장. 행정장교

와 군의관, 등장. 책상 앞에 앉아 서류들을 들춰본다.

행정장교   (문쪽을 향해) 다음 사람 들어와!

김만우   안녕하십니까!

행정장교   이름!

김만우   김만우입니다!

행정장교   생년월일은?

김만우   1926년 10월 14일입니다!

행정장교   10월 14일?

의무관   그럼 바로 오늘이 생일인데?

김만우   넷, 그렇습니다!

의무관   축하해. 징병검사 하다가 이런 일은 처음이야.

행정장교   김만우, 사실대로 대답해. 북한 괴뢰군이 서울을 점령했
         을 때 뭘 하고 있었지?

김만우   사진관의 캄캄한 암실에 숨어 지냈습니다.

행정장교   사진관 암실……?

김만우   정부가 한강 다리를 끊어서…… 피난도 못 가고…….

행정장교   북괴군 환영대회에 참석했거나 부역한 적은 없는가?

김만우   넷, 없습니다!

행정장교   됐어. 신상조사는 끝났다.

군의관   다음은 신체검사다. (지휘봉으로 먼 곳을 가리키며) 저기 칠판
         에 쓴 글자들이 보이나?

김만우   넷, 보입니다!

군의관   큰 글자, 작은 글자, 다 보이는지 큰소리로 읽어!

김만우   (군의관이 가리킨 곳을 바라보며 또박또박 읽는다) 나는, 조국의,
         통일과, 자유를,

행정장교 목소리 크게!

김만우 나는, 조국의, 통일과, 자유를, 위해서, 목숨 바쳐, 싸울 것을, 맹세한다!

군의관 시력 좋네.

행정장교 목청도 좋고.

군의관 다음은 제자리 뛰기 5회 실시!

간호장교 실시!

김만우 (제자리 뛰기를 다섯 번 한다.)

군의관 엎드려 팔 굽혀 펴기 10회 실시!

간호장교 실시!

김만우 (엎드려 팔 굽혀 펴기를 열 번 한다.)

군의관 팔 벌려 올렸다가 내리기 3회 실시!

간호장교 실시!

김만우 (두 손을 올렸다 내리기를 한다.)

간호장교 그만!

군의관 두 눈, 두 다리, 두 팔, 아무 이상 없군. 마지막으로 손가락 검사를 하겠다.

김만우 손가락 검사요……?

군의관 그렇다. 양손의 손가락을 모두 펴라!

김만우 (잠시 망설인다.)

간호장교 실시!!

김만우 (손가락을 펼친다.)

행정장교 어어, 오른손 손가락이 여섯 개?

군의관 우리 국군에 손가락 네 개 달린 군인이 있는가?

행정장교 음…… 없지.

군의관 손가락 여섯 개 달린 군인은?

행정장교 없어, 그런 군인도.

군의관 (김만우에게) 유감이다. 너는 신체검사 불합격이야!

김만우 국군에는 없지만 미군에는 있습니다!

군의관 미군엔 있다고……?

김만우 넷. 미군에는 하얀 얼굴의 군인도 있고, 까만 얼굴의 군인도 있는데, 손가락 하나 더 달린 군인이 왜 없겠습니까?

행정장교 그 말이 맞아! 미군 쪽에서 카츄사 병을 보내달라는 요청도 있으니 합격시켜!

군의관 김만우, 신체검사 합격! 신병 훈련 후 미군부대로 보내겠다!

김만우 감사합니다! 미군에 배치되면 저는 미국에도 갈 수 있겠군요!

행정장교 뭐, 미국에 가고 싶나?

김만우 넷! 저는 미국에 꼭 가야합니다!

행정장교, 군의관, 웃음을 터트린다.

행정장교 좋다. 미국에 가고 싶거든 이번 전쟁에서 반드시 이겨야 한다! 만약 진다면 엉뚱한 중국이나 소련으로 가게 돼! 알았나?

김만우 넷, 알았습니다!

김만우, 퇴장한다.

군의관 우리 내기 할까?

행정장교 무슨 내기……?

군의관	다음에도 육손이면 내가 맥주 살 테니, 아니거든 그쪽에서 맥주 사게.
행정장교	좋아. (문을 향해 외친다) 다음 사람 들어와!

1951년 3월 26일
미군 캠프 험프리. 세탁장. 카츄사 이 병장, 최 상병, 김만우, 입식 다림판과 다리미를 들고 등장. 김만우는 군복을 입고 일병 계급장을 달았다.

이병장	김 일병, 다림판 설치!
김만우	넷!

김만우, 입식 다림판의 다리를 펼쳐 세 개 나란히 설치한다.

이병장	난 미군 세탁장 근무가 좋아. 세탁기가 자동으로 빨아주고, 건조기가 자동으로 말려주거든!
최상병	자동 다리미가 있다면 더 좋겠습니다.
이병장	글쎄…… 왜 자동 다리미는 없을까?
김만우	다림판 설치했습니다.
이병장	옷걸이대는?
김만우	옷걸이대도 곧 설치하겠습니다!
이병장	미리 미리 설치해!

김만우, 뛰어 나간다.

이병장	최 상병, 담배 있나?

최상병　네.

이병장　말보로?

최상병　(담뱃갑을 꺼내며) 네, 병장님.

　　　　이 병장과 최 상병, 담배를 나눠피운다.

이병장　역시 담배는 말보로가 최고야!

최상병　바로 이 맛입니다!

이병장　이놈의 전쟁, 언제 끝나려나?

최상병　네……?

이병장　압록강까지 올라가서 만세 불렀는데, 중공군 100만 명이 몰려왔잖아.

최상병　중공군은 인해전술입니다.

이병장　100만 명 죽으면 또 100만 명 몰려오겠지! 이러다간 십년, 아니 백년이 지나도 전쟁은 안 끝나!

　　　　김만우, 옷걸이대와 옷걸이들을 가져온다. 이 병장, 최 상병, 담뱃불을 끄고 다림판으로 간다.

김만우　옷걸이대 설치했습니다.

이병장　김 일병, 수고 했어. 자, 건조기에서 말려진 군복 가져 와!

김만우　넷!

　　　　김만우, 급히 퇴장한다.

최상병　제가 함께 가겠습니다.

이병장   갈 것 없어. 이게 다 신병 훈련이야.

김만우, 미군 군복들을 담은 커다란 바구니를 들고 온다. 이 병장이 부르는 노래에 맞춰 이 병장, 최 상병, 김만우, 다림판에 군복을 올려놓고 다림질을 한다. 최 상병, 다린 군복을 옷걸이대에 건다.

김만우   최 상병님, 그건 아직 걸지 마십시오.
최상병   왜……?
김만우   단추가 떨어져서 달아야 합니다.
최상병   아냐, 그냥 걸어도 돼.

이병장, 군복을 갖고 옷걸이대로 간다.

김만우   이 병장님!
이병장   뭐야, 또?
김만우   그건 솔기가 터져서 꿰매야 합니다.
이병장   괜찮다니까!

이 병장, 군복을 옷걸이 대에 건다. 김만우, 이 병장과 최 상병이 걸었던 옷들을 내린다.

김만우   죄송합니다. 제가 수선한 다음 걸겠습니다.

김만우, 수선할 옷들을 자신의 다림판 위에 놓는다. 그는 호주머니에서 쌈지를 꺼낸다. 바늘에 실을 꿰어 단추를 달고, 뜯어진 솔기를 꿰맨다.

이병장 내가 몇 번이나 말했냐? 미군들은 물자가 풍부해서 어지간한 건 버리고 새것을 써.

김만우 그래도 고칠 건 고쳐야 합니다.

이병장 별 이상한 놈이 들어왔네!

최상병 그래도 기특하지 않습니까?

미군 사단장, 카츄사 통역병과 함께 등장한다.

통역병 일동 차렷!

이 병장, 최 상병, 김만우, 일렬로 서서 차렷 자세를 취한다.

통역병 장군님께 경례!

병사들, 거수경례한다. 미군 연대장, 거수경례로 답례한다.

통역병 바로!

미군연대장 (들고 온 카메라를 보여주며) 이 카메라를 누가 수리했는가?

통역병 이 카메라를 누가 수리했느냐고 물으신다!

이병장 (겁먹은 목소리로) 저는 안 했습니다!

최상병 저도 아닙니다!

김만우 제가…… 했습니다.

통역병 (김만우를 가리키며) 바로 이 병사가 했다고 합니다.

미군연대장 오, 쌩큐 베리마치!

통역병 매우 고맙다고 하신다.

미군연대장 나는 고장 난 카메라를 연병장 쓰레기통에 버렸다. 그런데 누군가가 수리해서 쓰레기통 옆 나뭇가지에 걸어 놨다. 나는 성탄절 날 산타클로스에게 카메라를 선물 받은 것처럼 매우 매우 기뻤다.

통역병 고장난 카메라를 수리해줘서 매우 매우 기쁘다고 하신다.

최상병 김 일병은 여기 있는 군복들도 단추 달고, 꿰매고, 고쳤습니다!

통역병 셧업!

미군연대장 사진 촬영과 현상도 잘 하는가?

김만우 넷!

통역병 그렇다고 합니다.

미군연대장 원더풀! 아주 놀라운 재능이다! 나는 귀관에게 특별 코너를 마련해 주겠다. 우리 캠프 장병들이 그 코너에서 고장난 카메라를 수리하고 사진 촬영을 할 것이다.

통역병 특별한 사진 코너를 마련해 주겠다고 하신다.

김만우 감사합니다!

통역병 일동 차렷! 경례!

미군 연대장, 통역병, 퇴장한다. 이 병장, 최 상병, 김만우는 다림판과 옷걸이대와 군복들을 무대 밖으로 옮긴다. 김만우, 공중전화 부스처럼 생긴 것을 무대 안으로 옮겨 놓는다. 〈Six Fingers' Corner〉라고 영문의 반원형 간판이 부스 지붕 위에 붙어있고, 부스의 전면 창구 앞에는 사진기들이 놓인 진열대가 돌출되어 있으며, 부스 바닥에는 작은 바퀴들이 달려있다.

1951년 7월 19일
김만우, 〈Six Fingers' Corner〉 안에 앉아 있다. 이 병장, 등장한다.

그는 부스 창구 앞으로 다가가서 김만우를 부른다.

이병장 야, 김 일병. 뭐하냐?

김만우 (부스 안에서 고개를 내밀며) 아, 이 병장님!

김만우, 손에 작고 두툼한 책을 든 채 부스 밖으로 나와 이 병장에게 거수경례를 한다.

이병장 그건 무슨 책이야?

김만우 영어 사전입니다.

이병장 영어 사전……?

김만우 네, 하루에 영어 단어 오십 개씩 외우고 있습니다.

이병장 (진열대의 사진기들을 가리키며) 이렇게 수리할 물건들이 많은데, 한가하게 영어 단어나 외워?

김만우 아닙니다. 이건 이미 다 수리했습니다.

이병장 그러니까, 수리했는데도 안 찾아 간 것들이야?

김만우 네, 열 명 중에 한두 명이나 찾아갈까…… 거의 안 찾아 갑니다.

이병장 그걸 알면서 고쳐?

김만우 네.

이병장 왜 고쳐……?

김만우 저는 고장 난 건 고쳐야 마음이 편합니다.

이병장 나도 좀 고쳐줘.

김만우 병장님을요……?

이병장 난 향도병으로 선발됐다.

김만우 향도병이요?

이병장	미군들은 우리 지리를 모르잖아. 전투 나갈 때 내가 맨 앞에서 길 안내를 해야 한다구.
김만우	그렇군요…….
이병장	지뢰라도 밟으면 어떡하지? 총 맞으면 어떡하냐?
김만우	이 병장님은 무사하실 것입니다.
이병장	김 일병, 부탁이야. 만약에, 내가 지뢰 밟아 팔 다리가 없어지거든, 다시 새 것으로 달아 줘! 그리고 또 만약에, 내가 총 맞아 죽거든 다시 나를 살려달라구!
김만우	네…… 언제 떠나십니까?
이병장	오늘 오후 두 시.
김만우	(거수경례를 한다.) 안녕히 다녀오십시오!
이병장	너만 믿고 간다, 식스 핑거스!

이 병장, 퇴장한다. 김만우, 이 병장의 뒷 모습을 걱정스럽게 바라본다.

1952년 10월 28일
미군 군종 장교 토마스 신부, 폴라로이드 사진기를 들고 등장한다.
김만우, 부스 앞에 있다.

토마스	굿모닝, 식스 핑거스!
김만우	토마스 신부님, 안녕하십니까?
토마스	미국에서 최근 발명한 사진기라네! 사용이 매우 간단해. 버튼만 누르면 촬영, 현상, 인화가 한꺼번에 되네. (버튼을 누른다.) 어떤가? 즉석에서 천연색 사진이 나왔네!
김만우	정말 신기하군요!

토마스 옛날 사람들은 오랫동안 기억하고 싶은 것을 사진에 담아 간직했네. 하지만 지금은 그런 사람 없어. 잠깐 보고는 휴지처럼 버려. (사진을 버린다.) 이 사진기는 요즘 사람들의 취향에 딱 맞네! (다시 버튼을 눌러 사진이 나오자 슬쩍 보고는 버리며) 이렇게, 쉽게 찍고, 쉽게 버려!

김만우 선물 받은 사진도 버립니까?

토마스 선물 받은 사진……?

김만우 네. 고종 황제의 채색 사진입니다.

토마스 글쎄…… 굉장히 위대한 황제인가?

김만우 그 사진 받은 사람이 황제다운 존재감이 없다고 했는데…… 잘 간직하고 있겠지요?

토마스 그럼 간직 않겠군.

김만우, 갑자기 숨을 쉬지 못하고 주저앉는다.

토마스 식스 핑거스, 왜 이러는가!

김만우 헉헉…… 사진을 버렸다면…… 숨이 막혀요…….

토마스 사진 공황증?

토마스 신부, 김만우를 부축하여 일으켜 세운다.

토마스 좀 괜찮은가?

김만우 아뇨…….

토마스 내일 밤, 캠프 성당에 오게. 극심한 불안으로 고통 받는 장병들을 위한 미사가 있네.

김만우 토마스 신부님…….

토마스　내가 버린 사진은 주워 가겠네.

토마스 신부, 사진들을 주워들고 퇴장한다.

1952년 10월 29일
미군 캠프 험프리. 성당. 팔 없는 병사, 다리 잃는 병사, 붕대로 머리를 감은 병사, 많은 부상병들이 등장한다. 김만우, 그들과 함께 있다. 토마스 신부, 등장. 그는 빵과 포도주가 놓인 식탁을 옮겨온다.

토마스　사랑하는 형제 여러분, 하느님께서는 우리 미국을 축복하사 세계 최강의 나라가 되게 하셨습니다. 하지만 세계 최강의 나라에도 어두운 그늘이 있습니다. 약한 자는 차별받고, 장애자는 멸시 당합니다. 지금 형제들의 극심한 불안은, 바로 그렇게 되는 것이 두렵기 때문입니다.
　　　　사랑하는 형제 여러분, 하느님의 아들 예수 그리스도가 태어나실 때, 로마 제국은 세계 최강의 나라였습니다. 예수님은 차별 받는 자, 멸시 당한 자, 소외된 자들을 위해 헌신적으로 활동하다가 권력 가진 자들의 분노를 사서 십자가에 못 박힙니다. 예수님은 죽음이 두렵지 않았습니다. 그러나 잊혀지는 것은 두려웠습니다. 그래서 처절하게 외칩니다. "아버지, 어찌하여 나를 버리십니까?"
　　　　예수님은 잡혀가던 날 밤 최후의 만찬에서 빵을 떼어 주며 말씀하셨습니다. "이것은 나의 몸이다. 너희가 먹고 나를 기억하여라." 그리고 포도주를 잔에 따르며 말씀하셨습니다. "이것은 나의 피다. 너희가 마시고 나를 기억하여라."

형제 여러분, 오늘 밤 우리는 예수님의 살을 먹고 피를 마십시다. 그리하여 우리가 버림받은 예수님을 기억하면, 예수님도 버림받은 우리를 잊지 않을 것입니다.

토마스 신부, 성체를 들고 부상병들에게 다가가서 나눠 준다.

김만우　신부님, 저에게도 주십시오.
토마스　식스 핑거스…….
김만우　네, 신부님.

김만우, 성체를 받아먹는다. 악사들이 〈주여, 우리를 불쌍히 여기소서 : 키리에 엘레이손〉을 연주한다. 부상병들과 김만우, 서서히 퇴장. 무대 조명, 암전한다.

1952년 12월 2일
한 줄기 조명, 무릎 꿇고 앉아 기도하는 토마스 신부를 비춘다. 김만우, 등장한다. 그는 토마스 신부가 기도를 마칠 때까지 기다린다.

김만우　토마스 신부님.
토마스　어, 웬일인가?
김만우　신부님께 고백하러 왔습니다.
토마스　음…… 저쪽 고해성소로 가세.

조명, 무대 구석진 곳 바닥에 좁은 사각형을 비춰 고해성소를 나타낸다.

김만우	토마스 신부님, 저는 하느님도 모르고 예수도 알지 못합니다.
토마스	인간은 가끔 의혹에 빠질 때가 있지. 그런 때는 열심히 기도하게.
김만우	저는 신자가 아닙니다.
토마스	왓……?
김만우	세례 받지도 않았습니다.
토마스	식스 핑거스!
김만우	네, 신부님…….
토마스	세례 신자가 아니면서 그리스도의 살과 피를 먹고 마신 건 신성 모독일세!
김만우	죄송합니다, 신부님. 저는 그렇게 해야만 버려진 사진을 찾을 수 있다고 생각했습니다.
토마스	아주 엉뚱한 생각이야!
김만우	죄송합니다…….
토마스	도대체 그 황제 사진을 선물 받은 자가 누구인가?
김만우	앨리스입니다.
토마스	앨리스……?
김만우	네. 미국 대통령이었던 시어도르 루즈벨트의 딸이지요. 앨리스는 대한제국 고종 황제의 사진을 받고 아주 부정적으로 말했습니다. "황제다운 존재감이 없다, 아둔하다, 애처롭다……"
토마스	곧 버릴 듯이 말했군.
김만우	앨리스의 말처럼 미국 대통령은 고종 황제도 버렸고, 대한제국도 버렸어요. 그 사진을 촬영한 저의 할아버지는 극심한 죄책감에 시달렸고, 저의 아버지는 그 사진을 찾

지 못해 자살하셨습니다.

토마스 음…… 안 됐네…….

김만우 근본 원인을 알고 보면, 이번 전쟁도 그 사진 때문에 발생한 것이지요.

토마스 한국 전쟁이 사진 때문에……?

김만우 네, 신부님. 만약 앨리스가 긍정적인 말, "황제다운 존재감이 있다. 지극히 총명하며 존엄하다"고 말했다면, 처음부터 역사가 달라집니다. 일본은 한국을 병합하지 못했을 테고, 2차 세계대전 후 미국과 소련이 일본군의 무장해제를 핑계 삼아 우리 땅에 들어와 반씩 나누는 일도 없었겠지요. 그리고 우리 민족이 서로 적이 되어 싸우는 전쟁도 발생하지 않았습니다.

토마스 음…… 한국 사람이라면 그렇게 생각할 수 있겠지.

김만우 토마스 신부님, 저는 그 사진을 꼭 되찾아야 합니다.

토마스 되찾겠다…… 왜?

김만우 굴욕적인 역사를 만든 것이니까 그냥 둘 수 없죠. 되찾아 영원히 없앨 겁니다!!

토마스 지금 그 사진이 어디 있는지는 알고 있나?

김만우 미국입니다. 앨리스는 사진을 갖고 미국으로 갔거든요.

토마스 미국은 넓고도 넓네! 이쪽 땅 끝은 태평양, 저쪽 땅 끝은 대서양이야.

김만우 네, 신부님.

토마스 있는 곳을 정확히 알지 못하면, 찾는 건 불가능해.

김만우 신부님은 정확하게 아실 방법이 있습니다.

토마스 내가……?

김만우 네. 신부님이 하느님께 기도해서 여쭤보십시오. 하느님은 정확하게 그 사진 있는 곳을 대답해 주실 것입니다.

토마스 오, 마이 갓!

김만우 신부님이 그곳을 알아내 주시면, 사진 찾아오는 건 제가 하겠습니다.

토마스 신부, 고해성소 밖으로 나온다.

토마스 식스 핑거스, 억지소리 그만하고 이리 나와!

김만우 약속해 주셔야 나갑니다.

토마스 (곤혹스런 표정으로 하늘을 우러러 보며) 아, 하느님……!

김만우 벌써 기도하십니까?

토마스 저 불쌍한 인간을 어찌해야 할까요?

김만우 토마스 신부님, 하느님의 대답은요?

토마스 이 빌어먹을 전쟁이 끝나면, 내가 미국으로 돌아가서 직접 알아보겠네!

김만우 정말입니까?

토마스 난 거짓말 안 해!

김만우 감사합니다, 토마스 신부님!

김만우, 고해성소 밖으로 나온다.

1953년 7월 24일
미군 연대장, 통역병, 등장. 김만우, 차렷 자세로 거수경례를 한다.

통역병 어텐션!

미군연대장 식스 핑거스, 귀관에게 훈장을 수여한다.

통역병　장군님께서 훈장을 주겠다고 말씀하셨다.

김만우　그 말씀은 통역 안 하셔도 알겠습니다만…… 왜 저에게 훈장을……?

통역병　뭐, 통역이 필요 없어?

김만우　네. 여기 있는 동안 영어 공부 열심히 했습니다.

미군연대장　식스 핑거스, 귀관은 온갖 고장 난 카메라들을 수리해서 미국 군인의 물자 절약에 큰 기여를 하였다. 그 공로가 탁월하기에 명예로운 동성무공훈장을 수여한다.

통역병　다 알아 들었나?

김만우　넷, 알았습니다!

미군 연대장, 김만우의 가슴에 동성무공훈장을 달아준다.

미군연대장　매우 매우 수고했다.

김만우　감사합니다.

미군연대장　보너스로 아주 기쁜 소식을 말해 주겠다. 사흘 후 7월 27일, 판문점에서 정전협정이 체결된다.

김만우　정전협정이요……?

미군연대장　이제 휴전이다. 우리 미군은 일부 방어 병력만 남기고 미국 본토로 돌아간다.

김만우　토마스 신부님도 가십니까?

통역병　그렇다. 토마스 신부도 귀국한다.

김만우　아주 잘 됐습니다. 저도 미국에 따라가면 안 될까요?

통역병　네가 미군이냐? 카츄사는 안 돼!

김만우　그럼 식스 핑거스 코너는요?

통역병　당연히 없어진다!

김만우	장군님, 저는 곧 제대합니다. 식스 핑거스 코너를 캠프 앞으로 옮기겠습니다.
통역병	노! 안 돼!
미군연대장	오케이! 그건 식스 핑거스의 자유다!
김만우	생큐, 써!
미군연대장	굿 럭!

미군 연대장, 통역병, 퇴장한다.

1953년 7월 27일
김만우, 〈Six Fingers' Corner〉 부스를 무대 다른 곳으로 옮긴다. 그리고 그는 [번역 - TRANSLATE] 팻말을 부스 창구 옆에 붙인다.

1955년 4월 6일
둥, 둥, 북소리가 들린다. 최 상병, 등장. 그는 전역한 후 화장품 행상을 하고 있다. 그가 걸을 때마다 발과 연결된 북채가 등에 짊어진 커다란 북을 두드린다.

최상병	동동 그리무 왔어요, 동동 그리무! 팥쥐가 바르면 콩쥐 되고, 천하박색 뺑덕어멈도 어여쁜 성춘향이 됩니다! 자, 왔어요! 동동 그리무, 동동 그리무가 왔어요!

최상병, 〈Six Fingers' Corner〉를 발견한다.

최상병	어, 그대로 있네!

최 상병, 부스로 다가간다. 평상복을 입은 김만우, 부스 안에서 번역할 편지를 보면서 타자기의 자판을 치고 있다.

최상병   여봐, 김만우!

김만우   (타자기를 멈추고 창구 밖을 바라본다.) 누구십니까?

최상병   나야, 나!

김만우   최 상병님……?

최상병   상병은 옛날이지. 이젠 그냥 형님이라고 불러!

김만우   (부스 밖으로 나오며) 형님, 그동안 어떻게 지내셨습니까?

최상병   그럭저럭 잘 지냈지!

김만우   이 병장님은요? 향도병이 되어 가신 다음엔 소식을 못 들었습니다.

최상병   전사했어.

김만우   전사요……?

최상병   지뢰를 밟았거든, 운 나쁘게.

김만우   (슬픈 표정이 된다.) 가슴…… 아프군요…….

최상병   나도 가슴 아퍼.

최 상병, 손에 든 가방에서 크림 한 통을 꺼내 김만우에게 내민다.

최상병   이거 한 통 사서 마누라 줘. 아주 좋아서 미칠 거야!

김만우   저는 마누라 없습니다.

최상병   없다니?

김만우   결혼 안 했어요.

최상병   왜?

김만우   결혼하면 아내를 불행하게 만들 것 같아서요…….

최상병	별소릴 다 듣네!
김만우	(크림 통을 받아 들고) 이건 얼마입니까?
최상병	마누라도 없다면서 뭘 하려고?
김만우	제가 사고 싶어 그럽니다.
최상병	이왕이면 한 통 더 사. 날마다 내가 오는 게 아니야!
김만우	네.

최 상병, 가방에서 크림 한 통을 더 꺼내 김만우에게 준다. 포주, 등장한다. 짙은 화장과 화려한 옷, 교태부리며 걸어온다.

포주	헬로우, 식스 핑거스!
김만우	안녕하세요!
포주	오, 원더풀 나이스 데이!

포주, 핸드백에서 편지 한 다발을 꺼내 부스 창구 앞 진열대에 올려놓는다.

포주	이건 미국에서 온 편지야. 빨리 한글로 번역해 줘! 그리고 이건 우리 애들이 미국으로 보낼 편지야. 사랑이 철철 넘치도록 번역해줘! 그래야 미국 간 애인들이 변심 않고 생계비, 자녀 양육비를 보내준다구!
김만우	편지에 사진을 함께 보내면 좋겠습니다.
포주	지난 번 보냈잖아?
김만우	이미 받은 사진은 버렸을지 모릅니다.
포주	그럼 또 보내야지. 오늘 카메라 갖고 와서 우리 애들 찍어 줘.

최상병	실례지만, 뭘 하는 분이십니까?
포주	나? 퀸이야!
최상병	퀸이라뇨?
포주	내 밑에 양공주가 열여덟 명 있지. 제니, 메리, 코니, 패티, 로즈, 안나…… 그러니까 공주들의 우두머리는 여왕, 퀸 아니고 뭐겠어?
최상병	잘 만났습니다, 여왕님. 공주들을 위해 동동 그리무 사세요!
포주	우리 애들은 미제 화장품 써. 굿바이, 식스 핑거스! 모든 비용은 월말 계산이야!

포주, 손을 흔들며 퇴장한다.

최상병	돈은 월말에나 생기겠군. 동동 그리무 두 통 값도 그때 와서 받지.
김만우	가시려고요?
최상병	여기만 있다간 더 못 팔아!

최 상병, 등 뒤의 북을 두드리며 무대를 한 바퀴 돈다.

최상병	자, 동동 그리무 왔어요! 팥쥐가 바르면 콩쥐 되고, 천하 박색 뺑덕어멈도 어여쁜 성춘향이 됩니다! 자, 왔어요! 왔어! 동동 그리무가 왔습니다!

최 상병, 퇴장한다. 김만우, 포주가 놓고 간 편지들을 들고 부스 안으로 들어간다. 그는 타자기 앞에 앉아 번역한 내용을 타자한다.

1957년 10월 14일

밤. 하늘에는 초승달과 별들이 떠 있다. 부스 안은 전등이 켜져 밝다. 김만우, 타자기를 멈추고 부스 밖으로 나와 하늘을 바라본다.

김만우 토마스 신부님, 오늘 밤은 하늘이 맑아서 많은 별들이 떴습니다. 저기, 초승달도 또렷하고, 북두칠성도 반짝반짝 빛납니다. 이곳은 밤이지만, 지구 반대쪽 그곳은 해가 뜬 낮이겠군요.

악사들과 가수, 〈솔베이지의 노래 : 그리그 작곡〉를 연주하고 노래 부른다.

가수 그 겨울이 지나고 봄은 가고 또 봄은 가고
그 여름날이 가면 더 세월이 간다 세월이 간다
아 그러나 그대는 내 님일세 그대는 내 님일세
온 마음 다하여 기다리네 그대를 기다리네
아아―― 아아아―― 아아―― 아아아――

김만우 신부님은 미국에 가시면, 앨리스가 가져간 사진이 어디 있는지 직접 알아내 주시겠다고 하셨지요. 저는 그 약속을 믿고 기다립니다.

가수 그대 있는 곳 어디인지 밝은 태양 빛나면
신께서 축복하사 그대를 지켜 주시리
그러나 나는 기다리네 그대가 돌아오기를
진정으로 기다리네 우리 다시 만날 날을

아아-- 아아아-- 아아-- 아아아---

김만우   매일 많은 편지들이 미국에서 옵니다. 그러나 아직 신부
님의 편지는 없습니다. 토마스 신부님, 사진 있는 곳 아셨
거든 편지 하세요!

가수   봄이 지나 여름 오고 가을 가고 겨울 오면
또 한 해가 지나간다 세월이 흘러간다
그러나 나는 기다리네 그대가 돌아오기를
언제나 기다리네 그대가 나에게 돌아오기를
아아-- 아아아-- 아아-- 아아아--

김만우, 부스 안으로 들어간다.

1961년 5월 16일
부스 앞을 검정 색안경 쓰고 군용 점퍼 입은 육군 소장과 육군 중령
이 지나간다.

육군소장   여봐, 김 중령!
육군중령   네. 박 소장님!
육군소장   이 길로 가면 청와대가 확실한가?
육군중령   그렇습니다!

1970년 4월 7일
최 상병, 등 뒤에 북 대신 월부 판매용 전집 책들을 잔뜩 짊어지고
등장한다. 그는 부스 앞에 책들을 내려놓고 털썩 주저앉는다. 김만

우, 부스 안에서 나온다.

김만우 형님, 오셨습니까!

최상병 잘 지냈어?

김만우 네.

최상병 나 업종 바꿨어. 동동 그리무는 폐업하고 월부 책장사야.

김만우 이게 더 무겁겠어요.

최상병 응, 더 무겁지. 백과사전, 문학전집, 어린이 그림책, 다 있어. 동생에겐 열두 권짜리 어린이 그림책을 육 개월 월부로 줄게.

김만우 그림책요……?

최상병 아이들이 미치도록 좋아할 거야.

김만우 저는 아이가 없습니다.

최상병 없다니?

김만우 결혼 안 했으니 없지요.

최상병 (일어나며) 여봐, 동생. 내가 마당발이야. 동네방네 다니면서 온갖 여자들을 다 알아. 처녀, 과부, 이혼녀, 새파랗게 젊은 여자, 농염하게 무르익은 여자, 원하는 대로 소개할 수 있어!

포주, 등장한다.

포주 헬로우, 식스 핑거스! (핸드백에서 편지 몇 통을 꺼내 부스 창구 앞 진열대에 놓는다.) 이젠 미국에서 오는 편지가 겨우 이거야. 오랜 세월 탓인지 우리 공주님을 잊었고, 사랑도 잊었고, 생계비와 양육비도 잊었어!

최상병	안녕하십니까, 여왕님!
포주	누구시더라……?
최상병	여왕님과 공주님들을 위해 50권짜리 세계문학전집을 10개월 할부로 드립니다.
포주	아, 미스터 동동 그리무!
최상병	그건 옛날 일입니다.
포주	나 많이 늙었지?
최상병	아뇨, 여전히 젊고 예쁘십니다.
포주	거짓말! 아무도 세월에는 못 당해. (김만우에게) 미국 보낼 편지 번역 다 됐거든 줘.
김만우	네.
포주	식스 핑거스, 이제는 우리 애들 사진 안 찍어도 돼.
김만우	왜요?
포주	꼭 필요하면 내가 찍어.

포주, 핸드백에서 일회용 카메라를 꺼낸다.

김만우	그게 뭡니까?
포주	오, 서프라이즈! 일회용 카메라야!
김만우	일회용요……?
포주	한번 쓰고는 부담 없이 버려!
김만우	이젠 사진만이 아니라 사진기도 버리는군요.
포주	원더풀! 값이 아주 싸고 찍기도 간단해!

김만우, 부스 안으로 들어가 편지들을 갖고 나온다. 포주, 편지들을 받고 한숨 쉰다.

| 포주 | 오는 편지가 적을수록 가는 편지는 많아져. 새드 러브, 슬픈 사랑의 증거지! (편지들을 핸드백에 넣는다.) 월말 계산이야, 번역비는! |
| 최상병 | 여왕님, 세계문학전집도 월말 계산됩니다! |

포주, 핸드백에서 잡지 한 권을 꺼내든다.

포주	나, 이런 것만 읽어!
최상병	그게 뭔데요?
포주	〈플레이 보이〉! (잡지를 흔들며) 굿바이, 에브리보디!

포주, 퇴장한다.

최상병	이 무거운 걸 짊어지고 또 어디를 가야하나……? 앞길이 캄캄하네!
김만우	세계문학전집은 제가 사겠습니다.
최상병	고마워! 정말 고마워! 어린이 그림책은 덤으로 줄게!

최 상병, 나머지 책들을 짊어지고 퇴장한다.

1979년 10월 27일
우편배달부, 등장. 그는 〈Six Fingers' Corner〉 간판을 바라본다. 김만우, 부스 안에서 타자기를 두드리고 있다. 우편배달부, 부스 창구 앞으로 가까이 다가와서 묻는다.

| 배달부 | 실례합니다. 혹시 식스 핑거스 씨? |

김만우   네, 그렇습니다만……?

배달부   미국에서 보낸 이 편지의 주소가…… 미 육군 캠프 험프리 정문 앞 〈식스 핑거스 코너〉라고만 써있고, 받는 사람 이름도 이상해서…….

김만우   아, 드디어 왔군요!

김만우, 부스 밖으로 나온다. 우편배달부, 미심쩍은 표정으로 편지를 주지 않는다.

김만우   그 편지 어서 주십시오!

배달부   잠깐, 확인 좀 하고요. 보낸 사람 이름이……?

김만우   토마스 신부님이요!

배달부   (편지 봉투에 적힌 이름을 확인한다.) T,h,,o,m,a,s…… 앞으로는 그 양반한테 주소 좀 정확히 쓰라고 하세요!

우편배달부, 김만우에게 편지를 주고 퇴장한다. 김만우, 봉투를 열고 편지를 꺼내 목독한다. 얼굴 표정이 기쁨으로 가득하다. 최 상병, 등장한다. 그는 말쑥하게 양복을 차려입고 서류 가방을 들고 있다.

최상병   동생, 나 또 업종 바꿨어!

김만우   (편지에서 눈을 떼지 않고) 네, 형님.

최상병   이번엔 보험이야!

김만우   네, 형님.

최상병   내 말은 듣지도 않는군.

김만우   네, 형님.

최상병   도대체 그게 무슨 편지야?

김만우   네, 형님.

최상병   기다리고 또 기다리던 토마스 신부 편지?

김만우   네, 26년 만에 왔어요!

최상병   26년이라…… 참 빨리도 왔네.

김만우   넓고 넓은 미국에서 고종황제 채색 사진 찾기가 한강 모래밭에서 바늘 찾기보다 더 어렵거든요!

최상병   그래서……?

김만우   워싱턴의 스미스소니언 박물관에 있답니다!

최상병   박물관……?

김만우   네.!

최상병   사진이 왜 박물관에 있어?

김만우   앨리스가 죽을 때 갖고 있던 것을 기증했다는군요!

최상병   동생은 어떻게 할 거야?

김만우   미국 워싱턴으로 가서 사진을 없앨 겁니다!

최상병   보험 들고 가. 화재보험, 교육보험, 생명보험…….

김만우   다녀와서 들겠습니다. 여행 경비가 많이 들 것 같아서요.

최상병   여권 있나?

김만우   아뇨. 지금 신청해야 합니다.

최상병   여권은 나오겠지. 하지만, 미국 비자는 안 나올 걸.

김만우   왜요……?

최상병   하늘에서 별 따기야, 보통 한국 사람이 미국 비자 받기는.

김만우   나에겐 미국 동성무공훈장이 있습니다!

최상병   됐어! 그 훈장이면 비자 받아!

무대 조명, 암전한다.

1980년 1월 14일
김만우, 여행용 가방을 끌고 부스에서 나온다. 그는 돌출된 진열대를 위로 올려 창구를 닫는다. 그리고 〈임시 휴업〉이라고 쓴 종이를 붙인다. 김만우, 활기차게 퇴장한다.

1980년 2월 6일
포주, 등장. 창구 닫힌 부스를 보고 실망한 표정으로 돌아간다.

포주　　오, 크레이지! 아직도 휴업이야!

1980년 4월 20일
최 상병, 등장. 창구 닫힌 부스를 바라본다.

최상병　떠난 지 석 달인데, 왜 안 돌아올까……?

최상병, 머뭇거리다가 나간다.

1980년 4월15일
깊은 밤. 김규진, 김석연, 등장. 부스 앞에 선다.

김규진　만우가 왜 이렇게 늦는지 모르겠다…….
김석연　너무 걱정 마십시오, 아버님. 미국에 무작정 간 것도 아니고, 고종 황제 사진 있는 곳을 정확히 알고 갔습니다.
김규진　저기…… 누가 있다.
김석연　만우의 아들, 기태 같습니다. 기태야! 기태야!
김기태　(소리) 네.

김석연	이리 와!
김기태	(소리) 저는 태어나기 전입니다.
김규진	상관없다. 어서 나오너라!
김기태	(어둠 속에서 나온다.)
김석연	너도 걱정하고 있구나?
김기태	네…….
김규진	기다리자. 우리 함께.

김기태, 김규진과 김석연 옆에 나란히 선다. 긴 침묵. 새벽닭이 운다. 그들은 슬며시 부스 뒤로 자취를 감춘다.

1980년 6월 9일

무대 후면의 자동문이 열린다. 김만우, 지친 모습으로 여행용 가방을 힘겹게 끌고 들어온다. 부스 뒤에서 김규진, 김석연, 김기태, 고개를 내밀고 김만우를 주시한다. 김만우는 계단 밑에 주저앉는다. 최 상병, 서류 가방을 들고 등장. 그는 김만우를 보더니 반색하며 달려온다.

최상병	동생! 동생!
김만우	(침묵)
최상병	도대체 왜 이제 온 거야?
김만우	(침묵)
최상병	내가 얼마나 걱정했는지 알아? 열 번 스무 번 올 때마다 내 마음이 새카맣게 탔지!
김만우	미안해요, 형님…….
최상병	사진은 찾았어?

김만우	아니요…….
최상병	워싱턴의 스미스소니언 박물관에 없는 거야?
김만우	있는 건 확실해요. 하지만 절대로 보여주지 않습니다.

김만우, 머리를 숙이고 흐느껴 운다.

최상병	남자가 울기는…… 토마스 신부가 아무 것도 안 도와줘?
김만우	많이 도와줬어요. 늙으신 몸으로 공항에 마중 나오시고…… 스미스소니언 박물관 규모가 엄청나게 커요. 국회의사당 근처에 큰 건물이 19개나 있는데…… 모두 스미스소니언 박물관입니다.
최상병	규모가 어마어마하네!
김만우	그 중 한 건물인 미술관의 수장고 목록에서, 고종황제 채색 사진이 보관되어 있는 걸 확인했죠.
최상병	그렇게 고생했으면 무슨 수를 써서라도 없애고 와야지!
김만우	온갖 노력을 했지만 소용없어요. 정당한 사유가 아니면 수장고의 문을 열지 않는다면서…… 내가 그 사진을 촬영한 분의 손자라고 말해도 믿지 않고…… 토마스 신부님이 하느님을 걸고 맹세해도 믿지 않더니…… 미술관 직원이 경찰을 불러 우리를 쫓아냈어요…….
최상병	그만 울어, 동생.
김만우	다시 접근하면 체포하겠다…… 경찰이 경고했어요. 그래서 다음엔 나 혼자 갔습니다. 토마스 신부님께는 아무 말 않고요. 나는 체포당해…… 지금까지 갇혀 있다 왔습니다.
최상병	사진은 아예 보지도 못 했군.

부스 뒤에서 고개를 내밀고 엿듣는 김규진, 김석연, 김기태, 실망한 표정이다.

김만우   형님, 대리모를 구해주세요.

최상병   대리모……?

김만우   저는 아들을 갖고 싶어요. 완전히 절망할 때는 아들이 유일한 희망입니다.

최상병   그건 그래.

김만우   형님은 마당발이잖아요.

최상병   하긴 뭐…… 결혼 안 한 자네가 아들 갖는 방법은 대리모뿐이지. 좋아, 내가 구해줄게. 그 대신 동생은 보험 들어. 화재보험, 교육보험, 생명보험…… 뭘로 들 거야?

김만우   생명보험요. 내가 죽으면 아들이 보험금을 받도록 해야지요.

최상병   (서류 가방에서 보험 계약서를 꺼낸다.) 이거 생명 보험 계약서야. 싸인해!

김만우   네, 형님.

최상병   이건 교육보험인데, 아들 잘 교육시키려면 하나 더 들어!

김만우   네, 형님.

최상병   불날지 몰라! 화재 보험도 들어!

김만우   네, 형님.

김만우, 보험계약서에 서명한다. 김규진, 김석연, 김기태, 사라진다. 무대 조명, 암전한다.

4막
김기태 (1984-현재)

1984년 4월 22일
무대 후면 자동문이 열린다. 김기태, 등장한다.

김기태 여러분, 드디어 제가 태어났습니다! 결혼하지 않은 아버
지의 정자로 누구인지 알지 못할 대리모의 자궁을 빌려
저 김기태가 태어났어요! 그리고 4년 후 굉장한 일이 있
었죠!

1988년 9월 17일
악사들과 가수, 〈서울 올림픽 주제가 : 김문환 작사. 조르지오 모로
더 작곡〉을 연주하고 노래한다. 반바지 차림의 어린이로 분장한 남
자 배우가 굴렁쇠를 굴리며 무대를 지나간다.

가수 하늘 높이 솟는 불
우리의 가슴 고동치게 하네
이제 모두 다 일어나 영원히
함께 살아가야 할 길 나서자
손에 손잡고 벽을 넘어서
우리 사는 세상 더욱 살기 좋도록
손에 손잡고 벽을 넘어서
서로서로 사랑하는 한 마음 되자.

김기태 그렇습니다. 1988년 9월 17일, 서울 올림픽이 있었던 날

입니다. 나의 아버지는 암병동에서 서울 올림픽의 화려한
개회식을 텔레비전으로 보셨습니다.

1989년 6월 28일

김기태   그리고 바로 다음해, 아버지가 돌아가셨어요. 제 나이는
겨우 다섯 살, 산다는 것이 무엇인지 몰랐기에, 죽는 것도
무엇인지 몰랐어요.

2002년 4월 22일

김기태   그 후 12년이 지난 2002년 4월 22일. 제 열여덟 번째 생
일이 됐습니다.

늙은 최 상병, 등장. 그는 김만우의 일기장을 들고 있다.

최상병   기태야.
김기태   네.
최상병   축하한다. 이제 넌 성인이 됐다.
김기태   성인이라뇨……?
최상병   법적으로 어른이 된 거지. 받아라.

최 상병, 일기장을 김기태에게 준다.

최상병   네 아버지 일기장이다. 네가 성인이 되는 날 주라고 했어.
김기태   (일기장을 펼쳐본다.) 아버지가 일기를 쓰셨다니…….

최상병	일기라기보다 집안 대대로 이야기를 쓴 것 같다. 너희 증조할아버지 이야기도 쓰고, 할아버지 이야기도 쓰고, 자기 이야기도 쓰고…… 재미는 없어.
김기태	이미 아저씨가 읽으셨어요?
최상병	응, 궁금해서.
김기태	남의 일기를 함부로 보면 안 되죠.
최상병	그러니까…… 난 네 아버지와 형제지간 같았어. 형이 동생 일기를 좀 읽었다고 나쁘게 생각마라.

최 상병, 호주머니에서 예금통장을 꺼내 김기태에게 준다.

김기태	이건 또 뭡니까?
최상병	네 아버지 죽고 생명보험 받은 돈이다. 그동안 생활비로 쓰고 남은 건 얼마 안 된다. 교육보험과 화재보험도 있었지만, 그건 네 아버지가 암에 걸린 다음에는 납입금을 내지 못해 해약됐어. 세계문학전집 50권과 동동그리무 두 통도 있는데, 필요하면 너 가져라.

김기태, 일기장 속에 있는 사진을 집어 든다.

김기태	이 사진은 뭐죠?
최상병	고종황제 사진.
김기태	네……?
최상병	일기를 읽으면 다 알게 돼.
김기태	한 가지 여쭤볼 게 있어요.
최상병	뭔데……?

김기태　대리모가 저를 낳았을 때, 아버지는 제가 친자식임을 확실히 믿으셨나요?

최상병　아, 그거…… 확실히 믿었지.

김기태　(침묵)

최상병　내가 소개한 대리모야. 왜 의심하겠냐?

김기태　제 손가락이 여섯 개가 아니어서…….

최상병　너희 집안 육손은 유전이지. 하지만, 대대로 육손이 태어나는 건 아니야. 넌 그러니까…… 네 아버지의 아들임을 믿을 수 없다는 거냐?

김기태　전 믿어요. 서랍 닫을 때나 문 닫을 때, 손가락이 낄 때가 있죠. 그럼 굉장히 아파요.

최상병　그건 나도 아파.

김기태　눈에 보이는 다섯 손가락이 아니구요. 여기, 엄지 옆에 달린 보이지 않는 여섯 번째 손가락이 아픕니다.

최상병　그래?

김기태　네.

최 상병, 라이터를 꺼내 불을 켠다. 김기태는 오른손 엄지손가락 옆의 보이지 않는 여섯 번째 손가락을 라이터 불에 댄다.

김기태　앗, 뜨거!

최상병　(반신반의하는 표정으로) 정말 뜨겁냐?

김기태　네, 불에 덴 듯 뜨겁고 아파요!

최상병　아무래도…… 믿지 못하겠다.

김기태　아저씨, 고맙습니다.

최상병　뭘……?

김기태	그동안 저를 잘 키워주셨어요.
최상병	네가 스스로 잘 컸지.
김기태	이젠 성인이 됐으니 아저씨 집을 나갑니다.
최상병	그럼 잘 가라.
김기태	세계문학전집 50권은 제가 가져가 읽겠습니다.

김기태, 최 상병, 퇴장한다.

2009년 7월 8일
덕수궁. 깃발을 든 관광 가이드가 관광객들을 이끌고 등장한다.

관광 가이드	여러분, 이곳은 덕수궁이에요! 대한제국 고종황제 시절엔 경운궁이었는데, 나중에 이름이 바뀐 거죠. 바로 저 건물이 서양의 도리아식으로 지은 석조전인데요, 지금은 국립현대미술관 분관으로 사용하고 있어요.
관광객1	질문 있습니다!
관광 가이드	말씀하세요!
관광객1	왜 석조전을 국립현대미술관 분관으로 사용합니까?
관광 가이드	아주 좋은 질문이에요! 국립현대미술관이 서울 밖 저 멀리 과천대공원에 있어서, 자가용 승용차가 없으면 가기가 어려워요. 그래서 서울 시민들을 위해, 시내 한복판 덕수궁의 석조전을 현대미술관 분관으로 한 거죠.
관광객2	질문 있어요!
관광 가이드	네, 말씀하세요!
관광객3	고종황제는 석조전에서 무엇을 하셨습니까?
관광 가이드	주로 외국 사절을 접견했죠.

관광객 4	석조전 앞 분수대가 베르사이유 궁전 분수대와 모양이 같다는데 사실인가요?
관광 가이드	글쎄요…… 모양이 같은지는 모르겠지만…… 멋지게 뿜어져 나오는 물줄기는 둘 다 똑같아요!
관광객들	그렇군요!
관광 가이드	이 깃발을 따라 오세요! 다음은 중명전으로 갑니다!

관광 가이드, 깃발을 흔든다. 관광객들이 뒤따라간다.

2009년 7월 10일
석조전 현대미술관 분관의 전시 기획 팀장 전광보와 팀원 박지열, 이도준, 한민수, 강윤아, 등장한다. 그들은 석조전 분수대 옆 벤치에 나란히 앉는다. 김기태, 등장. 조금 떨어진 곳에 서서 그들을 지켜본다.

전광보	꼭 점심 식사 후엔 나른해. 계절 탓인가……?
이도준	난 머리가 지끈지끈합니다.
한민수	나도 그래. 며칠 째 머리를 쥐어짜고 있거든.
박지열	스트레스가 심해요, 결론이 안 나서.
전광보	여기 잠시 앉아 머리를 식혀.
김기태	(관객들에게 말한다.) 덕수궁 현대미술관 분관 직원들입니다. 뭔가 심각한 표정으로 분수대 옆 벤치에 앉아 있군요.
한민수	작년 마그리트는 좋았는데…….
이도준	금년 바스키아도 대박났죠!
박지열	내년 잭슨 폴록 특별전시도 엄청나게 성공할 걸!
전광보	그러니까 내후년 특별전시는 어떻게 하겠다는 거야?

이도준	앤디 워홀은요?
한민수	난 제프 쿤스나 로이 리히텐슈타인을 강력 추천합니다.
전광보	모두 진부하게 같은 소리만 반복하는군! 외국의 유명한 미술가들 말고 한국적인 것 좀 없냐? (눈을 감고 있는 강윤아에게) 강윤아 씨!
강윤아	네……?
전광보	졸고 있어?
강윤아	아뇨. 생각 중이에요.
전광보	눈 감고 아무 말 없어서 조는 줄 알았지.
박지열	팀장님, 강윤아 씨를 믿으세요. 아주 특별한 것을 생각해낼 겁니다.
이도준	우리 미술관에서 가장 유능한 큐레이터죠!
강윤아	(웃으며) 농담마세요!
전광보	부탁이야, 정말. 내후년 특별전시는 강윤아 씨가 책임지고 생각해줘.
직원들	그럼 우리 먼저 들어갑니다. 강윤아 씨, 파이팅!

직원들, 벤치에서 일어나 석조전 쪽으로 걸어간다. 강윤아도 일어섰다가 멋쩍은 듯 다시 앉는다. 김기태, 일어나 벤치로 다가간다.

김기태	저, 실례합니다.
강윤아	네……?
김기태	미술관 직원이시죠?
강윤아	네.
김기태	잠깐 드릴 말씀이 있어서요.
강윤아	뭐죠?

김기태	저는 이곳 덕수궁에 자주 옵니다. 석조전의 많은 전시들을 봤죠.
강윤아	그런데요?
김기태	다 좋았지만…… 왜 이런 건 안 할까 아쉬움도 있어요.
강윤아	그게 뭐예요?
김기태	대한제국 황실의 사진전입니다. 이곳이 어딥니까?
강윤아	덕수궁이잖아요.
김기태	대한제국 황제와 가족이 살던 곳입니다. 그들의 사진을 모아 특별전시하기에 딱 좋은 장소죠.
강윤아	(침묵)
김기태	죄송합니다. 별 도움이 안 되는군요?
강윤아	아뇨, 갑자기 그런 말씀을 하셔서…….
김기태	대한제국 황실 사진전의 핵심은 무엇일까요?
강윤아	네……?
김기태	고종황제 사진입니다.
강윤아	그건 그렇죠.
김기태	고종황제 사진들 중에 유일하게 채색 사진이 있습니다.
강윤아	채색 사진이요?
김기태	곤룡포는 황색, 익선관은 자주색을 칠했습니다.
강윤아	난 처음 들어요, 고종황제의 채색 사진!
김기태	실제로 보면 깜짝 놀랄 겁니다.
강윤아	그 사진 어디 있어요?
김기태	아직은 말할 수 없습니다.
강윤아	네……?
김기태	먼저 미술관 직원들과 의논하세요. 대한제국 황실의 사진 전시회가 확실히 결정되면 그때 제가 고종황제 채색 사

진의 소재를 알려드리겠습니다.

강윤아 그런데 뭐하는 분이시죠?

김기태, 명함을 꺼낸다. 강윤아, 일어나서 받는다.

강윤아 (명함을 보며) 김기태 스튜디오……?
김기태 제 사진작업실입니다.
강윤아 덕수궁에서 가까운 곳이군요.
김기태 네. 언제든지 연락 주십시오.
강윤아 (지갑에서 명함을 꺼내주며) 이건 내 명함이에요.
김기태 (명함을 받는다.) 고맙습니다. 곧 다시 뵙기를 바랍니다.

김기태, 강윤아에게 정중히 인사하고 퇴장한다. 강윤아, 의아한 표정으로 김기태의 뒷 모습을 바라본다. 김규진, 김석연, 김만우, 등장한다.

김규진 기태가 영특해! 미국에 있는 고종황제 사진을 가져오게 하려고 미끼를 던졌어!
김석연 하지만 뭔가 예감이…….
김규진 예감이 어떤데?
김석연 저 여자는 기태의 미끼를 물 테고, 기태는 저 여자를 사랑할 것 같아요.
김규진 그게 무슨 걱정이냐?
김석연 우리 집안 남자는 사랑하는 여자를 불행하게 만듭니다.
김규진 네가 그랬지 나는 안 그랬다.
김만우 나 역시 그게 두려워 결혼하지 않았어요.

김규진   못난 놈들! 기태는 달라!

무대 조명, 암전한다.

2009년 7월 18일
덕수궁. 김기태, 등장. 그는 휴대폰을 꺼내 통화한다.

김기태   김기태입니다. 지금 석조전 분수대 옆 벤치에 왔습니다.
(통화를 마치고 관객들에게 말한다.) 오늘 아침, 강윤아 씨의 만
나자는 전화를 받았어요. 어떻게 됐는지…… 궁금합니다.

강윤아, 등장한다.

강윤아   안녕하세요!
김기태   안녕하십니까!
강윤아   지난 번 말씀하신 대한제국 황실 사진전, 직원들과 의논
했는데. 일단은 모두 찬성이에요.
김기태   잘 됐군요!
강윤아   하지만 관장님의 정식 승인을 받으려면, 구체적인 계획서
를 내야 해요. 고종황제의 채색 사진이 어디 있죠?
김기태   (벤치를 가리키며) 우리 여기 좀 앉을까요?
강윤아   네.

김기태와 강윤아, 벤치에 앉는다.

김기태   고종황제는 가배를 즐겨 마셨다고 합니다.

강윤아	가배요?
김기태	(호주머니에서 캔 커피 두 개를 꺼낸다.)
강윤아	아…… 커피!
김기태	자판기 가배죠.
강윤아	고마워요.

김기태, 강윤아, 캔 커피를 마신다.

강윤아	이젠 말해주세요. 고종황제의 채색 사진이 있는 곳은 어디에요?
김기태	스미스소니언 박물관이요.
강윤아	네……?
김기태	정확하게 말하면, 스미스소니언 박물관의 프리어 새클러 갤러리에 있죠.
강윤아	프리어 새클러 갤러리……?
김기태	그리고 좀 더 정확하게 말하면, 사진은 그 갤러리의 깊숙한 수장고에 들어가 있습니다.
강윤아	어떻게 그걸 아세요?
김기태	거기에 있는 건 확실해요. 하지만 개인에겐 절대 보여주지 않습니다. 그래서 국립현대미술관에서 공식적으로 요청해 빌려 와야 합니다.
강윤아	글쎄요…… 공식 요청은 과정이 복잡해서…… 결과를 장담하기 어려워요.
김기태	지금까지 석조전의 특별전시회 작품들은 다 그렇게 외국 미술관에 공식 요청해서 빌려 온 것 아닙니까?
강윤아	네. 그렇지만……. 무척 힘든 일이죠.

김기태　이번 사진전은 그 어떤 전시회보다 중요합니다!

강윤아　(고개를 끄덕이며 일어선다.) 우선 관장님께 계획서를 내겠어요.

김기태　관장님 승인 받으면 알려 주십시오.

강윤아　네. 안녕히 가세요.

강윤아, 퇴장. 김기태는 무대를 반 바퀴 쯤 돌아서 선다.

김기태　나는 덕수궁에서 강윤아 씨를 만난 다음 내 사진 작업실에 왔습니다. 잘 아시겠지만, 요즘 사진기는 필름이 없죠. 필름 대신 조그만 메모리 카드에 촬영 정보를 저장합니다. 그리고 그것을 컴퓨터로 조정해서 원하는 사진을 만들어요. 어둔 밤 풍경을 밝은 낮 풍경으로 바꿀 수 있고, 눈 내린 겨울 들판을 꽃이 만발한 봄 들판으로 바꿀 수 있거든요. 풍경만이 아닙니다. 사진 속의 인물이나 물체를 빼고 보태는 것도 얼마든지 가능해요. 그 예를 보여 드리죠!

김기태, 마치 마술사가 트럼프를 꺼내듯이 호주머니에서 수십 장의 사진들을 꺼내 보여준다.

나는 아버지의 일기장 속에 있던 고종황제 채색 사진을 재촬영해서 이렇게 만들었습니다. 고종황제 뒤의 병풍을 빼고, 여러 가지 다른 것을 배경으로 바꾼 겁니다. 뉴욕의 자유 여신상, 파리 에펠탑, 런던 빅 벤, 중국 만리장성, 이집트의 피라밋, 장엄한 에베레스트 산…… 이 사진을 앨리스 루즈벨트가 본다면 "세상에서 가장 위대한 황제구나!" 감탄하겠지요. 이건 결코 마술이 아닙니다. 여러분도 쉽게 포토샵을 합니다. 사각 진 얼굴을 갸름하게, 낮은 코는 높게, 작은 눈은 큰 눈으로, 여드름 흉터라든가 주근깨는 말끔히 지우고…… 자기 얼굴을 완전히 다른 사람 얼굴로 만듭니다. 그래서 이젠 재판에서 사진을 증거물로 인정하지 않죠. 사진이 사실이었던 시대가 끝나고, 사진이 환상인 시대가 된 것입니다.

김기태, 퇴장한다.

2009년 8월 27일
덕수궁 현대미술관 분관. 강윤아 등장. 휴대폰으로 김기태와 통화한다.

강윤아　김기태 씨, 관장님이 승인하셨어요! 국립현대미술관의 공식요청서를 미국으로 발송했죠!

2009년 10월 12일
서류를 든 전광보 팀장과 직원들이 등장한다.

전광보　프리어 새클러 갤러리에서 온 답신이야. 고종황제 채색사진을 빌려줄 수는 있다는데…… 조건이 매우 까다롭군.
박지열　조건은 뻔하죠. 언제 할 거냐, 전시는?
한민수　어떻게 할 거냐, 운송은?
이도준　보험은?

전광보	보험은 당연하지. 그런데 보험만이 아니라 배상금 조건이 있어.
강윤아	배상금이라뇨?
김기태	전시 중에 사진이 훼손되거나 도난당할 경우 배상금을 달라는 거야. (서류에 적힌 배상금액을 보여준다.) 이걸 봐. 배상금 액수가…….
직원들	어마어마하군요!
전광보	이런 조건은 받아들이기 어려워.
직원들	정말 난처한데요……

현대미술관 관장, 등장한다.

관장	밀어붙여!
직원들	관장님, 오셨습니까!
관장	전시 기획 팀장!
전광보	네. 관장님.
관장	고종황제 채색 사진, 조건대로 진행하게!
전광보	하지만 배상금이 너무 거액이어서…….
관장	뭘 걱정해? 전시 기간 동안 보안을 철저히 했다가 반환하면, 배상금은 줄 필요 없잖는가!
전광보	그거야 그렇습니다만…….
관장	왜? 보안이 안 될 이유가 있나?
강윤아	아뇨. 이곳은 덕수궁이라 보안은 완벽해요.
관장	오케이! 안심하고 밀어붙여!
전광보	네. 그럼 진행합니다!

무대 조명, 암전한다.

2010년 5월 15일
김기태, 등장한다.

김기태 마침내 최종 합의가 이뤄졌습니다. 프리어 새클러 갤러리가 제시한 요구 조건을 국립현대미술관이 받아들인 것입니다. 그렇게 안 했다면, 고종황제의 채색 사진은 수장고에서 나올 수가 없겠죠. 그동안 강윤아 씨와 나는 여러 번 만났습니다. 사진전 일 때문에 만났지만…… 나는 강윤아 씨에게…… 뭐랄까요…… 내가 태어나서 한 번도 느껴보지 못한…… 그런 감정을 느꼈습니다.

김기태, 벤치로 다가간다. 벤치에는 강윤아가 앉아서 모여드는 비둘기에게 모이를 주고 있다. 김기태, 강윤아 옆에 앉는다. 악사들과 가수, 〈쿠르쿠쿠 팔로마 : 멘데스 작곡〉을 연주하고 노래한다.

김기태 오늘은…… 꼭…… 할 말이 있습니다.
강윤아 뭔데요?
김기태 강윤아 씨…….
강윤아 네.
김기태 덕수궁에는…… 비둘기가 많군요…….
강윤아 꼭 할 말이 그거예요?
김기태 아…… 아뇨…….
강윤아 그럼 뭐죠?
김기태 (침묵한다.)

강윤아 어서 하고 싶은 말 해요.

김기태 비둘기가…….

강윤아 비둘기가……?

김기태 점점 더…… 모여듭니다.

강윤아 그러네요!

사이.

김기태 윤아 씨…… 제 뺨을 때려주세요!

강윤아 갑자기 뺨을요?

김기태 말하고 뺨 맞느니, 차라리 뺨 먼저 맞고 말하는 것이 낫겠습니다!

강윤아 그럴 수는 없죠.

김기태 (침묵한다.)

강윤아 듣고 나서 뺨 때릴 테니까 먼저 말부터 해요.

김기태 나는…… 어머니 없이 태어났습니다.

강윤아 (놀란 표정으로 김기태를 바라본다.)

김기태 어머니가 없다는 건 모든 것이 없는 것과 같죠. 그런데…… 강윤아 씨를 만나면서…… 모든 것이 생겼습니다. 그러니까 강윤아 씨는…… 나의 모든 것…… 나의 어머니입니다.

강윤아 김기태 씨 몇 년 생인데요?

김기태 84년생입니다.

강윤아 나는 75년생이에요! 겨우 아홉 살 연상인 내가 누나지 엄마냐구요!

김기태 내 왼쪽 뺨도 때리고, 오른쪽 뺨도 때리세요.

강윤아　뻔히 눈을 뜨고 있는데 어떻게 때려요!

김기태　그럼 눈 감고 있겠습니다.

김기태, 눈을 감는다. 강윤아, 손을 펴든다. 김기태의 뺨을 때리려 바짝 다가간다. 사이. 손을 내리고 키스한다.

강윤아　지워요.

김기태　뭘요?

강윤아　립스틱.

김기태　아무도 못 봤어요…….

강윤아　눈 감은 사람만 못 봤죠.

김기태　엄나, 사랑합니다.

강윤아　엄나라뇨?

김기태　엄마와 누나를 합친 것입니다.

강윤아　기태 씨!

김기태　네…….

강윤아　(웃으며) 비둘기는 밥 많이 먹었으니까 우리도 밥 먹으러 가요.

김기태　네!

김기태, 강윤아, 퇴장한다. 악사들과 가수, 연주와 노래를 마친다.

2010년 7월 30일
덕수궁 석조전. 국립현대미술관 분관 직원들이 등장한다.

전광보　자, 석조전 내부를 둘러보면서 의논합시다. 전시할 사진들을 어떻게 배치하느냐인데…….

이도준 아직 강윤아 씨가 안 왔어요.

전광보 어, 조금 전엔 있었잖아?

이도준 누가 온다면서 잠깐 나갔습니다.

강윤아, 김기태와 함께 등장한다.

강윤아 팀장님, 김기태 씨 왔어요!

전광보 어서 오세요, 김기태 씨! 강윤아 씨 말로만 듣다가 이렇게 만나는군요! (악수를 청한다.) 팀장 전광보입니다!

김기태 뵙게 되어 반갑습니다!

전광보 우리 팀원을 소개하지요. 이쪽은 이도준 씨!

이도준 안녕하세요!

전광보 이쪽은 박지열 씨, 한민수 씨!

박지열 언제 만나려나 기다렸어요!

한민수 그런데…… 어디서 봤던 분 같은데요?

김기태 나는 여기 덕수궁에 자주 옵니다.

한민수 아, 기억납니다! 분수대 옆 벤치에서 강윤아 씨와 비둘기 모이 줬죠!

전광보 김기태 씨, 대한제국 황실 사진전 아이디어는 정말 탁월합니다. 하지만 유감스럽게도 우리 국립현대미술관은 옛날 사진들을 거의 갖고 있지 않습니다. 그래서 고종황제, 순종황제, 영친왕, 의친왕, 덕혜옹주 등등, 사진 대부분을 다른 미술관과 개인에게서 빌려야 했어요. 그 사진들을 어떻게 전시해야 효과적인지, 지금은 그걸 의논 중입니다. 강윤아 씨 의견부터 들어볼까요?

강윤아   시대를 구분해서 전시하면 좋겠어요.

직원들   시대를 구분한다…… 어떻게?

강윤아   여기 1층에는 대한제국 시대, 2층에는 일제 강점기 시대, 사진들을 시대 구분해서 배치하는 거죠.

한민수   내 의견은 달라요. 가장 중요한 건 고종황제 채색 사진 보안 문제입니다. 그러니까 그 사진을 어디에 놓느냐, 그걸 먼저 정한 다음 다른 사진들의 배치를 해야 합니다.

박지열   두 의견이 전혀 다른 건 아닙니다.

전광보   다르지 않다니……?

박지열   시대 구분은 강윤아 씨 의견대로 하고, 고종황제 채색 사진 보안은 한민수 씨 의견대로 하면 됩니다.

전광보   그렇군!

박지열   저기가 석조전 정문이니까…… 이도준 씨, 정문으로 가서 들어와요.

이도준   왜요?

박지열   관람객 동선을 봅시다!

이도준, 무대 후면 자동문 앞으로 갔다가 돌아온다. 직원들, 이도준을 지켜본다.

박지열   음…… 관람객들이 정문으로 들어와서 첫 눈에 보이는 곳, 여기 1층 한복판이 고종황제 채색 사진을 전시할 가장 좋은 자리고 가장 안전한 자리입니다.

전광보   맞아! 사람들 시선이 집중되는 곳이 가장 안전해!

이도준   특수한 유리 덮개의 전시대를 만들어 이곳에 놓죠. 그럼 아무도 고종황제 채색 사진을 훔쳐 가지 못할 겁니다.

전광보	그래, 그렇게 하자구! 모든 것이 잘 결정됐군! 아참, 김기태 씨는 뭐 하실 말씀 없습니까?
김기태	저…… 사진전을 앞당기면 좋겠습니다.
전광보	앞당겨요?
김기태	네. 모든 것이 결정됐거든요.
전광보	이제 겨우 시작입니다. 빌린 사진 인수도 하고, 설치도 하고, 포스터, 팜플릿도 만들고, 신문과 방송 홍보도 하고…… 앞으로 온갖 해야 할 일들이 많아요! (직원들에게) 자, 부지런히 일합시다!

미술관 직원들, 빠른 걸음으로 나간다. 김기태, 관객들에게 말한다.

김기태	여러분은 미술관에 가면 어떤 생각을 하십니까? 미술관 직원들은 한가해서 좋겠다…… 그저 있는 것들을 갖다 놓으면 되고, 전시하는 동안엔 할 일도 없고…… 그러나 그건 오해지요. 미술관 직원들은 굉장히 바쁩니다. 여러분께 알려 드립니다. 대한제국 황실 사진전의 일정이 확정됐습니다. 2012년 11월 15일부터 2013년 2월 15일까지, 이곳 덕수궁 석조전에서 3개월간 전시합니다.

2011년 9월 18일

김기태	강윤아 씨는 전시가 다가올수록 바빴어요. 하지만 틈틈이 우리는 만났습니다. 그러다가…… 2011년 9월 18일…… 운명적인 사건이 생겼는데…….

2011년 9월 19일

김기태   아니, 그 사건은 9월 19일이었습니다.

2011년 9월 20일

김기태   9월 19일이 아닌…… 20일입니다. 기쁨과 설레임이 워낙 커서 날짜마저 혼동하는군요.

강윤아, 등장한다.

강윤아   기태 씨, 오늘 밤 호텔에 가요.
김기태   호텔요……?
강윤아   우리 함께 자요.
김기태   (침묵)
강윤아   언제나 덕수궁 벤치에서만 만날 거예요?
김기태   나는 아직…….
강윤아   아직?
김기태   처음이어서…….
강윤아   안 했어요, 한 번도?
김기태   네. 그걸 어떻게 하는지 몰라요…….
강윤아   걱정 말고 엄나에게 맡겨요!

강윤아, 김기태의 손을 잡아 이끌고 나간다. 무대 조명, 암전한다.

2012년 10월 15일

깊은 밤. 한 줄기 조명, 김기태를 비춘다. 그는 무릎을 껴안고 앉아 있다. 김만우, 검정색 가방을 들고 어둠 속에서 다가온다.

김만우   기태야, 내가 왔다.

김기태   아버지 오실 줄 알았어요.

김기태, 일어선다.

김만우   증조할아버지도, 할아버지도, 함께 오시겠다는 걸 내가 말렸어.

김기태   네……

김만우   전시회가 임박했다. 이제 겨우 한 달 남았는데, 넌 어찌 강윤아만 생각하느냐?

김기태   (침묵)

김만우   이번 전시회에 빌려온 사진을 없애버려라! 이 절호의 기회를 놓치면, 엘리스에게 줬던 그 사진을 없앨 기회는 다시 오지 않는다!

김기태   (침묵)

김만우   왜 대답이 없느냐!

김기태   그 사진 없애면…… 엄청나게 많은 배상금을 물어야합니다. 강윤아 씨는 미술관에서 해직되고…… 우리 사랑도 끝납니다.

김만우   내 아들 기태야!

김기태   네, 아버지……

김만우   너는 계백 장군을 본받아라!

김기태   (침묵)

김만우 계백 장군은 마음 흔들리지 않도록, 미리 아내와 자식을 죽이고 황산벌 싸움에 나갔다. 너도 마음 단단하게, 먼저 강윤아와 헤어져라!

김기태 강윤아 씨는…… 나의 모든 것입니다.

김만우 모든 것이라니?

김기태 나의 어머니, 나의 누나, 나의 애인이죠.

김만우 기태야, 제발 우리를 실망시키지 마라!

김기태 (침묵)

김만우 이 가방 속엔 묵직한 망치가 들어 있다. (가방을 김기태 앞에 놓는다.) 망치로 사진을 내려 쳐라! 명심해! 너는 우리 집 안의 오랜 숙원을 반드시 이뤄야 한다!

김만우, 퇴장. 김기태, 웅크리고 앉아 고민한다.

2012년 11월 12일
김기태, 바닥에 엎드려 편지를 쓴다.

김기태 대한제국 황실의 사진 전시회가 사흘 앞으로 다가온 날, 나는 마침내 결심하고 편지를 썼습니다.
"나의 엄나, 미안합니다. 난 당신과의 사랑에 어긋나는 일을 할 것입니다. 당신이 겪을 충격과 고통을 생각하면…… 내 마음이 아픕니다. 하지만 나는 이 일을 하지 않으면 안 됩니다. 증조할아버지, 할아버지, 아버지의 유전이 내 몸을 만들었고, 우리 집안 대대로 유언이 내 혼을 빚었기 때문입니다."

김기태, 일어나서 편지를 봉투에 넣는다.

나는 이 편지를 강윤아 씨에게 보냈습니다.

김기태, 손가방을 들고 당당한 걸음으로 퇴장한다.

2012년 11월 15일
무대 조명, 환하게 밝는다. 자동문이 열린다. 석조전의 현대미술관 분관 직원들이 들어온다. 그들은 무대 한가운데 허리 높이의 전시대를 설치한다. 전시대 위에는 특수 강화 유리로 덮은 고종황제 채색 사진이 놓여 있다. 설치를 마친 직원들, 전시대 뒤쪽으로 물러선다. 김규진, 김석연, 김만우, 무대 왼쪽에서 등장하여 전시대 옆에 선다. 김기태, 무대 오른쪽에서 검정 가방을 들고 등장. 그는 망치를 꺼내 전시대의 강화 유리 덮개를 때려 부수고, 고종황제 채색 사진을 산산조각 찢어 허공에 흩뿌린다. 무대 천정에서 오색 종이가 쏟아져 휘날린다. 미술관 직원들, 놀란 모습으로 동작 정지한다.

김기태   아버지! 보셨어요? 할아버지! 보셨나요? 증조할아버지! 보셨습니까? 이젠 앨리스에게 모욕당한 사진은 영원히 없어졌습니다!
규진, 석연, 만우   (박수치며 환호한다.) 잘 했다! 잘 했어!
김기태   그리고 여기, 우리 집안 대대로 간직해온 사진을 놓습니다!

김기태, 가슴에서 고종황제의 채색사진을 꺼내 전시대 위에 놓는다.
현대미술관 분관 직원들이 몰려와서 바라본다.

강윤아   똑같은 고종 황제 채색 사진이군요!

김기태   같으면서도 다릅니다!

김기태, 호주머니에서 컴퓨터로 배경을 바꾼 고종황제 사진들을 꺼내 공중에 흩뿌린다.

에필로그

악사들은 연주하고 가수는 노래 부른다. 모든 배우들, 관객 앞으로 나와 인사한다.

가수   107년간 어둠상자 역사
4대에 걸친 지루한 연극
오예, 그러나 끝은 재미있었어
같지만 다른 사진
다르지만 같은 사진
서로 멋지게 바꿔치기 했지

펀, 펀, 펀, 오예---
펀, 펀, 펀, 오예---

미국 수도 워싱톤 디씨
스미스소니언 박물관
프리어 새클러 갤러리
오예, 영구히 보존되는

고종황제 채색 사진
앨리스가 가져간 치욕의 사진 아냐
육손 가문 간직했던 고귀한 사진이지

펀, 펀, 펀, 오예---
펀, 펀, 펀, 오예---

– 막 –

신데렐라

- **등장인물**

  여배우 3명

- **시간**

  현재

- **공간**

  극장 무대

- **일러두기**

  이 연극은 신데렐라 구두에 관한 여러 가지 에피소드를 보여준다. 세 명의 여배우가 소녀부터 노파까지 다양한 여성으로 변신한다. 어느 여배우가 어떤 에피소드의 인물을 맡아야 적합할지는 연습 과정에서 서로 의논하여 정하기 바란다.

  한 줄기 불빛, 무대 한가운데 빨간 구두를 비춘다. 날렵한 모양, 굽이 높다. 빨간 구두 뒤쪽에 세 개의 상자들이 일정한 간격을 두고 놓여있다. 그 상자들은 장면에 따라 하나씩 떼어 의자가 되고, 둘을 붙여 자동차가 되며, 나란히 셋을 붙이면 모터보트가 된다. 첫 장면부터 끝 장면까지, 중간 휴식 없이 진행한다.

제 1부

무대 조명, 환하게 밝는다. 여배우 3명 등장. 의자에 앉아서 빨간 구두를 바라본다. 잠시 침묵. 한 여배우가 일어나 관객들을 향해 말한다.

한 여배우   오늘 아침, 아버지는 나에게 빨간 구두를 주셨어요. 그리고 진지한 표정으로 이렇게 말씀하셨죠.

여배우들   (굵직한 목소리를 흉내 낸다.) "남자는 일생 동안 한번 일어서고, 여자는 두 번 일어선다."

한 여배우   난 무슨 말씀인지 몰라 어리둥절했답니다.

여배우들   "자세히 살펴보아라! 빨간 구두에 답이 있다!"

한 여배우   아주 특별한 날, 난 아버지로부터 구두를 선물 받았어요. 열여덟 살 성년이 되는 때, 고등학교 졸업하고 대학에 들어갈 때, 사회에 나와 취직할 때……

빨간 구두를 손에 들고 살펴본다.

하지만 검정 구두나 하얀 구두였지 이런 빨간 구두는 처음이에요. 색깔도 예쁘고, 모양도 세련된 굽 높은 구두…… 난 한참 동안 구두를 바라봤어요. 아, 바로 이 높은 굽에 수수께끼의 해답이 있었군요!

다른 여배우   "그렇다. 인간은 어린 아기 땐 바닥을 기어 다녀. 그러다가 어느 순간 두 발을 딛고 일어서지. 기어 다닐 때 보던

것하곤 전혀 다른 광경이 눈앞에 펼쳐진다. 더 멀리, 더 높이, 더 넓게, 시야가 확 트여!"

또 다른 여배우 "인류 최초의 직립한 인간을 생각해 봐라. 새롭게 펼쳐지는 원대한 광경을 바라보면서, 얼마나 가슴 벅찬 감동을 느꼈겠냐!"

한 여배우 그런데, 왜 오늘 아버지는 나에게 빨간 구두를 주셨을까요? 이제 나의 인생에서 특별한 날은 결혼밖엔 없는데…….

여배우들 "굽 높은 구두 신고 한 번 더 일어나서, 더 멀리, 더 높이, 더 넓게 보아라!, 너를 기다리는 멋진 왕자가 보일 거다!"

한 여배우, 빨간 구두를 신는다. 두 여배우들은 퇴장한다.

한 여배우 난 얼른 빨간 구두를 신었죠. 발가락을 잔뜩 오므리고…… 뒤꿈치를 억지로 집어넣어야…… 겨우 겨우…… 들어가요!

빨간 구두를 신고 일어선다.

더 멀리, 더 높이, 더 넓게…… 멋진 왕자님을 보고 싶군요!

몇 걸음 걷는다. 고통스럽게 신음한다.

하지만 발이 너무 아파 벗어야겠어요!

빨간 구두를 벗는다.

어마나, 발가락 살갗이 벗겨져 피가 나네! 갑자기 이런 의심이 드는군요. 아버지는 나에 대해서 뭘 아시는 걸까…… 딸의 발 크기를 알지 못하는 아버지, 그럼 다른 것도 대강대강 짐작이나 할 뿐 정확히는 모르시겠지…… 난 실망했어요. 아버지를 의심하고 실망까지 하다니…… 나는 이 빨간 구두가 미웠죠. 아버지가 나를 멋진 왕자와 결혼시키려고 준 구두…… 맞지 않는 구두를 그냥 버리기는 아깝고, 다른 사람에게 주기로 했어요. 그런데, 누구에게 줘야하나……? 친한 친구? 아니면 미운 친구? 친한 친구에게 줬다가 맞지 않으면 나처럼 실망할 테고, 미운 친구는 더욱 원망하겠지…… 경숙이는 어떨까……? 경숙이와 나는 고등학교 동창인데요, 서로 좋아하지도 않고 싫어하지도 않는 어중간한 친구죠. 더구나 경숙이는 아직 미혼이에요. 멋진 왕자 만나 결혼하도록 이 빨간 구두가 발에 맞기를 바래요!

상자에서 쇼핑백을 꺼내 빨간 구두를 넣는다. 경숙, 등장. 한 여배우는 쇼핑백을 경숙에게 주고 퇴장한다.

경숙　진희야, 웬일이니? 오늘 해가 동쪽 아닌 서쪽에서 떴나보다! 그동안 연락도 않다가 불쑥 찾아와서는 선물까지 주다니……! 내 생일 선물? 내 생일 선물이라고? 내 생일은 아직 두 달이나 남았는데? 아, 미리 주는 거야? 어쨌든 고맙다, 고마워!

그래, 그래, 진희야! 나도 네 생각 많이 했어! 넌 원래 착한 애잖아. 우리가 서먹서먹해진 건 혜정이 때문이야. 혜정이 걔가 너한테 찰거머리처럼 찰싹 달라붙어서 떨어지지 않으니까, 우린 그동안 만날 틈이 없었어.

그래, 그래, 이제 우리 자주 만나자! 자주 만나서 맛있는 음식도 먹고, 연극도 보고, 쇼핑도 하고, 친구란 그런 거지 뭐, 자주 만나야 친해져. 진희야, 우리 지금 맛집 갈래? 이 근처에 칼국수 아주 잘하는 집이 있어!

그래, 그래, 지금 시간 없다면 나중에 먹으러 가자. 오늘 만나서 반갑다! 선물 고마워! 다음엔 내가 연락할게! 그럼 안녕! 진희야, 잘 가라

손에 든 쇼핑백을 바라본다.

이게 뭐지? 엉겁결에 받기는 했지만⋯⋯.

쇼핑백에서 빨간 구두를 꺼낸다.

국산인가⋯⋯? 아니면 혹시 이태리제 명품⋯⋯? 글쎄⋯⋯ 요즘 명품은 중국제 짝퉁이 너무 많아. 어쨌든 이 빨간 구두 멋있네!

빨간 구두를 신는다. 그리고 만족해서 활짝 웃는다.

그래, 그래, 내 발에 딱 맞아!

몇 걸음 걷는다. 사이. 얼굴을 점점 찌푸린다.

왜 이렇지……? 신을 땐 맞았는데, 걸으니까 헐렁헐렁해.

발뒤꿈치 뒤로 손가락을 넣는다.

손가락이 두 개나 들어가잖아? 이걸 신고 계단을 내려가
면 금방 홀러덩 벗겨지겠어! 사람들이 깔깔거리며 웃겠
지! 그런데 구두만 벗겨질까? 난 넘어져서 다리뼈가 부러
질 거야! 이건 음모야, 음모! 진희와 혜정이, 그것들이 내
다리를 부러뜨리려고 꾸민 음모라구!

빨간 구두를 벗어서 양 손에 한 짝씩 나눠 든다.

그래, 그래, 당장 복수하겠어! 이 빨간 구두 한 짝은 파랗
게 칠하고, 또 한 짝은 노랗게 칠해서 보낼 거야! 진희야,
혜숙아, 너희 둘이 한 짝씩 나눠 신어라!
아니다, 아냐. 화풀이로 색칠해서 짝짝이를 만드는 건 너
무 심한 짓 같아…… 아, 생각났다! 손가락 두 개, 나보다
손가락 두 개 정도 큰 구두 신는 언니가 있어!

빨간 구두를 바닥에 내려놓고 휴대용 전화기의 번호를 눌러 통화다.

언니, 나야. 아직도 입덧 해? 해산할 때가 됐는데 입덧이
안 끝나? 불쌍하네, 우리 언니. 울지 마. 내가 예쁜 구두
보내줄게. 색깔도 예쁘고 모양도 예뻐. 언니 발에 아주 잘

맞을 거야. 뭐, 어떻게 아느냐고……? 언니 결혼하기 전
구두를 신어봤으니까 알지. 내 손가락 딱 두개 들어갈 만
큼 컸어. 그래, 그래, 예쁜 구두 신으면 다시 처녀가 된 기
분이 들 거야. 지금 당장 오토바이 퀵으로 보내겠어! 언
니, 사랑해!

오토바이 달리는 소리가 요란하다. 경숙은 퇴장하고, 만삭의 임산부
가 등장한다. "딩동–! 딩동–!" 초인종 울린다.

임산부　　빠르기도 해라! 전화 받자마자 구두가 왔네!

임산부, 바닥에 있는 구두를 바라본다.

빨간 구두구나! 예쁘다, 예뻐!

빨간 구두 옆에 자신의 발을 나란히 대고 크기를 비교한다.

난 입덧하느라 먹은 게 없는데, 임신 중독인지 몸은 자
꾸만 부어서 코끼리가 됐어. 얼굴 붓고, 손 붓고, 다리 붓
고…… 이 구두를 신을 수 있다면 얼마나 좋을까!

빨간 구두를 신는다. 그러나 발이 부어서 들어가지 않는다. 그녀는
흐느껴 울며 탄식한다.

울지 마, 울지 마! 임신 경험한 여자들이 말했잖아! 처녀
때 입은 옷을 다시는 입지 못하고, 처녀 때 신은 구두를

다시는 신지 못 한다…… 버려라! 아쉽지만 미련 없이 버려!

임산부, 빨간 구두를 내던지고 나간다. 굵은 검정 뿔테 안경을 쓴 여류시인이 시집을 들고 들어온다. 표정 없는 얼굴로 관객들을 바라보며 침묵. 잠시 후 무뚝뚝하게 말한다.

여류시인 난 시를 써요.

침묵.

아주 난해한 현대 시…….

시집의 표지를 보여준다.

내 시집.

침묵.

독자들은 내 시를 이해 못해요.

침묵.

하지만, 평론가들은 극찬을 하죠.

침묵.

내 시집 중에서 한 편을 골라 읽겠어요.
제목은 빨간 구두…….

시집을 펼쳐 읽는다.

일 년은 열두 달
열두 달은 일 년
시작과 끝
뒤엉킨 미로

빨간 구두 하나 지나간다
빨간 구두 둘 지나간다
빨간 구두 셋 지나간다
빨간 구두 넷 지나간다
빨간 구두 다섯 지나간다
빨간 구두 여섯 지나간다
빨간 구두 일곱 지나간다
빨간 구두 여덟 지나간다
빨간 구두 아홉 지나간다
빨간 구두 열 지나간다
빨간 구두 열하나 지나간다
빨간 구두 열둘 지나간다

일 년은 열두 달
열두 달은 일 년
빨간 구두 지나간다

쉬지 않고 지나간다

여류시인, 시집을 덮는다. 침묵. 무대 조명, 암전한다. 어둠 속에서 "똑, 똑, 똑" 문 두드리는 소리가 들린다. 조명, 서서히 밝는다. 백발의 허리 굽은 노파가 의자에 웅크리고 앉아 있다.

노파　내 귀엔 하루 종일 소리가 들려…….

　　　사이.

　　　기차 소리, 천둥 소리, 벌레 우는 소리, 문 두드리는 소리…….
　　　사이.

　　　이명이 심해져, 늙을수록. 혼자서 심심하니까…… 귀가 스스로 소리를 내고 듣는 거겠지.

　　　바람 부는 소리가 들린다.

　　　오늘은 바람이 분다…….

　　　파도치는 소리가 들린다.

　　　파도도 치고…….

　　　사이.

속을 때가 많아. 파도소리 들려서…… 창문 열고 바라보면 바다는 없어.

"똑, 똑, 똑" 문 두드리는 소리가 들린다.

문 두드리는 소리도 그래, 누가 왔는가 방문을 열면 사람은 없지.

"똑, 똑, 똑" 문 두드리는 소리가 계속해서 들린다.

하지만 가끔…… 빨간 구두가 나를 찾아와.

지팡이를 짚고 일어나 더딘 걸음으로 걸어가서 문 앞의 빨간 구두를 집어 든다.

빨간 구두, 또 네가 왔구나!

의자에 앉아 무릎 위에 빨간 구두를 올려놓고 말한다.

왜 자꾸만 오는 거냐? 난 이미 너에게 말했어. 신데렐라가 유리 구두를 신었다는 건 사실이 아냐. 정말 유리로 만든 구두였다면, 몇 걸음 걷지도 못하고 산산이 부셔졌을 거다. 생각해 봐라, 상식적으로. 그런 유리 구두 신고 어떻게 왕자님과 춤을 출 수 있었겠냐? 신데렐라가 신었던 구두는 가죽으로 만든 거야. 색깔은 빨강, 모양은 날씬하고 예뻤지! 바로 내가 신데렐라니까 모든 사실을 다 알고 있단다!

노파, 웃는다.

빨간 구두야, 더 놀라운 사실을 말해 줄까? 넌 색깔도 예쁘고 모양도 예뻤지만, 내 발엔 안 맞았어. 맞지 않는 구두를 신고 왕자님과 춤을 췄더니, 발바닥은 온통 물집 투성이, 발가락들은 벗겨져 피가 나고…… 어찌나 발이 아픈지 난 도저히 참을 수가 없었어. 그래서 열두시가 되기도 전에, 나는 왕자님과 춤추기를 그만 두고 궁전을 나갔지!

웃음을 멈춘다.

쉿, 놀라운 사실은 또 있단다. 내가 급히 궁전을 나갈 때, 왜 계단에서 구두가 벗겨졌을까? 그건 너도 잘 알 거야. 발에 맞는 구두는 가파른 계단을 급히 내려가도 벗겨지지 않지만, 안 맞는 구두는 훌렁 벗겨져. 왕자님은 그걸 몰라. 궁전 계단의 벗겨진 구두가 발에 맞는 사람이 신데렐라인줄 믿고 있어. 그래서 너에게 명령했지. 온 세상을 돌아다니며 신데렐라를 찾아오라…… 하지만 너는 못 찾을 거다. 신데렐라가 신어도 맞지 않는 구두인데, 이 세상 어떤 여자 발에 맞을 수가 있겠냐? 없다, 없어. 빨간 구두야, 진심으로 말한다. 이젠 신데렐라 그만 찾아 다녀라! 고생만 할 뿐 헛수고야!

손녀, 등장. 노파를 바라본다.

손녀 우리 할머니 이상해, 정말 이상해요. 하루 종일 혼자서 중얼중얼거려요. 지금도 그렇죠. 방문을 살짝 열고 들여다봤더니, 할머니가 구두를 무릎 위에 올려놓고 중얼중얼하는 거예요. 고양이도 아니고, 강아지도 아닌, 구두에게 말을 하다니…… 참 어이가 없네요.

손녀, 노파 무릎 위의 빨간 구두를 집어 든다. 노파, 지팡이를 집고 느릿느릿 퇴장한다.

난 얼른 구두를 들고 할머니 방을 나왔어요. 도대체 누구 구두일까……? 우리 집엔 다섯 식구가 살아요. 할머니, 엄마, 나, 이렇게 여자는 셋이고요. 아버지, 오빠, 남자는 둘이랍니다. 남자들은 이런 굽 높은 구두 안 신죠. 할머니도 안 신고, 나도 안 신고…… 그래서 난 엄마에게 물었어요. "이 빨간 구두, 엄마 거예요?"

무대 옆, 분장실 쪽에서 어머니 목소리가 들려온다.

어머니 ― 구두는 임자가 따로 없단다.
손녀 따로 없다뇨?
어머니 ― 발에 맞는 사람이 임자야!
손녀 엄마가 신어봐요.
어머니 ― 이미 신어봤지. 안 맞더라. 이젠 네가 신어라!

손녀, 빨간 구두를 신는다.

손녀   엄마, 내 발에는 너무 커요.

어머니   - 너한테 잘 어울린다!

손녀   하지만 너무 커요.

어머니   - 넌 왕자님과 결혼하고 싶지?

손녀   네. 하고 싶어요.

어머니   - 그럼 구두 신고 기다려! 네가 어른이 되면, 몸도 커지고
        발도 커져서 구두가 맞게 돼!

손녀   일년, 이년, 삼년…… 이 구두가 맞을 때까지 기다려요?

어머니   - 응. 왕자님의 결혼 조건은 오직 한 가지, 발에 구두가
        맞는 것뿐이야!

손녀, 빨간 구두를 신고 우두커니 서 있다.

손녀   이 광경을 보고 있던 오빠가 나에게 말했어요.

무대 옆 분장실 쪽에서 오빠 목소리가 들린다.

오빠   - 그 빨간 구두, 벗어라!

손녀   왜 벗어?

오빠   - 내 애인 주려고 그런다.

손녀   우리 오빠는 이상해. 정말 이상해요. 뭐든지 애인 갖다 줘
        요. 리본 달린 내 머리핀도 애인 갖다 주고, 엄마 진주 목
        걸이도 애인 갖다 줬어요. 오빠는 내가 신은 빨간 구두를
        벗기더니 애인한테 달려갔죠!

손녀, 잔뜩 화가 나서 퇴장한다. 리본 달린 머리핀과 진주 목걸이로 치장한 오빠의 애인, 빨간 구두를 신고 요염하게 걸어 나온다.

애인 자기야! 선물 고마워! 이번엔 빨간 구두네!

고혹적인 자세로 서서 빨간 구두 신은 다리를 흔든다.

어서 밖으로 나가자구? 어디를 가려는데? 영화관, 좋아! 난 순정 영화 보고 싶어. 자기는 코미디 영화? 지난번에 도 코미디 봤잖아? 알았어, 자기 좋아하는 영화 봐.

불편하게 걷다가 멈춘다.

자기야, 택시 타자. 구두가 자꾸만 발을 깎아 먹어. 택시 안 돼? 레드 카펫 위를 걷는 여배우처럼 우아하고 멋지게 걸으라구? 응…… 사람들에게 내가 멋져 보여야 자기 체면이 선다면 그렇게 하지 뭐.

고통을 참고 걷는다.

발이 아파…… 못 견디게 점점 더 아파. 세상에서 가장 지독한 고문이 있다면, 그건 맞지 않는 구두를 신고 걷게 하는 거야. 아…… 그래도 난 고통을 참고 걸어야 해. 우아하게, 아름답게…….

애인, 영화관의 좌석에 앉는다. 관람객들의 웃음소리가 들린다.

자기야, 영화 벌써 시작했어! 굉장히 웃네, 코미디 영화가 재미있나봐…… 그런데 난 구두 때문에 눈물이 나!

빨간 구두를 벗는다.

자기야, 발이 너무 아파서 구두 벗고 영화 볼래. 그럼 안 돼? 맨발의 여자와 함께 있으면 창피하다구……? 자기 창피한 건 알고, 나 발 아픈 건 몰라?

영화 관람객들, 폭소를 터뜨린다. 애인, 벌떡 일어선다.

나쁜 자식, 우리 헤어져! 난 맨발로 갈 테니까, 이 구두는 네가 신어!

애인, 빨간 구두를 벗어 놓고 나간다. 영화 관람객들은 계속 웃는다. 무대 조명, 암전한다.

제 2부

무대 조명, 밝는다. 빨간 구두를 신은 여자, 등장. 그녀는 이혼 소송 법정에서 자신의 견해를 당당하게 진술한다.

당당한 여자 존경하는 판사님, 제 남편은 저에게 빨간 구두가 너무 많다고 이혼을 요구했어요. 그 증거로 신발장의 구두를 헤아려서, 삼백마흔 일곱 켤레라고 숫자까지 제시했죠. 물론 그 숫자는 저도 인정해요. 하지만 저는 필리핀의 이멜다가 아니에요. 구두 수집하는 괴상한 취미를 가진 여자가 아니라구요. 더구나 이멜다는 구두 많다고 이혼당하지도 않았어요.

존경하는 판사님, 남편은 이혼을 청구할 자격이 없어요. 삼백마흔 일곱 켤레 빨간 구두, 남편은 자기가 벌어온 돈으로 샀다고 주장하는데요, 그건 몰라서 하는 소리랍니다. 제가 처녀 때 직장 다니며 모은 돈, 결혼한 후 파트타임 일하고 받은 돈, 주부 클럽 바자회에서 물건 팔아 생긴 돈, 등등…… 모두 제 돈으로 샀어요.

존경하는 판사님, 남편 얼굴 좀 보세요. 불으락 푸르락, 잔뜩 성난 표정이군요. 만약 현명한 남편이라면, 이혼 소송을 하기 전에 아내의 마음부터 살폈겠죠. 도대체 뭣 때문에 자꾸만 빨간 구두를 사는 것일까…… 남편은 제가 미쳤대요. 노란 구두는 사지 않고, 파란 구두도 사지 않고, 검정 구두도 사지 않는데, 오직 빨간 구두만 산다면서, 저를 정신 이상자 취급하죠. 하지만 저는 정신 멀쩡해요. 여러 가지 색깔 구두 중에서 빨간 구두를 정확하게 분간할 만큼 정신이 멀쩡하답니다.

존경하는 판사님, 뭔가 납득이 안 된다구요? 빨간 구두만 삼백마흔 일곱 켤레나 샀다는 건 이상하다, 분명히 납득할 수 있는 이유를 말해 달라…… 네, 판사님. 솔직히…… 말씀 드리면 놀라시겠지만…… 빨간 구두를 사는 건 복권 사는 거나 같아요. 복권을 많이 산다고 맞는 것이 아니듯이, 지금까지 샀던 빨간 구두는 모두 제 발에 안 맞았어요. 그 증거로서 직접 제 발을 보여 드리죠!

빨간 구두를 벗고 맨발을 보여준다.

보세요, 판사님! 맞지 않는 빨간 구두 때문에 발가락뼈들은 이상하게 뒤틀렸고, 발바닥엔 흉측한 군살이 박혔고, 살갗은 벗겨져 피가 흘러요! 삼백마흔 일곱 켤레 빨간 구두가 있어도 자꾸만 더 사는 이유는, 오직 발에 맞는 빨간 구두 하나를 찾기 위해서죠!

존경하는 판사님, 이젠 제 진술이 납득 되셨나요? 마치 엄청난 복권에 맞는 것처럼, 제 발에 딱 맞는 빨간 구두를 신는 날, 저는 기꺼이 옹졸한 남편을 버리고 떠나겠어요! 제가 갈 곳이 어디인지, 누구에게 가는지, 제가 말 안 해도 아실 거예요! 그곳은 아름다운 궁전, 저를 반갑게 맞이할 왕자님은, 저의 가장 이상적인 남자죠!

당당한 여자, 진술을 마치고 나간다. 수다쟁이 아줌마, 휴대 전화기

를 들고 등장. 수다스럽게 통화를 하는 동안 좌우 의자를 바꿔 앉으
며 1인 2역을 한다.

수다쟁이 영자야, 너도 알지?

- (옆 의자로 바꿔 앉아 말한다.) 내가 뭘 알아?

우리 아파트 경로당의 척척박사 할머니.

- 척척박사 할머니?

응. 세상만사 모르는 게 없으셔. 내가 담배 한 갑 사들고
찾아갔지. "내 인생이 불행해요. 모양 예쁘고 발 편한 빨
간 구두 하나 신기가 평생소원인데, 아무리 기도해도 그
소원이 안 이뤄집니다. 어떻게 해야 될까요?"

- 그랬더니……?

척척박사 할머니, 담배 한 대 피우고서 말씀하셨어. "방생
해야 해, 방생. 기도 백 번보다 방생 한 번이 더 낫다고."
영자야, 방생 알지?

- 몰라, 나는.

사월 초파일 강이나 호수에 가봐. 사람들이 모여서 잉어,
붕어, 거북이를 놓아주면서 소원 이뤄 달라 빌잖아. 척척
박사 할머니 말씀은 그게 진짜 효험이 있다는 거야.

- 빨리 말해. 가스 불에 냄비 올려놨어!

넌 내가 전화하면 꼭 냄비 올려놓더라.

- 끓는다. 끓어!

영자야, 내가 할머니께 물었지. "지금은 사월초파일도 아
닌데, 방생해도 될까요?" 그랬더니, 방생은 아무 때나 해
도 된다는 거야. 내가 다시 물었지. "물고기는 뭘로 할까
요? 살아있는 잉어나 붕어를 구해야 할 텐데……."

– 어서 빨리 말해! 냄비 끓어 넘친다!

척척 박사 할머니, 느긋하게 담배 한 대 또 피웠어. 그리고는 이렇게 말씀하셨지. "구두도 괜찮아. 구두가 물고기 같거든."

– 구두가 물고기 같다고?

응. 여자 구두는 물고기처럼 날씬하게 생겼잖아.

– 듣고 보니 그러네!

난 집으로 돌아와 신발장을 열고 구두들을 바라봤지. 어떤 구두를 방생할까…… 빨간 구두가 눈에 띄었지. 마치 살아있는 빨간 잉어처럼 보이는 거야. 난 얼른 보자기에 빨간 구두를 싸들고 여의도행 버스 탔어. 그런데 마포대교 앞에서 차들이 꽉 막혀 내려야 했지.

– 왜 막혀?

마침 여의도 불꽃놀이가 있는 날이래. 마포대교 위에서 바라보니까 양쪽 강변에는 가득 찬 사람들로 발 디딜 틈조차 없었어. 그래도 난 방생을 했지. 보자기를 풀어 빨간 구두를 꺼내 다리 아래로 던지면서 외쳤어. "빨간 구두야, 맞지 않는 너를 놓아 줄 테니, 내 발에 딱 맞는 빨간 구두를 보내다오!"

– 나도 지금 구두 방생하러 갈 거야!

영자야, 네 소원도 나와 똑같구나?

– 빨간 구두는 많은데, 발에 맞는 건 하나도 없어!

가스 불 끄고 가라! (사이) 벌써 갔나? 대답이 없네!

수다쟁이 아줌마, 퇴장한다. 세라복을 단정히 입은 새침한 여학생이 들어온다.

여학생 학교 친구들과 여의도 불꽃놀이 구경 갔어요. 모두 일곱 명, 우린 칠 공주 그룹이에요. 돈을 모았어요, 일 년 동안. 공주답지 않게 하녀처럼 열심히 알바한 거죠. 모터보트 빌리려구요. 지난해 불꽃놀이 때 강변이 너무 혼잡했죠. 서로 좋은 자리 차지하려 밀치고, 넘어지고…… 그래서 올해는 우리끼리 오붓하게 즐기고 싶었어요.

여학생, 나란히 붙여 놓은 상자를 가리킨다.

우리가 빌린 모터보트랍니다!

여학생, 앉는다. 모터보트가 물살을 가르며 달리는 소리 들린다.

정말 기분 좋았죠! 우리가 탄 모터보트는 여의도를 향해 성산대교 지나고, 양화대교 지나서, 마포대교를 지나가는데, 그 순간 불꽃놀이가 시작됐어요!

폭죽 터지는 소리가 요란하게 들리며, 화려한 조명이 무대를 비춘다.

우와, 불꽃이다! 너무너무 황홀한 광경이 밤하늘에 펼쳐졌어요! 그런데요, 바로 그때, 마포대교 밑을 지나가는 우리 보트로 무엇인가 뚝- 떨어졌어요!

놀란 표정으로 빨간 구두를 바라본다.

우린 깜짝 놀랐죠! 아름다운 불꽃의 빨간 구두…… 그 빨간 구두가 우리에게 말했어요. "어여쁜 아가씨들, 나를 신어 봐요. 발에 맞으면, 멋지고 훌륭한 왕자님과 결혼하게 됩니다!"

여학생, 빨간 구두를 집어 든다.

우리 일곱 명은 차례차례 구두를 신었어요!

조금씩 자리를 옮겨 앉으며 빨간 구두를 일곱 번 신었다가 벗는다.

아, 이런 기회가 있구나⋯⋯! 우리 칠 공주는 구두를 신으면서 감동했죠. 비록 발에 맞지는 않았지만, 멋진 왕자와 결혼할 구두를 신어봤다는 것만으로도 행복했어요!

맨발로 일어나서 하늘을 보며 두 팔을 벌린다.

하늘엔 계속 화려한 불꽃이 피어났어요! 그 불꽃은 강물에 비춰져 다시 한 번 황홀하게 피어났고, 행복한 우리 마음속에서 또 다시 활짝 피었죠!

빨간 구두를 향해 손을 흔든다.

안녕! 안녕! 빨간 구두가 모터보트에서 내리더니, 강을 건너 여의도 쪽으로 가는군요!

여학생, 단정했던 옷차림을 풀어 헤치고, 이마와 뺨에 반창고를 붙여서, 말괄량이 여학생으로 변신한다.

말괄량이　이건 공평하지 않아! 칠 공주파 개네들은 신어봤다는데, 십자매파 우린 왜 못 신었지? 우리도 그 날, 돈 많이 썼어! 칠 공주가 보트 타고 불꽃놀이 구경할 때, 우리 십자매는 유람선 특별석에서 통닭 먹고 맥주 마시며 불꽃놀이 구경했다구!
칠 공주는 일곱 명, 우리 십자매는 열 명. 숫자도 우리가 더 많은데, 빨간 구두 신을 기회가 단 한 명도 없었다니 말이 안 돼! 뭐, 왕자님과 결혼할 구두가 안 맞아도 행복했다……? 그게 무슨 소리야? 신어볼 기회 없는 우리를 엿 먹이는 소리면, 머리카락 다 뜯어 놓기 전에 입 닥쳐!
십자매들 다 나와! 피켓 들고 소리 높여 외쳐! 우리들도 신데렐라 구두 신을 기회를 달라! 공평한 기회를 달라! 우리는 억울하다! 공평하게 기회를 달라!

말괄량이 여학생, 관객들에게 구호를 외치도록 유도한다.

여러분, 모두 다 외쳐요!
우리에게 기회를 달라!
빨간 구두 신을 기회를 달라!

말괄량이 여학생, 주먹 쥔 손을 높이 들고 구호를 외치며 퇴장한다. 침묵. 노처녀 등장. 그녀는 의자에 앉아 손거울을 보며 머리를 빗는다.

노처녀   어느덧 젊은 시절 지났네. 새치가 희끗희끗하고…….

손거울에 비친 얼굴을 유심히 바라본다.

얼굴엔 잔주름이 늘었어…….

빗이 의자 밑으로 떨어진다.

이젠 힘도 없는지 손에 든 걸 자꾸만 떨어뜨려.

의자 밑으로 손을 넣어 빗과 일기장을 꺼낸다.

음…… 내 일기장이야. 젊은 시절 썼던 일기장…… 잃어
버린 줄 알았더니 의자 밑에 있었네.

일기장에 묻은 먼지를 빗으로 쓸어내고 펼쳐 읽는다.

1998년 12월 1일…… 바겐세일 제화점으로 구두 사러
갔다. 진열대마다 빨간 구두들이 가득했다. 색깔도 똑같
고 모양도 똑같은 복제품이다…… 백화점 점원이 말했다.
많은 여자들이 빨간 구두를 신고 싶어한다고…… 여자들
의 욕망이…… 빨간 구두를 복제하고 있다…….

일기장의 다른 부분을 펼쳐 읽는다.

2002년 6월 14일…… 이웃집 여자와 차를 마셨다. 그 여

자가…… 이상한 소문을…… 들었다고 했다…… 발에 맞
는 신데렐라를 찾아 온세상을 돌아다니는 빨간 구두가
있다…… 난 이미 들은 소문이다. 하지만 처음 듣는 것처
럼…… 깜짝 놀란 표정을 지었다.

일기장의 또 다른 부분을 읽는다.

2016년 3월 29일…… 교통사고를 당했다. 신호등을 무
시한 트럭이…… 횡단보도를 걸어가는 나를 치고 지나
갔다…… 나는 죽지는 않았지만…… 다리를 심하게 다
쳐…… 두 발을 잘라내는 수술을 받았다. 한밤중에……
병실 문을 두드리는 소리를 들었다…… 간호사가 문을
열고 보더니…… 아무도 없다고 했다. 그러나…… 나는
보았다…… 문 밖에 빨간 구두가 있었다…….

한 줄기 불빛, 빨간 구두를 비춘다.

마침내 네가 왔구나!

치마를 들어 올려 발을 보여준다. 플라스틱으로 만든 의족이다.

왜 일찍 오지 그랬어? 난 발이 없단다. 이 발은…… 플라
스틱 의족이야. 깎고 다듬어서…… 너에게 딱 맞출 수가
있지. 하지만…… 이젠 늦었다. 내 청춘…… 아름다운 꿈
이…… 발과 함께 사라졌어…… 넌 너무 늦게 온 거야!

노처녀, 흐느껴 운다. 젊은 여성, 등장. 가죽 점퍼와 청바지를 입고 화려한 스카프를 목에 두른 모습이다. 노처녀, 울면서 나간다. 고속도로에서 자동차들이 달리는 소리가 요란하게 들린다. 상자들은 자동차가 된다. 젊은 여성, 자동차 핸들을 잡고 가속 페달을 밟는다.

젊은 여성 고속도로예요, 고속도로! 기분 전환하려고 달려요! 내 차는 고급 스포츠카는 아니에요. 페라리요? 언젠가는 사겠죠. 아마 십년 후……? 몰라요, 지금은!

자동차 오디오의 작동 버튼을 누른다. 경쾌한 음악이 들린다.

룰루랄라, 룰라, 랄라라라……!

갑자기 놀란 표정이 된다.

저게 뭐죠? 뭔가 차 앞을 휙- 지나가요!

경적을 울리며 차선을 급히 바꾼다.

로드 킬이 많아요, 이곳은!

브레이크 페달을 밟는다.

난, 갓길에 차를 세웠어요!

백미러로 후방을 살펴본다.

멧돼지? 고라니? 산토끼? 백미러로 보니까 빨갛게 피투성이가 된 것이 있군요!

잠시 망설인다.

그냥 갈까? 내려서 살펴볼까?

자동차에서 내린다.

난 망설이다가 차에서 내렸어요. 그리고 갓길을 걸어가서 피투성이를 확인했죠. 그런데, 그건…… 구두였어요, 빨간 구두! 색깔이 빨강이어서 피투성이로 착각했나 봐요.

빨간 구두를 향해 조심스럽게 묻는다.

죽었니? 살았니? 내가 미쳤구나, 미쳤어! 구두에게 죽었느냐, 살았느냐 묻다니…….

뒤돌아선다.

돌아서서 가려는데, 빨간 구두가 내 발을 붙잡았어요. 맞는지 신어 보라구?

빨간 구두를 신고 몇 걸음 걸어본다.

미안하다. 색깔도 예쁘고 모양도 좋다만, 발이 꽉 끼어 못

신겠다.

빨간 구두를 벗는다.

난 갈 테니, 너도 너의 갈 곳으로 가거라!

자동차로 되돌아가려고 한다.

그런데 빨간 구두가 또 내 발을 붙잡았어요! 너, 왜 그러니? 내 자동차를 타고 싶다는 거야?

빨간 구두를 들고 자동차에 탄다.

이것 참 미치겠네!

가속 페달을 힘껏 밟는다.

달려라, 달려! 이럴 땐 진짜 미친듯이 달려야해! 룰루랄라, 룰라, 랄라라라······!

과속으로 질주하는 자동차 소리, 그 뒤를 쫓는 고속도로 순찰대의 사이렌 소리가 뒤섞여 들린다. 젊은 여성, 퇴장. 고속도로 톨게이트 수금원 등장. 그녀는 의자에 앉아서 티켓과 요금 받는 동작을 반복한다.

수금원　나는 고속도로 톨게이트에서 일해요. 표 받고, 거리 정산

해서 돈 받고, 표 받고, 돈 받고, 표, 돈, 표, 돈, 표돈, 표돈, 표돈, 표돈표돈표돈…… 수천수만 대가 표돈표돈 지나가요. 나는 오직 표돈표돈 하느라 어떤 사람이 운전하는지 기억 못해요. 그렇게 표돈표돈하고 있는데, 표돈 내야할 사람이 불쑥 구두를 내밀고 지나갔어요!
어머나, 이게 뭐지? 도대체 뭐야? 난 처음엔 몰랐죠! 갑자기 벼락 맞으면 벼락 맞은 걸 모르듯이, 느닷없이 구두를 받으면 구두라는 걸 몰라요! 한동안 어리둥절해 있으니까, 빵빵- 톨게이트에 늘어선 차들이 경적을 울리더군요!

수금원, 빨간 구두를 들고 일어선다.

바로 이 빨간 구두에요, 내가 받은 구두가…… 아직도 난 모르겠어요. 누가 표돈 대신 빨간 구두를 줬을까……?

잠시 생각한다.

선물이죠, 선물! 누군지는 모르지만요. 나에게 선물을 줬다고 생각했어요! 선물은 사람 기분을 좋게 하죠. 표돈표돈 근무가 끝나고, 난 웃으면서 집으로 돌아왔어요.

빨간 구두를 바라보며 미소 짓는다.

보면 볼수록 선물이 마음에 들어요!

빨간 구두를 신는다.

조금 크네…… 양말을 신어야 맞겠어요.

상자에서 양말을 꺼내 신고, 다시 빨간 구두를 신는다.

그래도 조금 커요. 양말 하나 더.

양말을 또 꺼내 신고, 구두를 신는다.

그래도 헐렁헐렁해…….

양말을 또 다시 꺼내 신고, 빨간 구두를 신는다.

이제 겨우 맞는군요. 양말을 몇 켤레 신었더라……?

신었던 양말을 모두 벗어 헤아린다.

하나, 둘, 셋, 넷…… 추운 겨울엔 이렇게 겹쳐 신어도 괜찮겠지만, 무더운 여름엔 땀이 나서 못 신어요!

못마땅한 표정으로 빨간 구두를 바라본다.

이 고약한 선물을 어떻게 하지? 아, 바꾸면 되겠네! 지금 당장 아나바다 가게에 가서 이 구두를 다른 물건으로 바꾸겠어요!

톨게이트 수금원, 빨간 구두를 상자 위에 올려놓고 나간다. 중년 과부, 등장. 옷차림과 태도에서 검소함이 느껴진다.

중년 과부   저는 아나바다 가게에 자주 옵니다. 아껴 쓰고, 나눠 쓰고, 바꿔 쓰고, 다시 쓰고…… 이런 가게가 우리 동네에 있어서 저처럼 가난한 사람에겐 참 좋아요. 옷도 있고, 그릇도 있고, 아이들 장난감도 있습니다. 그리고 가끔은 전혀 뜻밖의 물건도 있지요. 몇 해 전입니다. 저는 이 가게에서 피아노를 샀습니다. 비록 오래된 것이었지만, 소리 좋은 피아노를 구두 한 켤레 값으로 샀어요. 제 딸이 얼마나 기뻐하는지…… 제 마음이 더 기뻤습니다.

가게 안의 물건들을 둘러보며 다닌다.

빨간 구두……?

빨간 구두가 놓인 곳에 다가간다.

이 빨간 구두가 제 시선을 사로잡는군요! 색깔도 예쁘고, 모양도 예쁜…… 하지만 제 딸은 이런 굽 높은 구두는 신지 못합니다. 태어날 때부터…… 불행하게도 눈이 안 보여요. 굽 없이 편편한 신발을 신어도 자주 넘어지는 제딸…… 그러나 저는 이 빨간 구두를 딸에게 주려고 샀습니다. 비록 신고 걷지는 못해도 정말 좋아하겠지요. 가격은 놀라지 마세요. 양말 한 켤레 값입니다!

중년 과부, 빨간 구두를 들고 퇴장한다. 맹인 딸, 빨간 구두를 가슴에 안고 손으로 어루만지며 들어온다.

맹인 딸 엄마, 고마워요! 이런 예쁜 구두는 처음이에요. 빨간색이 얼마나 아름다운지 볼 수는 없지만, 깜깜한 색과는 반대라고 상상할 수 있어요!

맹인 딸, 빨간 구두를 신고 위태롭게 일어선다.

엄마, 나는 깜깜한 밤하늘에 밝은 달이 뜬다는 걸 알아요. 평생 어둠 속에서 살아야할 운명, 그러나 밝은 달을 빼앗지는 못해요!
엄마, 나처럼 눈을 감고 하늘을 보세요. 오늘 밤엔 밝은 달이 아홉 개나 떴군요! 나는 휘황찬란한 달빛 아래, 빨간 구두를 신고 춤추겠어요!

맹인 딸, 천천히 맴 돌면서 두 팔 벌려 춤춘다. 모차르트 피아노 협주곡 21번 2악장이 들려온다.

사랑하는 엄마, 눈을 감고 보세요. 오직 눈을 감아야 볼 수 있는 춤! 그리고 눈을 감고 이 아름다운 음악을 들으세요. 아홉 개의 달이 뜬 밤, 빨간 구두 신고 춤출 때, 내 마음의 모차르트가 나를 위해 피아노를 연주하는 거예요!

무대 조명, 서서히 암전한다. 어둠 속에서 음악이 계속 들린다.

제 3부

무대 조명, 밝는다. 상사병 앓는 여자 등장. 그녀는 심각한 표정으로 왔다갔다 거닌다.

상사병 여자 내가 왜 이럴까…… 나는 생각하고 생각했어요. 사춘기도 지났는데, 그 남자만 보면 얼굴이 화끈화끈, 가슴은 두근두근…… 도대체 내가 왜 이럴까…… 첫사랑인가? 짝사랑인가? 생각하고 또 생각하다가 까마득히 잊었던 내 첫사랑이 생각났어요. 열다섯 살인가, 열여섯 살 때였죠. 이웃집 소년이었는데, 그 애만 보면 기분이 좋았어요. 하지만, 그 애는 어른이 다 된 듯이 으스대면서 나를 코 흘리는 어린애 취급했죠. 그런데, 어른처럼 몸과 마음이 성숙한 건 나였고, 오히려 철부지마냥 미숙한 건 그 애였어요. 좋아하는 감정이 싹 사라지면서, 내 첫사랑은 끝났죠. 이젠 그 애 이름도 잊었고, 어디에서 어떻게 사는지 알고 싶지도 않아요.

의자에 앉아서 생각한다.

내가 정말 왜 이럴까…… 첫사랑은 홍역 같은 것, 한 번 앓고 나면 다시는 앓지 않는다는데…… 내 첫사랑은 마음 끙끙 앓지도 않고 싱겁게 끝나서, 지금에야 진짜 가슴앓이 첫사랑인가……?

다시 일어나 생각에 잠겨 거닌다.

어쨌든, 싱겁게 끝났어도 첫사랑은 첫사랑이야. 그러니까 지금은 첫사랑이 아니라 짝사랑이지!

화들짝 놀란다.

아이고, 어쩌나, 이 나이에 짝사랑이라니……!

다시 의자에 앉아서 생각한다.

나는 생각하고, 생각하고, 또 생각했어요. 결론은 짝사랑이 맞아요. 짝사랑을 잘 표현한 노래가 있죠. 그대 앞에만 서면 작아지는 나…… 지금 내가 그래요. 그 남자 앞에만 서면 나는 점점 작아지고, 그 남자는 점점 커져요. 나는 그 남자를 높은 산처럼 우러러 보는데, 그 남자 눈엔 저 밑바닥 내가 보이지도 않겠죠.
내가 정말 왜 이럴까……? 가끔 나는 그 남자를 우리 아파트 엘리베이터 안에서 봐요. 그 남자는 22층 꼭대기에 살고, 나는 10층, 가운데에 살죠. 때로는 아파트 단지 내 슈퍼마켓에서 볼 때도 있어요. 그 남자가 독신인 건 확실해요. 늘 혼자 다니거든요. 독신 남자는 뭔가 궁색하고 초라한데, 그 남자는 우아하고 멋져요. 언젠가 늦은 밤, 아파트 지하 주차장에서 그 남자를 봤는데요, 자동차에서 내려 뚜벅뚜벅 걸어가는 모습이 얼마나 매력적인지…… 꼭 서양 영화의 한 장면을 보는 것 같았죠.

깊은 한숨을 쉬며 일어선다.

나는 생각하고, 생각하고, 또 생각했어요. 이러다간 상사병 때문에 죽겠구나…… 난 결심했죠. 그 남자에게 내 심정을 솔직히 고백하기로요. 만나면 어떻게 할까…… "안녕하세요?" "날씨 좋군요!" 이런 말은 너무 상투적이고…… 차라리 처음부터 "사랑합니다." "좋아합니다." 이런 말이 낫겠어요. 그런데…… 이건 또 너무 노골적이군요.

나는 생각하고, 생각하고, 또 생각했죠. 그러다가 문득 어떤 책에서 읽은 구절이 생각났어요. "여자는 입으로 말하지 않고, 몸짓으로 말한다." 그래, 바로 그거예요. 수천 마디의 말보다 몸짓 한 번이 훨씬 효과적이죠!

상자 뒤에서 빨간 구두를 꺼낸다.

내가 정말 왜 이럴까…… 난 신지 않던 빨간 구두를 과감하게 꺼냈어요!

빨간 구두를 신는다.

이런 굽 높은 구두를 신으면요, 놀랍게도 몸이 변해요! 두 다리가 기둥처럼 쭉쭉 바르게 세워지고, 구부정한 허리가 쫙 펴지면서, 움츠린 어깨는 활처럼 팽팽하게 당겨져요! 그리고 가슴이 앞으로 불쑥 솟아 나오고, 처졌던 엉덩이는 위로 착 올라붙죠!

빨간 구두를 신고 걸어간다.

나는 섹시하게, 도도하게, 아파트 밖으로 걸어갔어요. 고개 들어 22층을 바라보니까 아직 그 남자가 돌아오지 않았는지 불빛이 없더군요. 그래서 엘리베이터 앞에서 기다렸죠. 그 남자가 오면 함께 타고 22층까지 올라가려고요. 한참 시간이 나서, 그 남자가 나타났어요. 머리에 비스듬히 중절모를 쓰고, 버버리 코트의 깃을 올린 그 남자……꼭 영화 속의 험프리 보가트 같았답니다.

우린 1층에서 엘리베이터를 탔어요. 엘리베이터 안에는 단둘이 있었는데, 그 남자가 먼저 나에게 말을 하더군요. "안녕하십니까?" 나는 도도하게 고개만 살짝 끄덕였어요. 엘리베이터가 9층에 올라왔을 때, 그 남자가 다시 말했죠. "날씨가 참 좋습니다!" 이번에 난 고개를 끄덕도 안 했어요. 도대체 이게 어찌 된 걸까…… 입장이 서로 바뀐 거예요. 나는 굽 높은 빨간 구두를 신고 우뚝 서 있는데, 그 남자는 점점 작아지고 있었어요. 15층쯤 올라오자 그 남자가 또 뭐라고 말했지만 풀죽은 목소리여서 들리지 않더군요. 그러나 입술 모양으로 무슨 말인지 알 수 있었는데요, "좋아합니다."였어요. 엘리베이터가 22층에 이르렀을 때, 그 남자는 어린애가 보채듯이 옹알옹알 거렸죠. 그게 무슨 뜻인지 남자의 표정으로 알았는데요, "사랑합니다."였어요. 하지만, 그 남자에게서 젖비린내가 물씬 풍겨서, 나는 코를 움켜잡고 다급하게 엘리베이터의 10층 버튼을 눌렀죠. 그 남자를 22층 꼭대기에 버려두고, 나는 쏜살같이 내려왔어요.

의자에 털썩 주저앉는다.

내가 정말 왜 이럴까……? 나는 생각하고, 생각하고, 또 생각했어요. 하지만, 이젠 그 남자를 생각해도 내 얼굴이 화끈화끈하지 않고, 가슴이 두근두근 거리지 않아요.

빨간 구두를 벗는다.

이 빨간 구두 때문에 내 짝사랑이 끝났어요. 첫사랑보다도 더 싱겁게 끝난 거죠. 하지만 다행히, 상사병을 앓다가 죽을 염려는 없어져서, 느긋하게 인생을 즐길 여유가 있군요.

상사병 여자. 빨간 구두를 상자 뒤에 놓고 느긋한 모습으로 나간다. 사이. 전화기가 요란하게 울린다. 숨 가쁜 여자, 뛰어 들어와서 전화기를 집어 든다.

숨 가쁜 여자 엄마, 헉헉…… 왜? 헉…… 헉…… 전화 벨소리 때문에 헉, 급하게 달려 왔더니…… 헉…… 숨이 막혀. 그런데 엄마, 나한테 왜 전화했어? 점심 때 아빠하고 함께 헉, 안국동 삼계탕 집에 갔는데…… 나도 그 집 알아, 옛날 한옥 식당…… 헉…… 구두 벗고 방에 들어가서…… 삼계탕 먹고 나오니까…… 헉헉, 엄마 구두가 없어? 헉…… 손님들 중에 누가 신고 간 것 같다구? 헉…… 엄마 구두는 어떤 구두였는데? 검정 구두?…… 대신 신고 온 구두는? 빨간 구두…… 엄마, 잘 됐네. 엄마는 빨간 구두 좋아하잖

아. 헉…… 헉…… 그래서? 발에 안 맞아 간신히 신고 집에 오긴 했는데…… 어찌해야 좋겠느냐 그거야? 아빠는 뭐래? 내일 점심 때 빨간 구두 신고 다시 안국동 식당에 가서…… 삼계탕 먹고…… 헉…… 다른 구두를 신고 돌아오면 된다…… 헉헉…… 찬성이야, 엄마! 아빠 말대로 내일 다시 가서 다른 걸로 바꿔 신고 와!

전화기를 내려놓고 의자에 앉는다.

헉…… 헉…… 아직도…… 숨이 가빠…….

자신이 신고 있는 빨간 구두에 시선이 간다.

헉…… 빨간 구두……?

빨간 구두를 바라본다.

내 구두가 아니야! 어쩐지 신을 때부터 이상했어. 헉헉…… 어디서 내 구두가 바뀐 걸까? 난 오늘 삼계탕 집엔 가지도 않았어. 헉…… 먼저 불가마 찜질방…… 그 다음은 미장원에 갔었지…… 헉…… 찜질방? 헉헉, 거기야, 거기! 찜질방에 옷과 구두 벗고 들어갔다가…… 헉…… 나오면서 옷은 내 옷을 입고…… 구두는 다른 사람 구두를 신은 거야!

전화기 숫자판의 번호를 누른다.

여보세요! 거기, 헉…… 불가마 찜질방이죠? 오늘 오후 세 시쯤에 거기 갔던 사람인데요, 헉헉…… 혹시 내 구두가 거기 있나요? 색깔은 하얀색이에요, 헉…… 없어요? 그럼 헉…… 어떤 사람이 빨간 구두를 찾지 않았나요? 하얀 구두와 빨간 구두를 서로 바꿔 신은 것 같은데…… 그런 사람 없다구요? 헉…… 알았어요!

다른 번호를 누른다.

거기, 미장원이죠? 오늘 오후 다섯 시쯤에 갔던 헉헉, 손님이에요. 헉…… 그런데 혹시 구두 바뀐 사람 없나요? 누가 내 하얀 구두를 신고 가서, 난 빨간 구두를 신고 왔거든요. 헉, 헉…… 미장원에선 모자는 바뀌어도 구두는 바뀌지 않는다니요? 헉, 왜요? 머리 하려고 와서 모자는 벗어도…… 구두는 벗지 않기 때문이다…… 헉, 그렇군요!

헉, 헉헉…… 도대체 내가 이 빨간 구두를 어디에서 신고 왔지? 헉, 헉, 혹시…… 발에 맞는 사람 찾아서 온 세상 돌아다니는 빨간 구두가 있다는데…… 헉헉, 내가 신은 구두가 바로 그 빨간 구두?

허리 숙여 빨간 구두를 자세히 본다.

헉! 너덜너덜…… 이건 낡아빠진 빨간 구두야!

주먹 쥔 손으로 가슴을 친다.

헉헉! 숨이 막히고 헉! 기가 막혀 죽겠네!

숨 가쁜 여자, 가슴을 치며 나간다. 무대 조명, 서서히 어두워진다. 촛불을 든 여인, 등장. 그녀는 작은 보석상자에 자신의 귀걸이를 떼어 담고, 목걸이를 풀어 담고, 반지를 빼내 담는다. 그리고 촛불 앞에 앉아 이별의 편지를 쓴다. 잠시 사이. 편지 내용을 촛불에 비춰 확인하며 읽는다.

촛불 앞 여인 오늘 밤 촛불을 켰어요. 그리고 당신에게 이별의 편지를 씁니다. 더 이상 나는 당신을 사랑하지 않아요. 우리 관계가 깨끗하게 끝나도록, 내가 받았던 물건들을 모두 돌려드려요. 귀걸이, 목걸이, 반지, 그리고 빨간 구두…….

빨간 구두를 벗어 놓는다.

한 가지 부탁이 있어요. 부탁이 아니라 충고예요. 내가 떠난 후 당신에게 새로 여자가 생기거든, 귀걸이, 목걸이, 반지는 그 여자에게 줘도 좋아요. 그러나 빨간 구두는 주면 안 돼요. 여자는 본능적으로 알아요. 이미 다른 여자의 발에 안 맞았던 구두라는 것을…… 당신이 나에게 빨간 구두를 줬을 때, 내 발에 맞지 않았죠. 하지만 당신을 왕자라고 믿었던 나는 아주 잘 맞는 척했어요.

편지를 접어 보석상자에 넣는다.

이젠 촛불을 꺼야겠어요. 사랑이 영원하지 못한 건, 영원

히 발에 맞는 구두가 없기 때문이죠. 나를 잊어도 내 충고
는 잊지 마세요. 안녕, 안녕히…….

촛불을 불어서 끈다. 무대 조명, 서서히 밝힌다. 촛불 앞 여자 퇴장.
우울증 여자가 등장하여 의자에 앉는다. 그녀는 정신과 의사와 면
담한다.

우울증 여자 네, 선생님…… 처방해 주신 우울증 약은 먹고 있어요. 하
루 세 번씩요. 아침, 낮, 저녁…… 밤에도 한 번 더 먹어요.
그런데 선생님, 왜 나는 온종일 슬프고 우울할까요?
그동안 이 병원, 저 병원, 여러 정신병원을 다녔죠. 왜 온
종일 슬프고 우울한지 물으면, 의사 선생님들은 내가 예
민해서 그렇다고 하더군요.
글쎄요, 선생님…… 내 머리는 둔감해요. 중요한 걸 깜박
깜박 잊고, 조금 복잡한 계산은 할 줄 몰라요. 내 머리에
비해서 내 발은 아주 민감하죠. 한 번 신었던 구두는 모
양, 색깔, 감촉, 정확하게 다 기억하고 있거든요.
예쁜 키티, 사랑스런 키티…… 하루 온 종일…… 나는 키
티가 그리워요. 네? 키티는 사람이 아니에요. 강아지도 고
양이도 아니고…… 키티는 어린 시절 내가 처음 신었던
빨간 구두죠. 너무 예쁜 구두여서 키티라고 이름 붙였어
요. 그런데 어느 날…… 키티가 없어졌어요. 누군가 탐이
나서 훔쳐 간 거죠.

의자에서 일어나 키티를 애타게 부른다.

키티야! 키티야! 난 울면서 찾아 다녔어요. 여기도 가고…… 저기도 가고…… 온갖 곳을요. 하지만 찾을 수가 없었어요. 사람들은 누가 훔쳐 갔는지 알면서도 모른다고 했죠. 어떤 사람은 내가 잃어버린 걸 왜 도둑맞았다 하느냐 역정을 냈고, 또 어떤 사람은 내가 왕자님과 결혼할 욕심으로 빨간 구두 찾는다며 비웃었어요. 지금도 그래요. 모두 나를 속이고, 비웃고, 따돌릴 뿐…… 나를 위해 빨간 구두 찾아 주는 사람은 없어요.

절망적인 모습으로 바닥에 주저앉는다.

네…… 네…… 선생님, 그게 무슨 말씀이죠? 빨간 구두는 누가 훔쳐간 게 아니라 스스로 떠난 거라뇨? 나를 버리고 왜 떠나요? 어린 시절엔 맞았던 것들이 어른이 되면 안 맞는다, 빨간 구두도 내 발엔 안 맞아서 떠났으니까 다시 찾을 필요 없다…… 선생님, 나에게 거짓말을 하는군요!

벌떡 일어나 소리 지른다.

도움이 안 돼요, 그런 거짓말은! 차라리 우울증 약이나 더 줘요!

뻐꾸기시계가 열두 번 울린다. 우울증 여자, 퇴장. 불면증 여자, 등장한다.

불면증 여자 저 뻐꾸기시계는 불면증에 걸렸어요. 뻐꾹, 뻐꾹, 잠들지 못하고 밤새껏 울죠. 나는 잠이 안 오면, 날 밝을 때까지, 아주 어려운 시를 읽어요.

손에 든 시집을 보여준다.

현대시집…….

침묵.

무슨 뜻인지…… 한두 번 읽어서는 몰라요. 수십 번, 수백 번, 읽고 또 읽어도 알까 말까…….

시집을 펼쳐 든다.

이 시집 중에서 가장 난해한 시를 읽겠어요. 제목은 빨간 구두. 앞과 뒤는 생략하고…….

한 줄 한 줄 음미하면서 천천히 읽는다.

빨간 구두 하나 지나간다
빨간 구두 둘 지나간다
빨간 구두 셋 지나간다
빨간 구두 넷 지나간다
빨간 구두 다섯 지나간다
빨간 구두 여섯 지나간다
빨간 구두 일곱 지나간다

빨간 구두 여덟 지나간다
빨간 구두 아홉 지나간다
빨간 구두 열 지나간다
빨간 구두 열하나 지나간다
빨간 구두 열둘 지나간다

뻐꾸기시계, 한 번 울리더니, 곧 두 번 울리고, 세 번 울린다.

뻐꾸기시계가 그만 좀 읽으라고 야단치네요!

무대 조명, 암전한다. 불면증 여자 퇴장. 어둠 속에서 "똑, 똑, 똑"
문 두드리는 소리가 들린다. 조명, 밝다. 백발의 허리 굽은 노파,
의자에 웅크리고 앉아있다.

노파 이제 내 귀엔 안 들려…… 바람 소리도…… 파도 소리
도…… 고요 속에 희미하게 들리는 건 내 숨소리 뿐……
이 희미한 숨소리도 곧 멈추겠지…….

문이 열린다. 한 줄기 불빛, 문 앞의 빨간 구두룰 비춘다. 노파, 지팡
이를 짚고 온 힘을 다해 일어나서 문으로 다가간다.

어서 오렴, 빨간 구두야…….

노파, 빨간 구두를 들고 의자로 되돌아간다.

왜 자꾸만 오느냐 타박했더니…… 다시는 안 올 줄 알았

지…… 미안하다, 미안해. 마지막 날…… 죽기 전에……
너를 보고 싶더라…….

빨간 구두를 무릎 위에 올려놓고 말한다.

너의 왕자님은 어떠시냐……? 쯧쯧…… 늙어서 돌아가
셨다…… 정말이냐? 그럼…… 너는…… 그만 찾아 다녀
라. 왕자님이 없는데…… 신데렐라 찾아서 뭘 하려구? 그
게…… 왕자님 유언이냐? 반드시 신데렐라를 찾아내 데
려 오라니…… 남자는…… 그래서…… 죽어서도…… 욕
먹는 거야…….
내가…… 오래 살아서…… 인생을 좀 알아…… 맞지 않
는 걸 억지로 신으면…… 힘들고 괴로워서…… 인생이
불행해. 안 맞거든 신지 마…… 발이 편해야 마음도 편
하고…… 행복한 인생이지…… 왕자님은 무덤에 묻혔
고…… 나도 곧 죽어 묻힐 텐데…… 너는…… 여전히
온 세상을…… 다니겠구나…… 그런 헛걸음이…… 너
의 운명이라면…… 가거라…… 빨간 구두야…… 잘 가거
라…….

빨간 구두를 무릎에서 내려놓는다. 문이 열렸다가 닫히는 소리. "또
각, 또각, 또각." 구두 발자국 소리가 점점 멀어진다. 여배우들, 등
장. 노파 옆 의자에 나란히 앉는다.

여배우들 일 년은 열두 달
열두 달은 일 년

쉬지 않고 지나간다
빨간 구두 지나간다

세 명의 여배우, 일어나서 관객들에게 인사하고 퇴장한다. 무대 조명, 암전. 한 줄기 불빛, 어둠 속의 빨간 구두를 비추고 있다.

– 막 –

이강백 희곡전집 9

초판 1쇄 인쇄일   2022년 5월 25일
초판 1쇄 발행일   2022년 5월 31일

지 은 이   이강백
만 든 이   이정옥
만 든 곳   평민사
            서울시 은평구 수색로 340 〈202호〉
            전화 : 02) 375-8571
            팩스 : 02) 375-8573
            http://blog.naver.com/pyung1976
            이메일   pyung1976@naver.com
등록번호   25100-2015-000102호
ISBN   978-89-7115-825-8   03810
정   가   17,000원

작가
이강백
李康白

1974년 『희곡선 '70』, 〈결혼〉〈보석과 여인〉 수록, 민학사
　　　　『전환기의 희곡』, 〈셋〉 수록, 문명사
1978년 『한국명희곡선』, 〈결혼〉 수록, 현암사
1981년 『한국희곡문학대계』 5권, 〈결혼〉 수록, 한국연극사
1982년 『이강백 희곡전집 1권』, 평민사
1985년 『이강백 희곡전집 2권』, 평민사
1986년 『이강백 희곡전집 3권』, 평민사
1987년 『한국의 현대 희곡』, 〈쥐라기의 사람들〉 수록, 열음사
1992년 『이강백 희곡전집 4권』, 평민사
1993년 『북어 대가리』, 도서출판 공간
1995년 『이강백 희곡전집 5권』, 평민사
1997년 중학교 3학년 국어 국정 교과서 〈들판에서〉 수록, 문교부
　　　　『문학시간에 희곡 읽기 1권』, 〈결혼〉
　　　　수록, 도서출판 나라말
　　　　『문학시간에 희곡 읽기 2권』,
　　　　〈파수꾼〉 수록, 도서출판 나라말
1998년 『Dramaty Lee Kang Baek』, 폴란
　　　　드어 번역 Ewa Rynarzewska,
　　　　Pod Wiatr, Poland

1999년 『이강백 희곡전집 6권』, 평민사

『Es ist weit von Seoul nach Yongwol』, 독일어 번역 Sylvia Bräsel · 김미혜, Peperkorn, Deutschland.

2000년 『한국 현대명작 희곡선집』, 〈봄날〉 수록, 연극과 인간

『현대 명작 단막극선집』, 〈파수꾼〉 수록, 연극과 인간

2004년 『이강백 희곡전집 7권』, 평민사

『Chaos et ordre dans un musée: Bijou et femme』, 불어 번역 Patrick Pidoux · 한경미, L'Harmattan, France

『Trois / L'œuf et le guetteur』, 불어 번역 Patrick Pidoux · 한경미, L'Harmattan, France

『한국 현대 대표 희극선』, 〈마르고 닳도록〉 수록, 연극과 인간

2005년 『Comme si on voyait des fleurs au coeur de l'hiver』, 불어 번역 Patrick Pidoux · 한경미, IMAGO, France

『李康白 戯曲集~ユートピアを飲んで眠る』, 일어 번역 秋山順子, 影書房, 일본

2006년 『희곡 창작의 길잡이』, 윤조병 · 이강백 공저, 평민사

2007년 『황색여관』, 범우사

『Kang Baek Lee, Allegory of Survival』, 영어 번역 Alyssa Kim · 이형진, Cambria Press, U.S.A

2012년 중학교 3학년 국어 검인정 교과서 〈결혼〉 수록, 지학사

2013년 『李康白 戯曲集~ホモセパラトス』, 일어 번역 秋山順子, 影書房, 일본

2015년 『이강백 희곡전집 8권』, 평민사

2017년 『한국현대희곡선』, 〈봄날〉 수록, 문학과 지성사

2021년 『이야기가 사람을 만들고 사람이 이야기를 만든다』, 이강백 · 이상란 대담, 박상준 채록 정리, 평민사